MAGMA

——烈の巻——

責任編集

佐藤　光直

村上　玄一

目次

表紙・本文デザイン：横山 晴美　表紙・書：藤本 真弓
本文カット・挿絵：長澤 幸治　制作プロデュース：佐藤 光直

復刊の辞

純文学の衰退、文芸誌・小説誌の発行部数減少、同人雑誌の無力化が言われて久しい。その状況下にあって、何もせず指を銜えてボンヤリしていてもいいのだろうか。

「ＭＡＧＭＡ」は昭和五十六年七月に中村桂子、佐藤光直、村上玄一の三人によって創刊された。その前身は、底辺からの文学の活性化を意図して伊藤桂一、駒田信二、林富士馬、眞鍋呉夫の四氏編集委員により五十三年四月に創刊された全国的規模の同人誌「公園」である。本誌はその流れを継承している。「ＭＡＧＭＡ」の命名者は眞鍋呉夫氏で、氏の文学に対する姿勢、熱情も受け継いでいる。

「ＭＡＧＭＡ」は五号で休止した状態にあったが、三十数年の時を経て、このたび復刊の運びとなった。この間、地下には無尽蔵のマグマが蓄積されていたかもしれない。若い書き手を積極的に導入し、出版には幻戯書房、制作には㈱ソフト商品開発研究所の協力を得た。新鮮で、文学的意欲と勢いのある作品を目指す土台が誕生した。

平成二十八年六月十九日

水の王国

須藤　舞

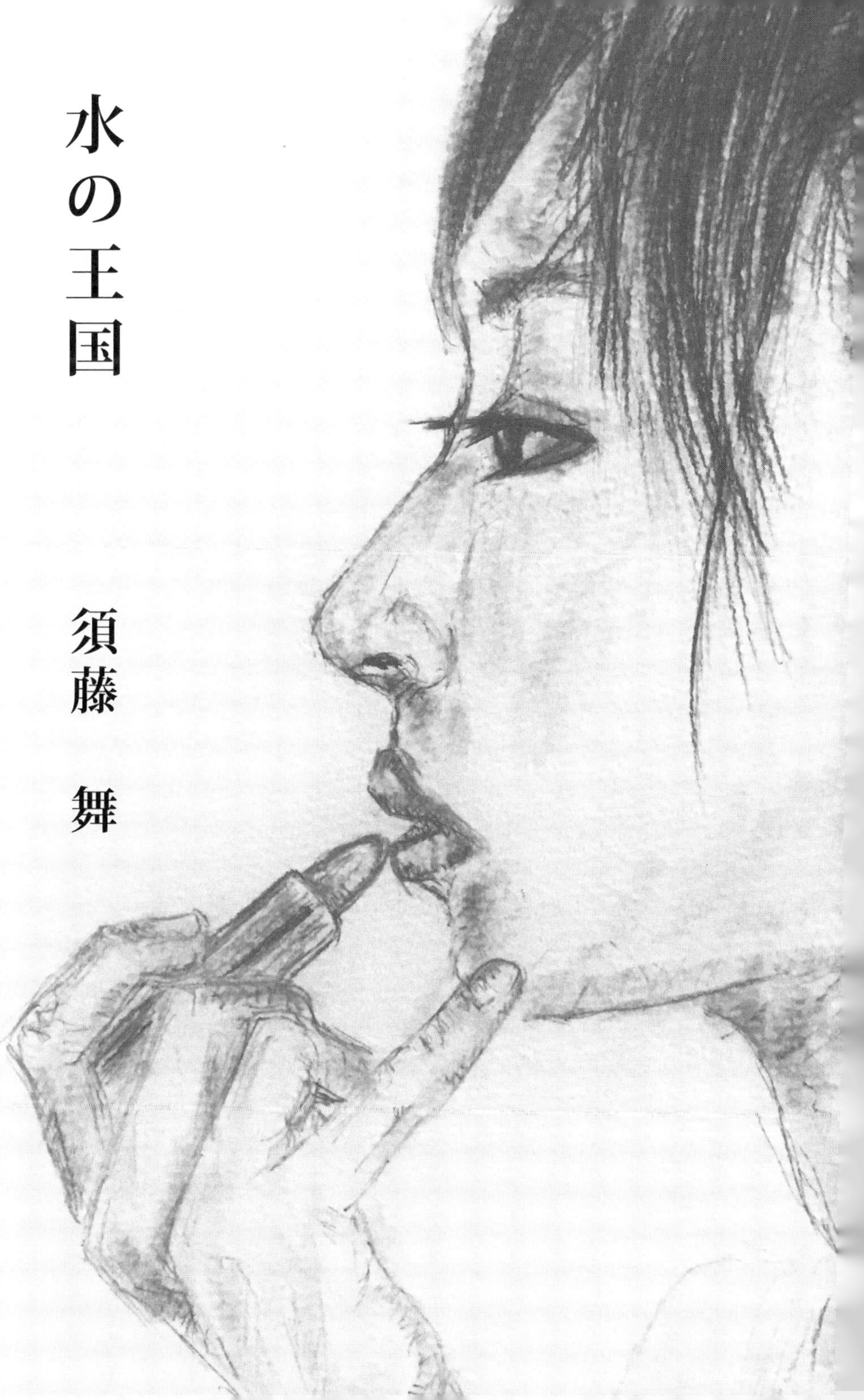

大学の裏門を出て二本目の細い路地に入ったところに、その古本屋はあった。隣には遥か昔に店じまいをしたと思われる洋品店があり、砂埃や雨水でくすんだショウウィンドウから、服を着ていない肉色のマネキンがこちらを見ていた。木製の分厚い扉に、くすんだ赤字で【本】と書かれた鉄製のプレートが掛けられている。血が滲んだようなその文字の不気味さに惹かれて中に入ると、扉に付けられたベルがかか細く鳴って、外のざわめきが遠のいた。薄暗い店の中に、甘い匂いが漂っている。狭い店内には、天井まで届きそうな高さの本棚が壁に沿って並べられ、おびただしい数の本がびっしりと詰め込まれていた。

西洋文学史の授業は、隣の席の人と腕が触れるくらい学生の数が多く、わたしはその熱気に負けて息苦しくなってしまう。人が多く集まる空間に押し込められると、無意識に自然に呼吸をするということができなくなってしまうのだ。この授業を抜け出すのは今回で三度目だ。大学を出て、駅とは反対側に向かってあてもなく歩いた。四月の風はまだ冷たく、靄がかかったようなわたしの重たい頭を心地よく冷やしていく。後ろに子どもを乗せた自転車や、郵便配達の赤いバイクがわたしを追い越していった。

店の奥に店主らしき男の頭が見えた。彼は、赤茶けた古い机に座って何かを書き留めていた。板張りの床の上をわざと足音を立てて歩き回ると、男がわたしに気づき、かすれた卑屈な声で「いらっしゃいませ」と言った。題名も著者名も知らない本の背表紙を眺める。これほどの数の本を、一体どこから集めてきたのだろう。本棚の最上段に、背表紙に何も書かれていない真っ白な本を見つけ手を伸ばすが、高すぎて手が届かない。脚立はないかと見回したが、見当たらなかった。

「お取りしますよ」

古本屋は大儀そうに机から立ち上がり、注意深くわたしに近づいた。彼の身長は想像していたよりも高く、手足は細くて長かった。本棚に立て掛けられているパイプ椅子を広げ、色の褪せた青色のスニーカーを脱いで椅子に上がる。椅子は、しわがれた猫の鳴き声のような音を立てて軋んだ。わたしは古本屋から一歩離れ、本に手をかける後ろ姿を眺めた。真っ黒な髪の間からつむじが二つ覗いていて、後頭部にも目が付いているように見えた。

「どうぞ」

古本屋の手はかさついていて、爪の間はインクに汚され、黒ずんでいた。わたしは「どうも」と言って本を受け取り、古本屋が降りたあとのパイプ椅子に座って目次に目を通す。宗教について書かれた小難しい本だった。同じところを何度も読んだが内容はまったく分からず、顔を上げて店の中を見回した。花の蕾のような形のシェードに覆われた電球が天井から吊るされている。電球の光と、ブラインドの隙間から細く差し込む陽の光が、店の中に層を作っている。

水の音がした。窓際に正方形の水槽が置いてあり、澄んだ水の中を無数の赤い金魚が行き来している。水槽の内側に取り付けられた照明が、青白い光で金魚を照らしている。エアーポンプが泡を吐き出す音が、壁に反響してうなるように低く響いた。水槽の中を泳ぎ続ける金魚は、水の中に飛び散った赤い絵の具のようだ。

わたしは椅子に深く座り直した。年季が入ったパイプ椅子は錆びついていて、少しでも身体を動かすと骨がきしむような音が鳴る。内容が分からない本のページの隅を撫でる他に、何もするべきことが思いつかなかった。どこかの国の住宅街を上から眺めて描いた油絵が、額に入れられて壁にかけられていた。

立ち上がり、読んでいた本を自分の体温で温くなった椅子に置く。わたしはゆっくりと机に近づき、古本屋の手元をじっと見つめた。古本屋は、かじりつくように机に向かい、ノートに何かを書き続けている。覗き込んでみると、隙間なくびっしりと文字が詰まっていた。餌を探し、触覚を撫でつけながら歩き回る蟻のようだ。わたしの視線に気づいて顔を上げた彼と目が合ったが、すぐに逸らされた。彼の、その怯えるような表情はわたしの気持ちを波立たせた。

古本屋の足元には、紐で束ねられた古い雑誌が、今にも崩れそうに積み上げられている。わたしはその束と束の隙間に薄い雑誌を見つけ、指でつまんで拾い上げた。眉毛の細い女が胸元をはだけさせ、脚を開いている表紙。髪は、傷んで色が抜けてしまったような色をしている。不自然に大きすぎる胸は、異国の果物のようだ。脂肪に覆われた褐色の太ももの内側に、黒いマジックペンで卑猥な言葉が落書きされていた。古本屋は、咄嗟にその雑誌をわたしの手から取り上げ、机の下に押しやった。一瞬のことだった。彼は俯き、三日月のようなかたちの傷のある一重瞼を二度、ぴくりと痙攣させた。わたしの胸を暗い興奮がよぎっていった。古本屋の黒いセーターの首元から、白いシャツの襟が折り曲がって覗いていた。わたしは手を伸ばし、それを直してあげた。

店の外に出ると辺りはすでに薄暗く、小学生たちが騒がしく下校していった。彼らは、洗剤の匂いをかすかに漂わせて通り過ぎていった。藍色の絵の具をうすく溶いたような空に白い星が散らばっている。そのすべてが、凍りついているように見えた。

家に帰ると、父と常連客が話し込んでいた。彼は、近所に住む長距離トラックの運転手で「疲れた」が口癖の小太りの男だ。祖父の代から続くガソリンスタンドは顔馴染の客がほとんどで、彼もそのうちのひとりだ。狭い額に溝のような深い皺をつくり、父に何かをぼやいている。「こんばんは」と声を掛けると、彼はあいさつより先に「茉莉ちゃん、お姉ちゃんになるんだってねえ」と言った。煙草のヤニで黄ばんだ不揃いの歯が、荒れてひび割れた唇の隙間から覗いた。わたしは、デリカシーのない人間がいちばん嫌いだ。

一週間前、えみさんは自分が母親になったことをわたしに告げた。夕食の片づけを終えた後で、父は風呂に入っていた。彼女はわたしの耳に顔を寄せて、内緒話をするように「妊娠したの」と言った。彼女の頬は、桃色に上気していた。

「八週目に入ったところだって」

えみさんは、ソファーに放り投げられていたバッグの中からエコー写真を取り出してわたしに見せた。暗い洞窟の内部を映したような写真の中央に、発芽した豆に似た穴がぽっかり空いていて、その中に小さな白い点が見える。写真の右端には【8w 2d】と書いてある。

「動くの？」

「まさか。まだ性別もわからないの。今このくらい」

えみさんは右手の小指を立て、その小さな桜色の爪を左の人差し指でつついた。

「随分小さいのね」

わたしはえみさんの妊娠に、重く暗い、鉛のような感銘を受けた。おめでとう、という言葉は出なかった。そのことでわたしは、取り返しのつかない後ろめたさに苛まれた。

「今日はとても疲れた。婦人科の検査って、ほとんど強姦ね」

その単語とえみさんがあまりにかけ離れていて、わたしはぎょっとする。ぐったりとした様子でソファーに身体を預けるえみさんの腰は、驚くほど細いままだった。命は、いつから命になるのだろう。


翌日、えみさんは昼過ぎまで起きてこなかった。わたしは、仕事に行く父のためにトーストとスクランブルエッグを用意した。

「聞いたよ」

それだけで、わたしが何のことを言っているのか父は理解した。父は、嬉しいのに、その嬉しさをかみ殺したような声で「頑張らなきゃな」と言い、トーストにかじりついた。ぱさついたパンくずが、テーブルに落ちていく。父がえみさんの服を脱がし、髪や肌に指を這わせている光景を想像してしまい、不快な気持ちになった。受胎はめでたいこととして嬉々として報告されるのに、その方法は恥として隠されるのは一体何故なのだろう。わたしは父と一緒に朝食をとる気分になれなかった。

薄暗い洗面所で、いつもより時間をかけて顔を洗う。幼い頃から父に似ていると言われる顔の随所に、最近は母の面影を見るようになった。わたしはそれを嬉しいとも悲しいとも思う。ふと目に入った洗濯籠の中にえみさんの下着を見つけて、わたしはまた暗い気持ちになった。


えみさんと初めて会ったのは、大学一年生の秋で、場所は家から少し離れたダイニングレストランだった。背が低く、色白で、大きな瞳が特徴的だった。膝丈の深緑色のワンピースはよく似合っていたが、化粧っ気の無さから、ピアノの発表会に出る子どもを連想させた。彼女は、この状況が幸福でたまらないとでもいうような笑顔でわたしの正面の席に座り、父はその隣に座った。わたしは、ウエイトレスが持ってきたメニューの隅から隅までくまなく眺めた。頼む料理など何でもよかったが、今はそうすることが一番適切だと思った。

父とわたしはトマトソースのパスタとコーヒーを、えみさんはオムライスとアイスティーを頼んだ。わたしは食欲が無く、バジルの香りが強いパスタを無理矢理飲み込んだ。フォークが皿を引っ掻く不快な音を立ててしまい「ごめんなさい」と謝ると、彼女はにっこりと微笑んでわたしを許した。わたしは更に萎縮した。彼女は、オムライスを半分食べたところで持て余し、やわらかく溶けた卵をスプーンですくっては戻すことを繰り返していた。

「茉莉ちゃんの話は、お父さんからよく聞きます」

会話が途切れて沈黙が訪れた時、えみさんはそう言ってにっこりと微笑んだ。わたしはひどく動揺した。

「そうですか」

言ってから、その音の冷たさに驚いた。しかしそれ以外の言葉が思いつかなかった。わたしは取り繕うように口角を上げ、数回まばたきをした。綺麗に磨かれた窓から差す西日が、えみさんの横顔を照らしていた。

「文学部って、どんなことを勉強してるの?」「お休みの日は何をしてるの?」「ご飯は茉莉ちゃんが作ってるの?」

えみさんはわたしに、次々といろいろなことを尋ねた。そのどれもが、何の意味もない質問に思えた。わたしは簡潔に、できるだけ短い答えを返した。喋り過ぎないように、それでいて、不愛想だと思われない程度の明るさで。それは父のためだった。えみさんは、わたしが質問に答えるたびに目を輝かせ、大袈裟なくらいに明るい表情を見せた。しかし、そのまるい瞳の中に、媚びと怯えの色が隠れていることをわたしは見逃さなかった。

えみさんは、三十五歳だという。父よりも十二歳下で、わたしより十四歳上。彼女が中学二年生のときに、わたしは生まれた。そんなふうに考えを巡らせても、しっくりこなかった。ふたりがどこで出会ったのかすら、どうでもいいことに思えた。父が何か言い、それにえみさんが笑う。わたしは自分のまばたきの回数を数え、呼吸のリズムを数えてこの時間をやり過ごそうとした。グラスについた水滴が、木製のテーブルに少しずつ染みをつくる。それに合わせて、わたしの頭の中の何か大切なものも、ほろほろと崩れていく気がした。わたしは水の入ったグラスを何度も口に運んだ。えみさんが残したオムライスはとっくに冷え切っていて、もう食べ物には見えなかった。わたしは、テレビで人工衛星打ち上げのニュースを見るような気持ちで、目の前のふたりを見ていた。

帰りの車の中で、わたしはえみさんの印象について父に何も言わなかった。人との出会い方は、とても大切だ。もし彼女とクラスメイトとして出会っていたら、彼女を素直に好きになれたかもしれない。

彼女が初めてこの家を訪ねて来た時のことはよく憶えている。国道沿いの銀杏並木が色づき、寒い日と暖かい日が繰り返される季節だった。えみさんは、雑誌で名前を見たことがある洋菓子店の紙袋を大切そうに提げて、インターホンを鳴らした。行儀よく揃えられた彼女のくすんだ桜色のパンプスは、両手ですっぽりと包んでしまえるくらいに小さかった。

えみさんは、築十年と少しのごく平凡な二階建ての家の中を見回して「素敵な家ね」と独り言のように呟いた。そしてソファーの隅に腰掛け、両手を膝の上で行儀よく組んで何かを問いかけるような視線を父に送っていた。わたしは紅茶を淹れるためにお湯を沸かし、戸棚からティーカップのセットを三組取り出した。カップの淵が戸棚の扉に当たって耳障りな音を立てた。

えみさんのお土産のケーキを三人で食べている時、彼女はわたしと目が合うと必ず小さく微笑んだ。ティーカップの淵に付いた口紅を指先で拭き取る仕草は、成長しすぎた子どものような彼女には似合わなかった。わたしは紅茶のおかわりを用意したり、戸棚の奥から角砂糖の瓶を持って来たりと落ち着きなく動き回った。父は、わたしたち二人に平等に話しかけ、満足そうに笑っていた。時間が止まってしまったような午後だった。

それから数週間経って、えみさんは正式にこの家の住民になった。父とえみさんが夫婦になってからも、わたしはえみさんを名前で呼び続けた。呼び方を変えるには、わたしは成長しすぎていた。彼女は家事の一切を引き受け、父やわたしには朝のゴミ捨て程度の用事しか頼まなかった。健気な人だと思った。たいして汚れていない床やテレビ台をせわしなく掃除するえみさんを見ると、彼女の丁寧な手つきにも関わらず、わたしは自分の家を荒らされているような気持ちになった。

子どもじみた水玉模様のベッドカバーが、朝陽を受けたベランダで揺れている。母がいた頃に使っていた、黒と白のストライプのカバーはいつの間にか姿を消した。クローゼットにぎゅうぎゅうに押し込まれていた母の洋服や靴は、父が段ボールに詰めて母の元へ送ったようだった。わたしはその宛先を知らない。

私の母は、都内で美容師をしていた。腕が良いと評判で、指名客も多かった。父とわたしの髪は、彼女が切っていた。リビングの床に新聞紙を広げ、その上に椅子を置く。あとはそこに座っているだけで、いちばん似合う髪型にしてもらえるのだ。ケープを頭からすっぽりとかぶせられ、大きなてるてる坊主にされた父を、わたしは毎回飽きずにからかった。

母の手は、パーマ剤のせいでいつも荒れていて痛々しかったが、わたしはそれが母の勲章のように見えて好きだった。母に髪を切られている時、わたしはとても安らかな気持ちだった。ひんやりとした母の指先が耳や頬に触れるたびに、何故か泣きたくなった。本当に欲しいものを前にした時、人は泣きたくなるのかもしれない。

かつて母の本革のブーツや高いヒールが置かれていた場所に、えみさんの小さなミュールが揃えてある玄関は、他人の家のようだ。家全体が、わたしを拒んでいるように感じる。帰宅して家の中に入る時、わたしは必ず深呼吸をする。クラスに馴染めない小学生が、朝の教室に入る前にそうするように。

えみさんがつくる料理はどれも手が込んでいて、彩りも綺麗だ。スーパーの総菜やコンビニの弁当が食卓に並ぶことは決してなかった。料理本からそのまま出てきたような料理が並ぶ食卓は、幸せな家庭のお手本のようで気味が悪い。キッチン用品が新しいものに変わっていることにわたしは気づかないふりをした。

　昼間に客から聞いた話を面白おかしく話す父に、えみさんが大袈裟に相槌を打つ。彼女は、人を喜ばせることに長けている。心から楽しそうに話す父が小さな子どものように見えて、わたしは思わず目を逸らした。

　えみさんがこの家に来る前は、箸と食器が触れ合う音と、咀嚼する音だけが食卓に漂っていた。その音を見つめながら、父とふたりで惣菜をつついた。学校が早く終わる日には、わたしが簡単な料理を作ることもあった。寂しいとは思わなかった。父とは、親子というよりこの孤独な音を分け合う仲間のように思っていた。えみさんと並んでテーブルの向こう側にいる父を、他人のように感じる。酒に弱く、煙草も吸わずギャンブルにも興味がない。店の定休日になると、わたしが生まれる前から乗っている乗用車を磨き上げることだけが父の楽しみだった。父のそういうところが好きでもあり、一方では哀れみを感じていた。

　わたしは、大変なエネルギーを使ってテーブルの中央に盛られたサラダに手を伸ばす。自分の間違った箸の持ち方を、ひどく恥ずかしく感じた。

　えみさんは、父の話を聞きながらわたしの様子を窺うことを怠らなかった。わたしの箸の進みが遅いと「口に合わなかった?」「あまりお腹空いてない?」と不安そうに首をかしげたり、このメニューは好物かそうでないかを確かめたりする。わたしは絶えず噛むことを意識し、飲み込むことを意識し、さらには食べ物が腹に収まり消化されていくことすら意識してしまうようになった。

　父とわたしが家を空けている昼間、えみさんの母親がこの家に出入りしていることを知っている。えみさんの身体を気づかっているのか、ひとり娘が築き上げようとしている家庭を気にしているのか、手作りの惣菜や土がついたまま売られている野菜を置いて帰っていく。わたしは彼女に一度だけ会ったことがある。不自然なくらい丁寧な言葉で話す人だった。

えみさんが大切に育てられてきたことは、彼女の仕草や表情、歪みのない歯並びを見ればすぐに分かる。

えみさんは父のために料理を作っているのに、わたしの存在を強く意識して間違いのないよう、何かを探り当てるように皿を並べた。もしわたしが男の子だったら、えみさんはもっと楽にこの家を手にすることができただろう。


「つわりなの」

えみさんは、宣言するようにそう言った。吐き気で明らかに弱っているのに、どこか誇らしげな言い方だった。

えみさんはツナときゅうりのサンドイッチと、オレンジジュースしか口にしなくなった。食べるという拷問でも受けているかのように、彼女は苦しそうに食事をする。大好きだったチョコレートですら、食べられなくなってしまったらしい。

「きっとこの子、チョコレートが嫌いなのね」

彼女はそう言って、まだ膨らみが目立たないお腹を大切そうに撫でた。父は、吐き気で寝付けないえみさんに「もう少しの辛抱だ」と少し離れた場所から声をかけた。父に染み付いたガソリンやオイルの匂いが、えみさんには耐えられないらしい。彼女の薄い腹の中に胎児が存在することが信じられなかった。機械油が染みこんで黒ずんだ父の作業着を見て、わたしは悲しくなった。

えみさんは寝室にこもりがちになり、昼も夜も関係なしに眠り続けた。たまに起きて冷蔵庫を開け、コップ一杯のオレンジジュースを飲み、また眠る。彼女は、水すら飲めなくなってしまった。

「水って甘いでしょ。その甘さが気持ち悪いの」

わたしは水を甘いと感じたことはないけれど「そうだね」と同意する。彼女を興奮させないように。オレンジジュースのパッケージには必ず【国産・果汁百パーセント】と書かれていた。

父とわたしは、えみさんが寝室に引き上げてからふたりで夕飯を食べるようになった。食べ物の匂いをできるだけ彼女に嗅がせないためにと、父が提案したのだ。えみさんのつわりがひどくなるにつれて、父まで衰弱してきているように見える。皿の上にぐったりと横たわった焼き魚の身を箸の先でほぐすだけで、口には運ばない。炊飯器には、ご飯がまだたっぷりと残っている。えみさんがいない食卓は静まり返っていたが、父と二人だった頃に戻ったようでその沈黙が心地よかった。料理をする時の調味料の匂いや、生ごみの匂いをできるだけ出さないよう、食卓には再び出来合いの惣菜が並ぶようになり、お皿に移しかえることもせず、パックのまま分け合った。

「あまり食欲がないんだ」

父は箸を置き、溜息を漏らした。わたしは戸棚の奥にしまっておいたポテトチップスの袋を開けてテーブルに置いた。この家で化学的な香りを嗅ぐのは久しぶりだ。父はポテトチップスのかけらを一枚つまみ、油が付いた指を所在なさげにこすり合わせた。

「そこまで心配することないんじゃないの？　病気じゃないのに、大袈裟」

ポテトチップスを二枚いっぺんに口に突っ込む。噛み砕かれて唾液でふやかされた破片が喉を流れていった。

「冷たいんだな」

怒りを含んだような声で父は呟いた。その一言で、わたしはひどく悲しい気持ちになった。

「髪、そろそろ切ったら？」

そう言ってわたしはリビングを後にした。

中学の保健体育の授業で、馬の出産のビデオを見たことがある。あたたかい午後の教室で、誰もが呆けたような顔をしていた。保健体育の授業は、わたしにとって恐怖だった。第二次性徴を迎えた身体の変化の図解を見せられると、穏やかにうたた寝をしているところを急に殴られ、無理矢理起こされたような気持ちになった。棒のような手足とあばらの浮いた腹のわたしには、いつか自分がこういう姿になるとは想像がつかず、イラストの女の人の丸い身体がひどく醜いものに見えた。いつもなら食欲をそそる給食のメニューが、保健体育の後では自分を醜い姿に変えるための餌のように思えてくる。

ビデオの映像が始まった時、すでに馬はいつ出産してもおかしくない状態だった。馬は、地面に敷かれた藁の上に寝そべり、上半身だけを起こしていた。

時折、痙攣したように尻を浮かせたり、足を動かしたりして乾いた音を立てる。クラスメイトたちは神妙な顔つきでスクリーンを見ていた。馬は、ゆっくりと立ち上がってはまた座り込むことを繰り返し、落ち着きがなかった。馬の尻のあたりから、ぬめった青白い膜に覆われた子馬の頭が現れた瞬間、教室中が息をのんだ。わたしは咄嗟にスクリーンから目を逸らし、教室の床に視線を落とした。恐かったのだ。逃げられない、と思った。母馬は、子馬を生むことから逃げることはできない。子馬が生み落とされるまでの数分間、わたしは浅い呼吸で前の席のクラスメイトの背中を見つめていた。母馬から引きずり出てきた子馬は、しっとりと濡れていて気持ち悪かった。二頭の馬は体を寄せ合うこともせず、お互いの存在にまるで興味がないように見えた。

映像が終わり、教師がビデオデッキをいじくり回している間じゅう、教室は引き締まった静寂に包まれていた。教師は「命の大切さ」について熱っぽく語り、クラスメイトたちは熱心に耳を傾けた。彼の話は避妊の重要性にまで飛躍し、わたしは辟易した。これを伝えるために、馬の出産映像などを見せたのだろうか。命の誕生は素晴らしい。しかし、誰かが決めた順番を守って誕生しなかった命は無かったことにされてしまう。その違いは何なのだろう。いちばん知りたいことは、誰も教えてくれない。

わたしたちの腹の中には、胎児の頃から子どもを生むための機能が備わっている。生まれる前から、命を宿すという運命を背負わされ、静かにその芽を育てていることに恐怖を感じる。友人たちの膨らんだ胸や、肉がみちみちと詰まった尻が淫らでみっともないものに思えた。わたしは制服の中で骨ばった身体を泳がせ、馬は一体どんな交尾をするのだろうと考えていた。

終わりが見えないつわりに、えみさんは健気に耐えている。えみさんが示したエコー写真を思い出す。人間が、わずか数ミリの細胞にこんなにも苦しめられることが信じられなかった。一匹の小さな虫がえみさんの身体中を這い、引っ掻き回している様子を想像する。

「死んでしまった方がましだわ」

リビングのソファーに横たわって、えみさんは深い溜息をついた。死ぬほど苦しい思いをして命を生み出す意味は、いったい何なのだろう。わたしの母は、それを知っているのだろうか。

母は、わたしが高校一年生の冬に家を出て行った。みぞれが降っていたことを憶えている。母が出て行った夜、わたしは本当の自由を手に入れたような気がした。今でも時々、母のことを思い出す。街で背の高いショートヘアの女性を見かけたとき。ブラックコーヒーを飲んだ時。母譲りの長いまつ毛に、マスカラを塗る時。不在ということは、そこに存在するよりもずっと濃い気配をつくり出す。

母がいなくなってから、わたしは色々なことを調べた。葉野菜のゆで方、セーターの洗い方、生ごみの出し方。わたしは自分の無力さと、母に頼り切っていた幼さを思い知り、ひとりで生きていたつもりになっていたことを恥じた。

母は、同じ店で働く五歳年下の男を好きになった。彼のことは一度、母が勤める美容院に行ったときに見たことがある。短い髪を茶色に染めた、人懐っこい犬のような人だった。服も流行に合わせたものを身に着けていて、年齢よりも若く見えた。ふっくらとした耳たぶに花の形のピアスが付いていて、男なのに花？　と思ったが、よく似合っていたので違和感はなかった。それと同じものが母のアクセサリーケースの中で光っているのを見た時、母がそんな少女じみたことをするなんて信じられなかった。結局は、無邪気な人が強いのだ。わたしはその男を恨んだり憎んだりすることはなかった。こんなことになったのは、母にその気があったからだ。

母が革製の真っ赤なトランクに、少しの服と靴、化粧品を詰めていくのを、わたしは隣に座って眺めていた。小旅行にでも出かけるような荷物だった。

「好きなのあげる」

鞄に入りきらなかった化粧品を差し出されると、母がもう二度とここへ帰ってはこないこと、今とは全く別の女の人になってしまうことを実感した。化粧品を捨てるというのは、そういうことだ。

「これからどうするの」

わたしは、母が放り投げたブラウスを拾い上げながら訊いた。

「わからない。でも、どうにでもなるわ」

母は笑うと、目元に小鳥の足跡のような皺が寄る。わたしはそれが好きだった。母は、いちばん気に入っていた真珠のイヤリングをわたしにくれた。

「花の形のピアスがいい」

最初で最後の反抗のつもりだった。母は「困ったわね」と全然困っていない顔をして言った。口元に笑みを湛えてさえいた。母には母の人生がある。自由な人生は、父にもわたしにもえみさんにも、平等に与えられている。


「魚のエサが魚って、なんだか気持ち悪い」

金魚の餌【テトラ・ミール】の袋の裏に書かれた成分表示を眺める。すり潰され、粉々になったちいさな生き物たち。それを指でつまみ、水槽の中に落とす。金魚は、くちをすぼめて数回つつき、吸い込むようにして餌を食べた。古本屋は相変わらず無口で、絶対にわたしと目を合わせようとしない。古本屋の歳が一体いくつなのか、わたしは知らない。もう何十年も着ているような、アイロンもかけられていない、くたびれた白いシャツの襟。色褪せたジーンズはいつも同じものを履いている。しかし、不思議と不潔な印象は受けなかった。

店の中には、エアーポンプが泡を吐き出す音と、水が震える音だけが響いている。ここだけが街からすっぽりと抜け落ちて、海の底に沈んでしまったような錯覚を覚えた。

「今、このくらいなんだって」

金魚の泳ぎに合わせて、人差し指の関節を折り曲げる。

「何が」

ようやく顔を上げた彼と、歯車が噛み合うように目が合った。

「わたしの子ども」

古本屋の視線が、瞬時にわたしの腹部に向けられた。

「冗談よ」

水槽のガラスに、いびつに歪んだ店内が映っている。水草は、小さな無数の気泡を身にまとっていて、細かく砕いた宝石の粒のように光っていた。光に実体があるなら、きっとこんな形をしているのだろう。ポンプから生まれては消えていく空気の粒をじっと見つめていると、水の中に吸い込まれ、二度と戻ってこられないような奇妙な感覚にとらわれる。慌てて店内に目を移すと、そこはちゃんとした現実で、普段と変わらず整然と本が並んでいる。水槽に映ったわたしの顔は青白く、唇だけが熟れたように赤かった。金魚の目は、どこを見ているのかわからない。

えみさんのつわりが終わった。悪夢のような一か月を乗り切ったえみさんは、少し前までの弱々しさが嘘のように、次々に食べ物を口に運んだ。その姿は、野生の動物を連想させた。

家から徒歩十分の油臭い中華料理屋で、えみさんはわたしに新しいエコー写真を見せた。母は、よく機嫌を損ねて家を空けた。その時は、決まってこの中華料理屋に父と夕飯を食べに来た。父は、店主と少し言葉を交わした後は、黙って埃をかぶったテレビで野球中継を眺めていた。母の愚痴をわたしにこぼすことは決してなかった。

健診の日、父はスタンドを臨時休業にして毎回病院に付き添った。わたしの学校行事の時ですら店を閉めなかった父が。えみさんは健診に行くたびに、宿題を提出する子どものような律儀さで写真をわたしに見せる。胎児は、順調に育っているらしい。

「エコーって面白いのよ。お腹にゼリー状の液体を塗ってね、アイロンをかけるみたいに、ゆっくりのばしていくの。そうすると、目の前のモニターに動いている赤ちゃんが見えるの」

えみさんは、甲高い声で話し続けた。今日はやけに機嫌がいい。えみさんが診察を受けている間、父は婦人科の待合室にいるのだろうか。それとも診察室の中まで付き添うのだろうか。幸せの真っ只中に置かれた人間は、恐ろしく鈍感だ。

炒飯とエビチリが運ばれてくると、えみさんはそれを均等に三人分に分けた。三人で食卓を囲む時、彼女は何かと手を出したがる。血のようにどろどろと濃いソースに溺れているエビは、噛むと動物臭い味がした。

「わたしね、この子は男の子だと思うの」

「気が早いよ」

父とえみさんの会話が、わたしの意識からすべり落ちていく。わたしは腹の中にいる子どもが生まれてからのことを考えたことがない。今はただ腹の中で成長し続ける胎児だが、それは必ず生まれてきて、わたしの生活に侵入してくる。自分が、生まれてきた子どもをあやしたり、抱いたりしている姿を想像することができない。弟か妹ができるという実感もない。子どもにとって、わたしはいったい何者なのだろう。

「おいしいね」というえみさんに「ちょっと油っぽいけどね」と返事をする。無意識のうちに、わたしは彼女と反対の感情を探している。

「前に来たときは食べきれなかったのに、今日はいくらでも食べられるわ」

えみさんは、ちいさな口にレンゲを押し込み、頬を膨らませて炒飯を頬張った。異常な量の食べ物を摂取する彼女は、胎児に取り憑かれているようだ。

「前って？　いつ来たの？」

「妊娠する前よ」

食事に夢中になっている父に目をやる。わたしは父が、無知を演じられるほど器用でないことを知っている。わたしとは関係のないところで、時間はどんどん流れていく。噛み過ぎた炒飯が、唾液と混ざり合って甘い液体に変化していった。わたしは突然、全てをめちゃくちゃにしたいという衝動に駆られた。二人が、思い切り傷つく顔が見たい。

「ねえ、お父さん。わたしがお母さんのお腹にいる時、お父さんはどんな気持ちだった？」

そう言うと父は、悲しそうな顔をして口をつぐんだ。その顔を見て、わたしは急に恥ずかしくなった。二人を傷つけようと発した自分の言葉に、自分自身が傷ついていた。生まれてくる子どもは、わたしにはこれっぽっちも似ていないだろう。

霧のように細かい雨が、朝からずっと降っている。雨の日はなんとなく頭が重く、布団の中で過ごしてしまう。体温がこもった布団から這い出て、緩慢な動きで身支度を整える。

華奢な折り畳み傘の中に入り込んで来た雨が、わたしの前髪を湿らせた。週に三回、夜の九時から十二時まで近所のコンビニエンスストアで働いている。老夫婦が経営する、家から徒歩で十分程度の客入りの悪い寂しい店だ。同じシフトに入っている男の子との会話は、弾んだためしがない。店内に流れる音楽にも聴き飽き、のろのろと品出しをしながら、ケミカルランプの青い光に群がって焼けていく羽虫を眺める。店の中にいると、進むことがない均一な時間の中に閉じ込められているような感覚になる。

「ねえ」

売り場の奥から女の人の声がした。子どもを抱いた女の人が、食べ物で一杯になった買い物カゴを床に置いて手提げバッグをぶらぶらさせている。化粧はしておらず、黄みを帯びた乾いた肌をしていた。深く刻まれたほうれい線が、彼女を不幸そうに見せている。

「これ、レジまで運んでちょうだい」

睨むような目つきで、彼女はわたしに言いつけた。店の入り口のショッピングカートに気づかなかったのだろうか。わたしは「かしこまりました」と言ってカゴをレジまで運んだ。子どもが、呻るような声を出した。

女は、充血して濁った目でわたしを睨みつけている。ファミリーサイズのポテトチップス、板チョコレート、薄切りハム、カップラーメン、アイスクリーム、ミネラルウォーター……。それらを一つずつスキャンしながら、わたしは女の視線に耐えた。荒れた肌は、きな粉をまぶしたくず餅のようだ。スリングの中に入れられた子どもの、焦点が合わないいつくりもののような目がわたしに向けられている。気持ち悪いと思った。会計を済ませて店から出るとき、女の人は「気が利かないのね」と言い捨てた。子どもの頭は、梨のような形をしていた。

仕事を終え、期限が切れて廃棄品になった幕の内弁当を店の電子レンジで温めた。ここの弁当は、三日経っても四日経っても腐らない。えみさんに言わせれば、コンビニで売られている弁当は「食べ物ではない」らしい。ついさっきまで売り場に並べられていたナポリタンが、容器に入ったままゴミ袋に押し込められている。食べ物は、人が興味を失った瞬間ゴミになる。温めた弁当の蓋を開けると、湯気がうっすらとビニールのような匂いがした。鮮やかなピンク色をした鮭の切り身を箸で崩す。口に含むと、塩辛すぎる液体が喉を刺激してむせ返った。食事がしたくて食べているのではなく、生命を維持するための栄養を無理に摂取していると言った方が正しい。水分が飛んでかたくなったご飯を噛んでいると急に気持ち悪くなり、残りはゴミ箱に捨てた。


「生まれたばかりの子どもが、水に浮くってきいたことある?」

古本屋は、怪訝な顔をした。

「本当だとしたら、誰かが試したのかな。生まれてすぐの子どもを、プールに投げ込んだりして」

水槽に餌を数粒落とす。

「今日は、あまり食べたくないみたい」

「気まぐれなんだ」

わたしはスカートのポケットから、頭痛薬を数粒取り出し、その一錠を水槽の中に落とした。エアーポンプから湧き出る泡の中で、錠剤は踊り狂うように揺れながら浮いた。金魚たちはその粒をしつこくつつきまわしたが、餌でないとわかると興味を失い、またそれぞれに泳ぎ出した。白い粒は、水の表面を寂しく漂った。

雨の日、古本屋の店内の甘い匂いはいっそう濃くなる。適当に本を選んでページをめくると、前の持ち主が吸っていたのであろう煙草の匂いが鼻をついた。この店に、わたし以外の来客があるのを見たことがない。彼は、何か他の手段で生計を立てているのだろうか。古本屋は、丸くなった鉛筆の芯を指先で弄んでいる。

一匹だけ、赤と黒のまだら模様をした金魚がいる。動きが鈍く、いつも水草の影でじっとして、餌を落としても興味を示さない。わたしはガラス越しに水槽を叩いて金魚を驚かせようとしたが、反応はなかった。

「その場所が好きなんだ」

水槽を覗いていると、古本屋は机から立ち上がり、わたしのすぐ後ろに立った。爪先に体重をかけて座っていたわたしは、バランスを崩して尻もちをつきそうになった。慌てて腕でバランスを取ると、古本屋のベルトの金具が、シャツからむき出しになっているわたしの二の腕に触れて冷たかった。

「こいつはほかの奴らよりも鈍いから。水草の間に挟まって、のんびりしていたいんだろうね」

古本屋は中腰になり、水槽に顔を近づけた。彼の生々しく湿った息が首筋にかかる。近くで聞く古本屋の声は、いつもより低くわたしの鼓膜を揺らした。彼に触りたい、と思った。服やベルトではなく、古本屋の肌そのものに触れてみたい。わたしは自分の下腹部のあたりからせり上がってくる衝動に戦慄した。彼のベルトの金具が、わたしの腕の体温で生温かくなっていく。低く唸る水槽は、息をしているようだ。その音に合わせてわたしの鼓動が撥ねる。ガラス越しに見る金魚たちは、確かにそこに居るのに、まったく別の世界で生きているようだ。金魚たちは、自由に泳ぎ回っているように見えて、彼らだけに分かる合図を送りあっているように見える。まだら模様の金魚だけが、陰気に沈黙していた。ポンプから吐き出される無数の泡が、水の中の輪郭をぼかす。水槽の中から見るこちらの世界は、どんなふうに見えるのだろう。水槽の中は、金魚たちの閉ざされた国のようだ。

枕の下で携帯のアラーム音が鳴り、わたしは目を覚ました。液晶画面の日付を見て、今日で二十歳になったことを知る。起き上がると、頭に脈を打つような痛みを感じた。粗いレースのカーテン越しに外を見ると、雨が降っていた。誕生日はいつも雨だ。わたしはもう一度横になり、静かに街を濡らす雨の音を聞いた。まだ薄暗い部屋の中で、屋根に当たって跳ね返る雨粒の音や、車のタイヤが水をはじく音を聞いていると、十六歳の誕生日に、付き合っていた男の子からオルゴールをもらったことを思い出した。曲は【虹の彼方に】だった。わたしはそれをちいさく口ずさんでみる。四年前のことなのに、もっとずっと遠い昔のように思えた。

一階に降りると、リビングにもキッチンにも人影はなかった。父はもう出掛けたあとで、えみさんはまだ眠っているのだろう。湿気を含んだ床が、乾いたわたしの足に吸い付く。

リビングのすみで息を潜めていたピアノの鍵盤は固くこわばり、くもった音を出した。小学校二年生から六年生まで、わたしはピアノを習っていた。先生は、覚えが早いとわたしを褒めたが、わたしが一番褒めてほしかったのは母だった。ピアノだけではなかった。あらゆる物事に取り組むための原動力の全てが、母の賞賛だった。わたしはそれを、簡単に得られないからこそ尊いものだと思い込み、一途に努力した。

結局、ピアノは中学に進学すると同時にやめてしまい、それからまったく触れることはなくなった。古新聞や雑誌が積まれ、すっかり忘れられてしまったピアノを撫で、右手だけで【虹の彼方に】を弾く。あのオルゴールは、今ではどこにしまったのかも思い出せない。

拒んでしまったのは、わたしの方だった。すっかり日が暮れた帰り道だった。急に自転車を停めた彼の、つくりが粗い身体に抱きしめられた時、自分が傷つけられたような気持ちになった。学生服の襟元の、知らない匂い。制服も肌も通り越して、身体の奥を強く掴まれたような感覚に沈み込んだまま、わたしは彼の背中に最後まで腕を回すことができなかった。彼はゆっくりと身体を離して、かすれた声で「ごめん」と言った。前髪の隙間から覗き込んだ彼の顔は、泣くことを我慢している子どものようだった。わたしは彼を傷つけた。きっと彼は、とっくにわたしのことを忘れただろう。鍵盤に触れる。何度かつっかえながらも最後まで弾き終えたところで、えみさんがリビングに入って来た。

「ごめんなさい、起こしちゃった?」

彼女は、寝起きのむくんだ顔でわたしを一瞥し、汗でうねった前髪をかき上げた。

「もの哀しい歌ね。もっと楽しいのを聴かせてあげて」

えみさんは、腹をさすりながらクッキーの箱を開けて食べ始めた。食べ物を飲み込むとき、彼女の喉仏は、生き物のような動きをする。

えみさんは胎教を意識し始めたのか、クラシックのCDや、中学生の英語の教材のようなCDをどこからか買い込んできて、リビングで流している。指先でリズムを取ながら、うっとりと目を細めている彼女の姿は、胎児のためというより自分のためにそうしているように見える。わたしはピアノのふたを閉めて椅子から立ち上がった。

「やめちゃうの？　他の曲も聴かせてほしいわ」

「これしか弾けないの」

雨粒が、庭のあじさいの葉をふるわせている。今年の梅雨は長引くだろうと天気予報は告げた。このまま雨の季節に閉じ込められてしまいそうだ。

誕生日を祝われることは、自分が丸ごと肯定されているという感じがして嬉しい。しかし、人間が生まれることの一体何がめでたいのか、わたしにはよくわからない。最近は、電車の中でもスーパーでも、妊婦の姿が目につくようになった。一度気になり出すと、まるで探し求めていたかのように、彼女たちはわたしの前に現れる。膨らんだ腹を誇らしげに突き出した彼女たちの異様な姿を、わたしは直視できない。ベビーカーに入れられた見知らぬ誰かの子どもに微笑みを送ることができる女の子を、わたしは尊敬する。

自分もかつて、自分ではない身体とへその緒で繋がれていたということが信じられない。その相手が、母だったということも。子どもを持つ世の中の女たちは、自分の子どもを一番愛しているなどと言う。母はどうなのだろう。子どもがいても、別の愛する存在を見つけて居なくなってしまった。二十年前の今日、自分が子どもを生んだことを彼女は忘れただろうか。それでもいいと思う。生んだからには、絶対に愛さなくてはいけないなんて決まりはないのだから。

えみさんが作った夕食のカレーに、大量の赤黒い豆が入っていた。表面に点々と油が浮かんだカレーにスプーンを差し込み、豆を一粒すくい上げてその形を観察した。てらてらと赤く光っていて、気味が悪い。えみさんのエコー写真を初めて見た時のことを思い出す。

「これは何？」

「インゲン豆の一種よ。赤血球を作り出してくれるらしいの」

リビングのテーブルには、妊婦のための月刊誌が何冊も置かれている。それらを熱心に読みふけり、浮足立った気持ちでキッチンに立つえみさんの姿が目に浮かぶ。えみさんは、この家にきたばかりの頃のようにわたしの顔色を窺うような素振りを見せなくなった。この家は、えみさんと、目に見えない赤ん坊のための巣に姿を変えようとしている。

甘口の水っぽいカレーに、大きすぎるジャガイモが沈んでいる。えみさんは、休むことなく手を動かし、小さな喉ぼとけをせわしなく上下させている。最近の彼女の食欲は異常なほどで、腹だけでなく顔や首まで膨らんできているように見える。わたしは彼女の身体を眺め、空気の入った人形を連想した。胸のすぐ下から始まる膨らみは、彼女の小さな体を奇妙なかたちに変えていった。その姿は、暴力的だ。

えみさんの腹の中を想像してみる。ひしめき合う臓器は、胎児が浮かぶ血が詰まった袋に押しつぶされそうになっている。彼女のへそから伸びる細い管には絶え間なく養分が流れていて、胎児はそれを貪欲に吸い取り、どんどん膨らんでいく。それは、えみさんの身体に守られるか弱い存在ではなく、彼女の小さな身体に寄生し、すべてを吸い取ろうとする小さな怪物のように思えた。わたしはぬるくなったカレーをご飯に絡めて、舐めるように少しずつ飲み込んだ。油っぽくべたついた液体が喉に張り付いて、むせ返ってしまう。ぱさついたインゲン豆が、奥歯に潰され乾いた音を立てる。喉の奥がひりひりした。

突然腹の奥から熱いものが込み上げ、口元を両手で押さえて席を立った。「大丈夫、どうしたの?」というえみさんの声を背にわたしはトイレに駆け込んだ。背中や腕に這うような寒気がして、頭の芯が冷たくなっていくのが分かった。私は便器の淵にしがみついて、喉の奥から膿のように湧いて来る液体を吐き出した。わたしはえみさんの妊娠した身体に、強烈な嫌悪感を抱いている。

梅雨が明けた。熱気を含んだ朝の空気が、今日も猛暑になることを告げる。ぼんやりとした意識の中で、わたしは水の中にいるような感覚を覚えた。背中はうっすらと汗ばみ、蒸されているように苦しい。熱がこもる布団の中の、冷たい場所を足で探る。身体は重く息苦しいのに、頭はすっかり冴え渡っている。Tシャツ裾をそっとめくって手を入れ、肩をゆっくりと撫でる。額の裏側に、古本屋の店内を映す。閉めきった部屋の中で、古本屋の濡れたような髪が、わたしの首元に触れ、ゆっくりと下がっていく。水槽に餌を落とすときの、古本屋の指。薄く開かれた唇から伸びた舌が、わたしの肌を這う。無数の金魚たちの目が、わたしたちを見ている。わたしは、自分の乱れた呼吸の音を聞きながら、身体中にあるだけの想像力をかき集めた。やがて心地よい疲れが降りてきて、わたしはまた眠りに引き込まれていった。

カーテンの隙間から漏れる、橙色の光で目を覚ました。昼を過ぎた頃だろうと、半分眠った頭で予想する。午前中の授業はとっくに終わっている。午後から出席する気にもなれず、今日は休むことにした。仕方なく布団から起き上がり、お風呂場へ向かう。お風呂場はひっそりと冷えて青白い空気で満ちている。その壁に背中をぴったりと付けて深く息を吸い込んだ。ひんやりとした壁が気持ち良い。

浴槽にお湯を張り、膝を抱き寄せて浸かる。両足を揃えて身体を丸めると、わたしの薄い身体は自分の腕の中にすっぽりと収まってしまう。いつの間にか、自分でも驚くほど痩せてしまった。腕に力を込めたら折れてしまいそうだ。食事をすると、喉の奥に大きなリンゴのような塊が詰まっているような息苦しさを感じる。食べ物を咀嚼している途中で吐き気に襲われ、やっとのことで飲み込んでも、吐いてしまう。そういうことを繰り返していくうちに、身体に栄養が取りこまれていくことが恐くなってしまった。脆い骨が埋め込まれた身体を抱き、膝の間に顔を埋めてお湯に潜ると心臓の音が耳の奥を揺らした。

大人の身体になることが恐かった。初潮を迎えた時、わたしは母にそれを言うことができなかった。嫌われると思ったのだ。大人になってしまったら、もう母の子どもではなくなってしまうような気がした。ずっと子どもでいたかった。子どものままでいれば、いつか母が抱きしめてくれると信じていた。

　幼い頃、わたしは色々な方法で母の気を引こうと苦心した。母という病に侵されたように、常に母の存在を意識していた。テストで良い点数を取ること や、運動会の徒競走で一等を取ること、そしてピアノ。そのうちわたしは、体調を崩すことが最も効果的なのではないかという考えに至った。母に心配されたいがために仮病を使ったり、出されたご飯を残したりもした。それがわたしの「甘え」の形だった。しかし、どれもあまり効果は得られなかった。わたしは次第に母の気を引く努力をやめた。大人になったのではなく、甘えてもそれを受け入れてもらえない悲しさを知ってしまったからだった。

　右手の人差し指の先端がお湯に沁みて痛い。アルバイト中に、セロハンテープのカッター部分で切ってしまったのだ。その傷に触れてわざと広げると、お湯に血が滲んだ。血は、水槽の中を泳ぎ回る金魚に似ていた。自分の血液を見るのは久しぶりだ。血を流さない自分の身体を、わたしはとても清らかなものに思う。


　古本屋の店内は、寒いくらいに涼しい。かなり古い型のエアコンから、黴くさい風が吐き出されている。机の前にしゃがみ込んで、古本屋の顔を正面じっと見つめた。そうされることを、彼がいちばん嫌がることをわたしは知っている。来る途中にコンビニで買ってきたバニラ味のソフトクリームは、早くも溶け出してコーンの淵を柔らかくふやかしている。溶けて丸みを帯びたクリームの先端を舌先で舐めとると、乳臭い甘さが口の中を冷やした。

「欲しい?」

　ソフトクリームを差し出すと、古本屋は消え入りそうな声で「いらない」と言った。ポンプが酸素を吐き出す低い音が、部屋の静けさをより一層際立てる。溶けだしたバニラクリームが、手首を伝って腕に一本のうねった線を作った。

「腕が汚れちゃった」

　積み重なる本を跨いで机の内側に入り、古本屋の顔の前に甘く濡れた腕を突き出した。彼の瞳が揺れる。

「舐めてよ」

古本屋は首を振って拒絶した。彼の目は、皮膚にナイフで切り込みを入れてそれをぐりぐりと広げたような形をしていて、その中に埋め込まれた黒目は、何かから逃れるようにせわしなく動いている。細かい縦皺が入った古本屋の唇に人差し指を押し付けると、彼は小さく口を開いた。唾液の細い糸が引いて、生焼けの肉のように赤黒い舌が覗いた。指先に触れた彼の前歯は、粘り着くように濡れていた。自歯並びに沿って、指でゆっくりとなぞっていく。自分の指を古本屋の口に含ませ、生温かい口の中掻き回すようにゆっくりと動かし、さらに奥まで指を入れると、彼の喉が切なそうに鳴った。猫みたいだと思った。水のように透明で粘度のない唾液がわたしの人差し指を濡らしていく。右手に持ったソフトクリームはどんどん溶けて、白い液体になってコーンを伝って腕を滴る。

「早く舐めなさいよ」

口から指を抜き取ると、彼は諦めたように首を傾けてわたしの腕に舌を這わせた。ざらついた短い舌で、古本屋は懸命にわたしの腕に伝うクリームの白い線を下から上へ舐め上げた。きつく閉じられた瞼の皮膚は薄く、張り巡らされた血管が青く透けて見えた。わたしは古本屋の頭を胸に引き寄せて抱き、糸くずのように細くて頼りない髪の表面を撫でた。

古本屋の太ももも上に自分の膝を乗せ、押さえつけるように体重をかけると、彼は身体をこわばらせた。わたしは古本屋の顔を両手で押さえつけ、その唇に自分の唇を押し付けた。彼は咄嗟に身を引いて拒もうとしたが、押さえつけられる力が思いのほか強かったのか、すぐに身体の力を抜いてわたしの舌を受け入れた。彼の目がゆっくりと閉じられるのを確認して、わたしは彼の下唇を弱い力で噛んだ。彼の荒い息づかいを聞きながら、わたしは頭の芯が溶けて滴り落ちるような熱っぽさを感じた。唇を一旦離すと、彼は切なそうな眼差しを向けた。古本屋の頬を両手で包み込み、もう一度唇を押し当てる。乱暴に舌を差し込むと、彼の舌は意思を持った生き物のように激しく逃げまどい、縮こまって喉の奥に引っ込んだ。この舌を噛んで血を出したら、彼はどんな声を出すだろう。その声を聞いてみたいと思う。古本屋の目がうっとりと細められ、わたしの肩に手を掛けた。その瞬間、わたしは彼の胸を強く押して身体を離した。

「だめ。もう終わりよ」

わたしたちの口元は、どちらの唾液なのか分からないくらい濡れてべたついていた。古本屋はそれをそっと手の甲で拭った。わたしの肌に絡みついた唾液はすぐに乾いたが、粗い舌の感触はいつまでも残った。


深夜、リビングでうとうとしていると、えみさんが入ってきた。

「暑くてたまらないわ」

えみさんは父とわたしに「クーラーの風で身体を冷やしたくないの。だから、協力して」と眉根を寄せて、ひどく切実そうに言った。わたしは、自分が理由もなく責められているように感じた。えみさんは冷蔵庫を開け、赤黒く透ける飲み物をコップに注ぐ。

「それ、なに？」

「お酢。今日、お母さんが持ってきてくれたの」

えみさんはゆっくりとコップに口をつけ、舐めるようにお酢を飲んだ。彼女は今日の昼、母親と食事に出かけていた。彼女は寝付けないらしく、ソファーに深く腰掛けてテレビを点けた。どのチャンネルを回しても、コマーシャルと通販番組ばかりが流れている。電気をつけようとすると、彼女はそれを拒んだ。

「やめて。真夜中に光なんて浴びたくないわ」

わたしは黙って彼女に従う。お菓子の袋を開封する音がした。時間も量も考えず、欲するままに食べ物を貪るえみさんに苛立ちを感じる。彼女はお菓子の袋を抱いて、沈み込むようにしてソファーに座った。

「この子に早く会いたい。でも、こわいの」

えみさんは、自分の膨らんだ腹を撫でた。疲れが滲む表情のなかで、瞳だけが奇妙な光を湛えている。よくない兆候だ、とわたしは思った。えみさんの精神状態は天気のように変化する。彼女はそれを妊娠のせいだとか、ホルモンのバランスがどうとか説明するが、彼女の内側にもともと潜んでいたものが、妊娠をきっかけに顔を出したのではないかと思ってしまう。

えみさんの隣に座ると、熱の膜で覆われた彼女の身体から湿った体温が伝わってきた。今にも泣き出しそうな彼女の背中に手を添えると、下着の上にうっすらと肉が乗っていた。水分をたっぷり含んだ、弾力のないパンのような脂肪だった。

「人間を生むって、人間を殺すのと同じくらい重いことだと思うの」

彼女は、殺人の罪を告白するような深刻さで唇を震わせた。目には、薄い涙の膜ができていた。快楽殺人という言葉をふと思い出す。快楽殺人犯は、人を殺すという行為に性的快楽を見出すという。

「わたし、こわいのよ。この子がどんな子であっても、ちゃんと愛せるのかわからないの」

えみさんの母親が、彼女を刺激するようなことを言ったのだろうか。

「きっとすごく可愛いよ。生まれてくるのが楽しみね」

えみさんの腹に手を添え、わたしは全く思いもしないことを口にする。冷たい声だった。腹はかたく、張りがあった。あたたかい水に浮かんだ胎児が、外の世界を拒絶しているのかもしれない。人間は、自分の生を選べない。わたしは自分にありったけの想像力を働かせ、腹の中に確かに存在し、えみさんの身体を飲み込もうとしている胎児の姿を思い浮かべようとする。

救急車のサイレンが遠くに聞こえた。えみさんの陶器のように白い頬が、青白いテレビの光を映している。彼女は、わたしよりずっと綺麗だ。

古本屋のもとを訪れる頻度は日に日に増えていった。わたしは毎日のように店を尋ね、彼がつくり出す沈黙に包まれている。そうしていると、何か大きなものに許されているような気持ちになるのだ。店にわたし以外の客が来ることはなかった。この店だけで生計を立てることは不可能だろう。彼がどこから生きるためのお金を捻出し、何を食べてどんな布団で眠っているのかわたしは知らない。わたしたちはお互いの名前すら知らないし、知ろうともしない。

怯えるような目でわたしを見上げる彼の頬を、両手で包み込む。わたしは穏やかな笑顔を張り付かせたまま、自分のブラウスのボタンに手をかけ、ひとつひとつ丁寧に外していった。汗ばんだ手の中で、ボタンは逃げるようにつるつるとすべる。肌が剥き出しになるにつれて、わたしの呼吸は乱れていった。ブラウスと、その下に着ているキャミソールを脱いで床に放り投げる。古本屋は、何か言いたげに唇を震わせたが、わたしは見ないふりをした。背中に手を回して下着のホックを外すと、胸の形に沿って、締め付けられた赤い痕が付いていた。古本屋は、わたしの顔も胸も見ないよう努め、じっと息をひそめている。それはわたしを、たまらなく楽しい気分にさせた。憐憫と欲情は、とても似ている。

「ちゃんとこっちを見なさいよ」

わたしは古本屋の柔らかい髪を掴んで、自分の方に顔を向けさせた。胸と脇の境目に、透けるように骨が浮き上がったわたしの薄い身体はとても美しい。

古本屋の手首を掴むと、彼は拳に力を込めて抵抗したが、強引に身体に触れさせた。首から鎖骨を伝って胸に手をあてがうと、彼の抵抗する力は急に弱くなった。古本屋の指がわたしの肌の上をすべるたびに、虫が体中を這いまわるような快感が走る。古本屋の下唇の淵に、透きとおった唾液が押し寄せ、唇の端を伝って胸に垂れた。生あたたかい唾液は、古本屋がそこにちゃんと存在する証だ。わたしは深い安堵を覚え、それが快感に変わっていくのを感じた。古本屋の唾液が肌に染みこみ、何事もなかったかのように乾いていく。ウエストのファスナーを下ろすと、腰骨だけで支えられていたスカートは簡単に足元に落ちた。脱ぎ捨てられた衣服の山は、何の役にも立たないただの布のかたまりだった。古本屋の、戸惑いと怯えが同居する表情がわたしの心を鷲掴みにする。

「わたしの言うことをきいて」

彼の手を取り、インクで汚れた指先を口に含むと、彼はかすかな吐息をもらし、わたしに身体をあずけるように体重をかけた。その頭を引き寄せ、抱きかかえるようにして胸に押しつける。足首に引っ掛かったままの下着をもう片方の足を使って脱いだ。古本屋の太ももによじ登るように身体を乗せると、自転車に跨っているようで滑稽だった。古本屋がわたしの腰を縋るように掴み、わたしたちの身体の境目が曖昧になった。身体の振動に合わせて、金魚の赤色が視界の隅で揺れた。

古本屋から身体を引き剥がし、床に散らばった服を拾い上げ、順番に身に着けていく。服を着終えると、もう以前のわたしではないような気もしたが、こんなものか、という気持ちの方が大きかった。古本屋は、母親に置き去りにされた子どものような顔でわたしの様子を窺っていた。わたしはバッグからハンカチを出して、汚れた彼の太ももや下腹部を拭いてあげた。それは簡単に拭き取ることができたが、ハンカチには濃い匂いが残ったままで、なかなか消えてはくれなかった。店を出て歩き出したとき、脚の間に不快で懐かしいあたたかさを感じた。

えみさんは、着々と母親になっていく。その代償として、無邪気さが削ぎ落されていった。彼女は適度な運動がしたいと言い、歩いてスーパーへ行きたがる。父はそれが心配でならないらしく、必ずわたしに付き添いをするように頼んだ。

「何かあったらすぐ電話してくれ。店の電話でも、携帯でもいい」

父は、出産によってえみさんが死んでしまうとでも思っているのだろうか。

スーパーの袋を両手にぶら下げて、わたしはえみさんの少し前を歩く。後ろから彼女の足音と息遣いが聞こえる。グレーのマタニティワンピースを着て、腹を突き出してゆっくりと歩く姿は、むくむくに膨れたひな鳥のようだった。わたしは自分の歩幅を決して彼女に合わせない。

家に着くと、わたしはすぐにお湯を沸かした。えみさんの母親が持ってきたハーブティーを淹れるためだ。三角形の小さなティーバッグの中には、粉末にされた緑色の葉や黒い粒がぎっしりと詰まっている。その藻色の粉末にどのような効能があるのかわたしは知らない。えみさんは、湯気の立つティーカップを両手で包み込み、ハーブティーを少しずつ飲んだ。

「今、蹴ったわ」

えみさんはテーブルに置かれた封筒を引き寄せ、中からエコー写真を取り出す。彼女はこれまで撮ったすべての写真を日付順にまとめ、ひとつの封筒に入れて大切に保管している。これは一昨日撮ったものだ。彼女はそれを虚ろな目で眺め、溜息をついた。

「へその緒がねじれて、栄養が届いていなかったらどうしよう」

わたしは驚いた。自分の腹がどれだけ膨らんでいるか、彼女には見えないのだろうか。胎児は、こんなにも着々と育っているというのに。今だって、胎児が内側で動いていることを確認したばかりだ。

「助けてって言っているのかもしれない。お腹のあたりが冷たい気がするの。生まれる直前になって、だめになってしまった人がいるって聞いたこともあるわ。赤ちゃんにへその緒が巻きついて、息ができなくなって、それで……」

小説を朗読するような、演技じみた話し方だった。彼女は自分ための落とし穴をあちこちに用意して、そこに自ら転がり込みたがる。

「大丈夫。そんなことには絶対にならない」

わたしは、いつだって何の確信も無く彼女を励ます。

「もう休んだ方がいいわ」

わたしはえみさんにこの部屋から出て行ってほしかった。

「ねえ茉莉ちゃん、わたし今すぐ病院に行った方がいいかもしれない」

「おととい行ったばかりじゃないの。心配しすぎよ」

わたしの言い方が癇に障ったのか、えみさんの顔が今にも泣き出しそうに歪んだ。慌てて背中をさすりながら、わたしは想像してみる。金属の器具がこすれ合う音と、えみさんがすすり泣く声だけが響く、しんと静まり返った分娩室。白い布に包まれた、父とえみさんの息をしていない子ども。彼女は、自分を襲った悲劇をすぐに受け入れ、きちんと悲しむことができるだろう。わたしの言葉を待つように、彼女は、湿った瞳を揺らしてわたしの顔を見上げた。

「生んでしまうのが悲しい。だって、ずっとわたしのお腹の中にいたのよ。わたしと同じものを食べて同じものを飲んで、出かけるのも眠るのもいつも一緒だったのに、切り離されてしまうみたいで、寂しくて、悲しいの」

えみさんは、不可解で脈絡のない恐怖を次々につくり出しては苦しむ。最近はそれを楽しんでいるのではないかと疑ってしまうほどだ。腹から出てきた子どもを、誰かが誘拐するとでも思っているのだろうか。自分の身体と細い管一本で繋がっていた胎児が、意思を持ったひとりの人間として姿を現すことの方がずっと恐ろしいことではないか。わたしは夕食の準備をするために立ち上がった。相変わらず食欲は無かったが、父の食事とえみさんの散歩のために食材を買いに行き、料理をする。

「ご飯にするの？　何も食べたくないわ」

えみさんは、手のひらを額に当てて、重い病気に侵された患者のように苦しそうにしてみせた。膨らんだ子宮が内蔵を押しつぶしているせいで、食事をすると苦しいという。食事中に何度もスプーンを皿に戻し、溜息に似た深い吐息を漏らす。わたしはそれに、気づかないふりをする。

ローテーブルに置かれた最新のエコー写真には【39ｗ３ｄ】と書いてある。胎児は、祈るような姿勢で腹の中に収まっている。小さな豆から芽を出し、根を張った胎児。それは、順調に健やかに成長し、生まれるタイミングをじっと見計らっている。

「明日、病院へ行くわ。茉莉ちゃんついてきて。お願い」

えみさんは、消え入りそうな声でそう訴えた。彼女は、一体わたしにどうしてほしいのだろう。

雨が三日降り続いている。車道を通り過ぎる車のタイヤが撥ね上げた雨水がコートに茶色い染みを作った。

まだら模様の金魚が死んだ。水槽の隅に置かれた貝殻のオブジェの隙間に挟まって、ひっそりと死んでいた。古本屋は腕をまくり上げ、水槽の中に手を突っ込んだ。水槽の水は、彼の手を撫でるようにやわらかくすべり落ちていった。突然の侵入者に驚いた他の金魚たちは、逃げまどうように泳ぎを乱していく。水草についた細かい泡が古本屋の手をくすぐり、静かにはじけて消えた。彼は手の平を丸めてお椀のような形をつくり、金魚の死体をすくい上げた。死んだ金魚はただの黒いかたまりになって、玩具のようにてのひらの上で乾いていった。古本屋の口元が、かすかに持ち上がったように見えた。古本屋は、ノートを一ページ破り、プレゼントのラッピングでもするような手つきで丁寧に死体を包み、机の隅にそっと置いた破られたノートに何が書かれているのかは分からないが、びっしりと詰め込まれた文字は、お経のように見えた。

　わたしは水槽の中を泳ぎ回る金魚が急に恐ろしくなった。心臓や消化器が、金魚のちいさな体の中いっぱいに詰め込まれ、休むことなく動き続けている。しかしそれは、必ず機能を停止する時が来る。澄んだ水があり、光のかけらがびっしりと張り付いた深緑の水草が揺れ、ちいさな命がひしめき合う水槽が死後の世界のように思えて寒気がした。雨の音が大きくなった。冬は死の季節だ。

　何事もなかったように椅子に座り、上目遣いになった彼の目に、歪んだわたしの姿が揺れている。わたしは逃げるように店を出た。

　鞄の中で、携帯電話が鳴った。それが父からの着信だとすぐに分かったが、無視して歩き続けた。電話は一度切れ、すぐにまた鳴り始めた。ポケットから携帯電話を出すと、傘の間から入り込んできた雨粒が画面を点々と濡らした。通話ボタンを押して、喉の奥から声を絞り出す。立ち止ったわたしのそばを、車が通り過ぎて行く。ガソリンを含んだ虹色の水たまりに、わたしの顔が油絵のように映り込んでいる。わたしは、これからどこへ向かったらいいのだろう。雨粒が地面に叩きつけられる激しい音が、赤ん坊の泣き声のように聞こえた。

　現実が、流れ込んでくる。

ヒ氏の厄難

平野　遼

一

若い女の子は電流を放っている。

いつからだろうか、電車内や待合室、喫茶店、若い女性とひとつところに時を過ごしていると、こちらの好む好まぬに関わらず、右の耳朶がじりじりと灼かれるような感覚を覚える。相手によって強弱があるようで、ある者は激しく、ある者は暖かく包むようにと、それぞれ違った種類の電気を帯びている。

だが、若く見目麗しい女性であっても、全く反応しない場合もある。通りすがりの女性に恋をするほどおめでたくはないし、お盛んな年頃でもない。ムラムラする、に近いようであるが、自分の内からのものではなく、外から引き寄せられる感じが強い。

何なのだろうか。

この感覚が何なのかといえば明言できないのだが、性衝動に誘われて、ややもすると性犯罪に走りそうになるので、ぎゅっと舌を噛んで生唾を飲み込んでいる。一体、わたしはとんでもない助平になってしまったのだろうか。自分の助平は自覚しているが、ランドセルを背負った女の子の電気にはさすがに閉口した。自分にそのような趣味はない。

ある日、船橋を過ぎたあたりで、白い服を着た女が電車に乗ってきた。ゴシック調のレースが入ったワンピースで、白地に真っ黒なストレートヘアがよく映えていた。背筋をまっすぐ伸ばして立って、微動だにしない。首に下げられた銀の鎖はロザリオだろうか。山奥から人里に降りてきた聖女のような佇まいで、一種異様な気配を放っていた。

女は静かににじり寄ってきて、わたしの斜め後ろに立つと、例の電気を放ち始めた。呼吸が乱れ、のどが鳴った。今までに感じたことのない強い電気だった。見えない手がわたしの耳や心臓をつかんで捕らえ、激しく脈を打たせた。陰茎はジーンズを突き破る勢いで腫れ上がっている。

自分の鼻口から獣のような熱い息が出ているのがわかる。女は生贄に差し出されるかのような神妙な面持ちで宙を見つめている。しゃぶりつきたい思いを我慢して奥歯を噛んでいると、女はひと言、

「左足の痛みは御霊の知らせ」

謎めいた言葉を耳元でささやいた。

その日からしばらく、わたしは片足を引きずって歩いた。

二

また、通りすがりの知らない人に「申し訳ありません」と声をかけられることが増えた。工事現場の警備員、子連れの主婦、劇場で隣り合わせた客などが、わたしの顔を見るなり深々と頭を下げ、「申し訳ありません」と一言だけ言う。

他人にしげしげと顔を見られることもままある。ガンつけられるというより凝視に近く、珍妙な動物でも見るかのような目つきで、目を伏せては見る、伏せては見るを繰り返す。

カレー屋の店内に居あわせた、子連れの三十男だった。あまりに目が合うものだから、近づいて行って「何か御用ですか」やや怒気をもって尋ねると、男は緊張した様子で「すみません」と頭を下げた。それでもこちらを見るのをやめなかった。

わたしの顔に何かついていたのだろうか。問うてみたいが、不意に言われるものだから、こちらは面食らうだけである。自分は人波の中でそう目立つ質ではない。

いつものように電車に乗っていると、中学生か高校生か、私学の制服をまとった男の子が近づいてきた。山手線にしては相当に空いた車内だというのに、密着するばかりに身体を寄せてくる。おかしな子だな、と思って眺めていると、どこか懐かしいにおいがする。成長しきってない男の体毛のにおい。見ると、ほっそりとした肩や背、ところどころに綿ぼこりが付着している。埃とハウスダストまみれの部屋で過ごした、少年の頃のわたしのにおいに似ていた。においの記憶とは、案外色濃く残っているのだなと感心した。幼さの残る面立ちも、あの頃の自分に近いように思った。

少年は不動の姿勢でうつむき、横目で繁くこちらを見ている。

「なんだかよくわからんが、頑張れよ」

わたしが少年の肩を叩くと、少年は「ハイ」と勢いよく返事をした。快活な調子がかえって気味が悪かった。

三

中塚さんが畑仕事をしていたので挨拶をした。中塚さんは近在の地主であるが、他の地主のように不動産業を営まず、朝から夕まで畑仕事に精を出している。こちらは古くから中塚さんを知っているのだが、中塚さんはおそらくわたしのことを知らない。

その中塚さんがこちらを一瞥して、「アンタ、ちょっと」とわたしを呼び止めた。そして傍らの大きな石に腰かけると、玩具メーカーのロゴの入ったわたしのTシャツを指差して、

「田と宮」

「風の神さま、雨の神さま。米の一粒にも神さまがいる」

厳かな調子で言った。

「アンタ、第五福竜丸って知ってるか。昔、ひどい水爆実験があってな。福竜丸の他にも、たくさん被害にあったんだ。見たことあるか」

私がかぶりを振ると、

「夢の島公園に保存されてあるから、行って、自分の目で見てきな」

と教えてくれた。どうしてこの人は何の脈絡もなくこんなことを話すのだろうか。中塚さんの顔には、古い火傷の痕と黒いシミが広がっていた。

夢の島公園の第五福竜丸保存館には、わたしの他に来館者はいなかった。

館内中央には大きな漁船があり、周りに資料が陳列されている。入って右手に福竜丸の大漁旗が掲げられている。被曝して顔のただれた船員の写真がある。船体が焼け焦げた漁船は、いまだに汚染されていそうで嫌な感じがした。

公園内はひどく寂れていて、青黒い東京湾の他には、特に見るべきところもなかった。

その夜、床につくと、ぽきぽきと変な音がする。
『ぽきぽきぽき、ぽきぽきぽき』
気のせいかと思って放っておいたが、一向に鳴りやむ気配がない。
『ぽきぽきぽきぽきぽきぽきぽきぽきぽきぽきぽきぽきぽきぽき』
イネ科の植物を割るような乾いた音が、一定のリズムで間断なく続く。あんまりうるさいので枕の向きを変えてみると、『ぽきぽき』は嘘のように静かになった。わたしは普段、北枕で寝ている。

四

祖母がよいしょよいしょと声をあげながら階段を下りてくる。ゆっくりとした動作で身体を持ち上げて、一段一段、足取りを確かめながら階段板を踏みしめる。祖母がよいしょと声をあげるそのたび、胸に針で刺されたような痛みが走る。ひどいときはこめかみのあたりにピリピリと不愉快な電気が走り、とても一緒に居られない。

どうにもアンテナの感度が上がってしまったように思う。人の発する電気は心地好いものばかりではなく、不快な感覚のものも存在するらしい。ひねた表情をした若い男、陰険そうなサラリーマン、ことに老人は不愉快な電気を発している者が少なくない。ただ、不愉快だからといって「あなた、モワモワするんですよ」なんて言えるはずもなく、じっと我慢しているか、その場から立ち去るより他にない。

レンタカー回収の仕事はあまり人に関わらなくて済むので、出来れば辞めたくなかった。しかし、千葉の家から事務所のある要町まで出勤し、車を回収するため、茨城から埼玉、神奈川へ、あちこちを電車で行ったり来たりしなければならない。邪気の持ち主は少なくとも一車両に一人はいるから、どうしたって避けようがない。針で刺されるぐらいの小物はまだ耐えられるが、ごくまれに吐き気を催すほどの大物と遭遇することがある。

　昼下がりの車内は静まり返っていて、電車の走る音だけが響いている。乗客もまばらだから、安心して入り口の脇にもたれていると、どこからか波長の違和を感じる。悪意の矢が胸に突き刺さってくる。皮膚のピリつき、こめかみの鈍痛、胸の痛みと、江戸川を渡ったあたりから違和は次第に大きくなって、とうとうオエッと声をあげるほど強い吐き気を催しはじめた。胃が持ち上がって、酸っぱい液が口の中に広がったが、胃は空で何も出ない。

『邪気はどこだ』

　手前の席列、奥の席列、ぐるりと車内を見渡しても、特におかしな者はいない。胸を押さえていると幾分か楽であるから、胸に手をやってじっとしていると、一人の若い女が目に留まった。あまり身なりに関心がない様子のその女は、大きな身体を折りたたみ、食い入るようにスマートフォンをのぞきこんでいる。わたしは女の前に立ってしばらく眺めていたが、女は気にも留めず、般若の形相をしてしきりに画面を叩いている。

「ねーちゃん、なんかあったの？　なんか知らないけど、さっきから胸痛ェんだ。やめてくれねーかな」

　わたしが問いかけると、女はぎょっとしたような顔をしてこちらを一瞥した。そして、カバンからもうひとつスマートフォンを取り出して、何を伝えたいのか、小さくジェスチャーを始めた。

「なんだかわからないけど、やめてくれねーかな」

　わたしが先の言葉を繰り返すと、女は今にも泣き出しそうな表情になった。周りの乗客は一声もあげず、狐につままれたような目つきでこちらを見ている。

　やってしまったと思った。

　駅に着くと、女は逃げるように電車を降りていった。その途端、胸の痛みは綺麗に消えていった。

　ああ、これじゃまるでわたしが変な人みたいじゃないか。

五

同級生が成人式で晴れ着を着ていた頃、わたしは病院のデイルームでユニクロのスウェット上下を着ていた。そのような経歴のため、これらの出来事が幻覚であると医師に断じられれば、ぐうの音も出ない。だが、幻覚であろうと何であろうと、こうやってわたしの前に妙ちけれんな世界があるのだから、それはわたしにとってまぎれもない現実であって、うその世界ではない。わたしはうそではない。だが、わたしの存在がうそではない証拠は果たしてあるだろうか。特に無い。この血が何を担保するだろうか。この肉が何の存在証明になるだろうか。あなたの世界が正しく、わたしの世界(つまりわたし)がまぼろしだと、どうして言い切れるだろうか。あなたの目が澄んで、わたしの目が濁っていると、どうやって理論立て出来るだろうか。――多くの人はそのように見えないから? 多数決が何故正しいことになるのか、わたしにはわからない。

と、哲学問答をしていても、現実だかまぼろしだかわからない世界は眼前にあって、その不確かな世界を進んでいくしか仕方がない。何の理がなくとも、なんとなく自分の知覚を信じてゆくしかない。――わたしのこと、愛してる? ただ、その現象が「在る」と信じるしかない。一如に信じ込むしかない。わたしをわたし足らしめ、○○を○○足らしめるのは信でしかなく、世界に存在を根づかせるものは、唯一「信」でしかない。

それも世界と上手くやっていくための妥協の信であって、何の確信もない。正しさではなく、人は信じたいものを信じる。わたしはわたしの知覚した世界を幻覚だと思いたくない。信じれば、それは在る。

山本鍼灸院の施術用ベッドで、顔中針だらけにされながら、そんなことを考えていた。

胸や頭の痛みがあんまり激しいので、行きつけの鍼灸院に来ている。診察室に入るなり、山本老人は慄然として「何かあったのですか」とわなわなと口を震わせながら尋ねた。

山本師は中国で気功の勉強をした人で、手の平を患部にかざして「腸が悪いですね」「アイス食べたでしょう。ぼく、わかってしまうんですよ」と、病気の原因をたちまち言い当ててしまう。その山本師が気おされた様子で、どもりながら「どこが悪いですか」「どうしてほしいですか」と困りかねたように尋ねてきた。頭がピリピリすると伝えると、頭頂、こめかみ、額、頭部のあらゆるところにヤッと針を刺していった。そして奥の間にある自宅と行ったり来たりして「近くに亡くなられた方はいますか」と妙なことを言った。父方の祖父母、母方の祖父、父がすでに身罷ったことを告げると、

「君には強い御霊が憑いている」

「三つのタマ。普通、こんなに出てくることはないんだけど、珍しいことです」

山本師はひと言ひと言、確かめるように、ゆっくりと喋った。

「みたまとはなんですか」

わたしが尋ねると、「普段はこんなこと言わない。信じるかどうかは君次第だけど」と前置きをして、

「なんというか、簡単に言えば、祖先の霊です。普段はこんなに出てこないんだけど、亡くなっても、お父さんやおじいさんおばあさんの魂は、子どもをずっと守っているんです。ぼくだって子どもや孫が大事なように、御霊も君のことを大事に思っていて、心配になって出てきちゃうわけです」

わたしはなんと返事をして良いかわからず、「ハア」「エエ」と相づちだけ返した。

「よく供養をするように」

山本師は、針を抜きながら言い含めるように言った。

六

【み‐たま　▽御霊／▽御魂】

一、神霊や死者の霊魂を尊んでいう語。「先祖の——を祭る」

二、霊威。

辞書によると、御霊とは右のようなものであるらしい。『御霊が憑いている』と言われても、幼い

頃からわたしには特に霊感といったものはなく、それは見えない。聞こえない。右耳のあたりがモワモワしたりピリピリしたりするのは、電気だと勝手に思っていたが、これは霊の仕業なのだろうか。電気だって霊だって、どちだって構わないのだけど、生活に難儀するので出来れば出てこないでほしいと思っている。だが、そういった自分の意思に関わらず、現象はわたしの眼前にあらわれてくる。

叔母は霊感の強い人である。母の年の離れた妹であるこの叔母は、一季に一度、彼女の実家、つまり我が家にやってきて、睡眠をとって帰っていく。昔から、事あるごとに

「ここ、なんか嫌な気配がする」

「京都の悪縁切り神社、あそこはすごいよ。なんか、ズーンと頭痛くなるんだよ」

なんて奇怪な話をして、わたしたちを楽しませてくれた。

以前は話半分に聞いていたが、今の自分には納得がいく。ここのところ起こった一連の出来事を叔母に話すと、叔母は煙草の煙をすーっと吐き出して、

「わたしも昔、秩父の山小屋で、小屋守のじいさんに言われたことがあるよ。『あんたにはお祖父さんの霊が憑いていて、強く守っているよ』って。なんなんだろうね」

笑いながら言った。

後日、叔母から小包が届いた。中にはビニールの包みと手紙が一通、同梱されていた。

――亮さまへ　大きいお札が生霊即身のお札。小さいお札が身守りさま。生霊即身は他人の生霊を遮断し、自分の生霊を抑えるもの。身守りさまは災いから身を守ってくれます。信じるかどうかはあなた次第だけど、霊験あらたかなものだから、肌身離さず持っていると良いかもしれません。くれぐれもお気をつけて。　希代子――

お札には朱筆で怪しげな文様が描かれていて、その文様の上に「一六八　七五三　二九四」と、何の

呪文か、意味のわからない数字が書かれていた。

霊。御霊。生霊。五感以外の知覚でとらえているのは間違いないのだろうが、一概に言葉を当てがうのは危ういことではないかと思った。夢は五臓の疲れと言うし、また、自身の不安に因るものであるかもしれない。特に、わたしには前科があるので、霊だ御霊だと騒いでも、「またおかしくなってるのね。可哀そうに」と思われるだけである。


通勤があんまり苦痛なのでバイトを辞めた。正確に言えば、派遣制なので、二度続けて案件を断ったらバイト先から連絡がこなくなった。

　家にいると、祖母の不愉快な電気が耐えがたいので、毎日出かけては人気の無さそうなところをぶらぶらと歩いている。祖母はもとより、母もわたしのことを可哀そうな狂人だと思っているので、ぶらぶらしていることについて特に何も言わない。

　身の周りに起こる怪異について、何かのヒントになるだろうかと、神社仏閣、あちこちの心霊スポット巡りを始めた。著名な心霊スポットだからといって特に嫌な気配があるわけでなく、それよりも近所にある野ざらしの土地、打ち捨てられた民家、廃業した病院跡などに、吐き気や胸の痛みを感じた。特に家から三百メートル先にある牛舎の跡地は、傍を通るたびに何かが咽喉に入りこんでくるようなひどい吐き気がするので、遠回りをして避けた。

　これとは逆に、神社は清涼な気配がするので好んで足を運んだ。緑が多いから夏でも涼しく、手を合わせていると、スッと快い風が頬をなでる。

　明治神宮に行った帰りのことである。千代田線での帰路の途中、乃木坂駅を過ぎたところで突然、左目から涙がひとりでに流れ落ちた。わたしは今夜の夕食——アスパラのベーコン巻にしようか——と考えていたのに、どうして涙が出てくるのか。悲しくもないのに、ぽろぽろと涙が頬をつたうのを止めることができない。何か自分の外にある力が働いて、泣かされている感じがした。自分の意思ではなしに泣いているのが不愉快だった。三十男が公衆の面前で泣いている姿はあまり格好がつかない。どうして乃木坂なのか。縁もゆかりもない土地である。わたしは乃木坂46のメンバーの顔と名前が判別できないほど芸能界に疎いし、乃木大将にも特に思い入れはない。

車中に鞄を置いてきたようだ。乗換駅で問い合わせたが、忙しいのか、まともに取り合ってもらえず、鞄は見つからなかった。失くして困るようなものも特に入っていなかったが、十年近く愛用していた腕時計を一緒に失くしたのは痛かった。

翌朝、小物の入った引き出しを開けると、失くしたはずの時計が何事もなかったように収まっている。アメ横で買った千円のカシオ。うっとおしくなって、電車内で外して、鞄に突っ込んだはずの時計が、今ここにあるのは、一体どういうわけだろう。外したはずだった。鞄に入れたはずだった。そもそも持ち歩いていなかったのか。

勘違いで済ますには、あまりに奇妙な出来事が起こり過ぎている。

七

八千橋の町は目をつむっていても歩けるから、異変があればすぐわかる。町の寿命はとうに過ぎていて、朝は高齢者がスーパーの特売に長蛇の列を作り、夜はわずかな酔客と暇そうな呼び込みがいるだけで、特に面白い事件もない。

その八千橋の町がどうもおかしい。いつもは子どもが十人ほどいるだけで、閑散とした第一公園が、人波で溢れかえっている。子どもたち、母親たち、敷地を埋め尽くすほど賑わっていて、母親たちもゴムボールを投げたりしている。いずれも童心に帰ったようにきらきらとした表情で遊びに興じており、ここ近年、いや、かつてもそんな光景は記憶にない。何かのイベントなのだろうか、カルト宗教の集まりのようで、なんだか薄気味悪いと思った。

ベッドタウンらしく、夜は駅利用者のほとんどが家へ直帰するのが常だが、その日の夜はどこか様子がおかしく、駅前にカップルばかり十組も二十組もたむろして、仲睦まじく手を取り合っている。ここは原宿ではない。そんなことは普段、あり得ない。

住宅街へ足を運ぶと、まだ夜も更けない時間だというのに、家々の灯は一様に落ちていて、一人の歩行者もなく、しんと静まり返っている。

偶然といえばそれまでだが、町中が狐に化かされているような感じがして、釈然としなかった。この世界には理がない。当然のことが当然でなく、一本、筋の通った道理がない。人でいっぱいの公園も、二十組のカップルも、そんなことは普段、あり得ない。

Ａ子は大丈夫だろうか。俄かにＡ子のことが心配になり、電話をかけてみた。何度コールしても、Ａ子は電話に出なかった。

Ａ子の住む東荻窪駅は、狭い路地に多くの飲食店が軒を連ね、いつも通りの賑わいを見せていた。約束もなしに東荻窪まで来たが、Ａ子の家へは一度行ったきりだから、土地勘もなく、方向音痴のわたしには見当がつかない。仕方なく駅前の鉄柵にぶらぶらと腰かけていたが、いくら待ってもＡ子の姿は見えなかった。

腹が減ったので、飲食店街を覗いていると「Ｍｅｍｅｎｏ」という英国風パブの看板が目に留まった。薄暗い階段を上がると、店内には、中年男性のグループが一組と、カウンターに女性客が一人、涼しい風貌をしたバーテンが一人いた。ビールとフィッシュアンドチップスを頼むと、バーテンはニコッとさわやかに笑って魚を揚げ始めた。

壁に架けられたモニターには、外国のロックバンドのミュージックビデオがかかっていて、悲愴なことを歌っている。「バカだねー」中年のグループが大きな声をあげている。常連なのか、女性客はバーテンと親しげに話している。ビールを飲み干して、出てきた魚にかぶりつくと、口の中に衣の油と魚の脂が広がって、以前、本場で食べた物より美味しいように思った。

東荻窪に特別変わった様子は見られなかった。自分の周りだけがおかしいのか。自分が狂っているのか。狂っているという事実は自分の中で既に咀嚼できているのだが、リンゴが地面に落ちない世界でどうやって生きていったら良いのだろう。

「お勘定」バーテンに声をかけると、バーテンは伏し目がちに領収書を差し出した。領収書には、

ヒ様　￥１７２８　但飲食代として

と、記載されていた。『ヒ』はいかにもわたしの苗字の頭文字である。この男はなんだってそのようなことを書くのか。一見の店であり、当然、バーテンとも面識はない。知らない人に、どうしてわたしの名前と面が割れているのか。背筋が寒くなる思いがして、尋ねることは出来なかった。

『世界に包囲されている』

という非現実の疑いが頭をもたげた。自分の生活がＴＶショーとして世界中に放映されている、という内容の映画があったが、それと同じように世界中にバカにされている気がした。わたしは静かに暮らしていたいのに、人も、人ならずのものも、どうしてちょっかいを出してくるのだ。


以来、二度と行っていないが、本当にこの世の店だったのだろうか。

『ヒ様』の領収書は今も手元にある。

八

嵐の間、ずっと布団を被って寝ていた。何日が過ぎたのか定かではないが、ぐるぐるとした感情と呼応するように、雨風は猛威を振るった。

体調を取り戻すと、一転、暑い日が続いた。真夏のような陽光が照りついて、五月にしてはひどく暑かった。

いつものように近所をぶらぶら歩いていると、小学生の男の子が「またお前かよー」大きな声で叫んだ。何のことだかやはりよくわからないが、自分が尋常な状態でないことはわかる。身体が激しく火照っている。徹夜明けの朝のように神経が尖って、気分が妙に高揚している。朝のエレクションが毎日続き、思春期の少年のように雄々しくそそり立って

いる。今、自分はどのような顔をしているのだろう。

電気（御霊？　名前は何でもいい）への感応力は以前よりさらに増し、とうとう喫茶店にも入れなくなった。邪気の持ち主と居合わせるのは耐えがたいので、なるべく電気を感じない人の近くを狙って座るのだが、邪気者は何故かわざわざわたしの近くに寄ってきて、横でしかめ面を作り始める。邪気者の共通点をひとつ挙げるなら、彼らは決まって機嫌の悪そうな顔をしていることだ。

自分が邪気を寄せているのかもしれない、とふと思った。磁石が引き合う、あるいは反発し合うように、わたしの電気に寄ってくる。自分は便所の壁だ。「〇〇とヤリたい」「シャブ譲ります」便所の壁に汚い言葉を書くように、人は無意識に汚物をなすりつけてこようとする。

気になる。気がある。気のせい。男女の間においても、容姿や性格に魅かれるのではなく、タマはタマを呼び、タマが触れ合い、無意識に相手のタマを求めて、交換しているのかもしれない。恋は祖霊勢ぞろいでタマのお見合い。そう考えると可笑しかった。

一日に三時間ほどしか眠れないから、夜は尚のこと長い。インターネットで心霊について調べていると、滅多に鳴らない携帯電話がけたたましく音を立てた。

「今から会えませんか」

A子からのメールだった。時刻は午前三時を過ぎていた。呼び出すにはあまりに非常識な時間だし、半年以上も放っておいて、一体どういう了見だろう。女というのは急に訳のわからないことをする生き物だ。ぶつくさ言いながら、すぐに車のキーを回していた。頼られるのは嫌いではない。

国道十四号を通り、都心を真一文字に突き抜けて行くと、一時間強で東荻窪へ着く勘定となる。昼間だとこんなルートはまず走らないので、人気のない皇居や真っ暗な千鳥ヶ淵が新鮮に映った。靖国神社を抜け、市ヶ谷で信号待ちしていると、にわかに大きな音が響いてきた。大勢の人がワアワアと声にならない怒号を発しているようだった。真夜中であるから、無論、辺りには誰もいない。

この感じには覚えがあった。

十年前、入院していたころ、わたしは多くの時間を喫煙所で過ごした。わたしだけでなく、大勢の喫煙者が集っていて、社交場の体を成していた。愚にもつかない世間話から、ときには深刻な話に及ぶこともある。

ある日、神庭さんというおとなしい中年の婦人が、珍しく多弁になっていた。

「あのね、うんと昔ね、お空を見ていたら、お空がぱかあっとふたつに割れたの。それでね、あたし、ああ、お空には国境がないんだなあって思ったの」

神庭さんは丸い瞳を潤ませて、しきりに言葉を繰り返した。

隣りで話を聞いていた患者のシゲが「信じますよ」力を込めて言った。わたしも倣って相づちを打った。

その日の夜、寝つけなかったわたしは一人、喫煙所にいた。消灯時間はとうに過ぎており、看護師の作業する音が遠くに聴こえるばかりで、病棟は静まりかえっている。煙草に火を点けて、深々と煙を吸い込むと、どこからか「ぶつぶつぶつぶつ」と声が聴こえてくる。意味もなく、ただぶつぶつ言っている。普通、音声は空気を伝ってくるものだが、このぶつぶつは鼓膜の内側に直接響いているのがわかる。

『これが幻聴というものか』

初めての幻聴に、わたしは不思議と落ち着いていた。昼間、神庭さんの話を聞いていたおかげだろう。あるいは、神庭さんの話を聞いたため、そちらに引き寄せられたのかもしれない。


——東荻窪駅に着くと、夜は半ば白み始めていた。待ち合わせのT字路に行くと、鳩が多量の血を流して死んでいた。路上に大きく羽を広げ、仰向けに絶命しており、なんとなく薄気味が悪かった。曇った空が朝焼けに赤黒く燃えている。空気は淀み、鳩の死体も相まって地獄の風景のようだった。

またもA子は現れなかった。何度も電話を鳴らしても、A子は受話器を取らず、メールも返ってこない。この女は一体何のつもりなのだろうか。そもそもこんな深夜にメールを送ってくるのがおかしい。この女も少し狂っているのではないだろうか。

　パーキングの精算機に百円玉を入れると、「その番号は空きです」との表示が映った。車の下を見ると、制止板が降りている。誰か親切な人が料金を支払ってくれたのだろうか。（そんなバカなことがあるか！）

　精算機は急に『596円』『072円』とデタラメな数字を次々表示し始めた。ゴクロー。オナニー。また人ならずにバカにされている気がして、怒りが込み上げてきた。だが、こぶしを振り上げても、徒に空を切るだけだった。助手席には買った覚えのない紺色のビニールパーカーが置かれていた。

　トンネルに差し掛かると、どこから降ってきたのか、コップ一杯ほど、唾のような液体がべしゃっと車のフロントガラスに降りかかった。カーナビの地図は上下逆さまになり、家と反対の方向を案内している。機械はこんな故障の仕方をしない。

　これが山本師の言う御霊の仕業だというのなら、御霊はどうしてわたしを苛むのだろうか。御霊が我々を守っているならば、どうして原発はメルトダウンをしてしまったのだろうか。どうしてと問いかけても、御霊は何も答えなかった。

※　※　※

　ここに叔母からもらった二枚のお札がある。大きい札が生霊即身のお札。小さい札が身守りさま。

　お札には朱筆で怪しげな文様が描かれていて、その文様の上に「一六八　七五三　二九四」何の呪文か、意味のわからない数字が書かれている。

　ビニールケースからお札を取り出すと、生霊即身のお札だけ、朱印がにじんで、ベッタリと血のように赤く染まっている。

　胸の痛み？　今も続いているよ。

〈了〉

伊勢参り

石井　瑠衣

京介の父方の祖母が亡くなったので、今年の二家族合同家族旅行は取りやめになった。もともと両親同士の仲が良く、家族ぐるみで旅行したり、バーベキューをしたり、私の宮田家と京介の泉家、二つ合わせて一家族という雰囲気である。今年の夏は伊勢参りに行くはずだった。しかし葬式やら役所での手続きやらで忙しく、さらにおばあちゃん子だった京介の妹の春奈ちゃんが悲しみで体調を崩し、夏バテ気味だそうで、とてもじゃないが旅行している場合じゃない。私は大学生で、夏はとにかく時間があって暇だし、行ってもいいかな、くらいの気楽なスタンスで、その割には行事があるたび毎回きっちり参加していた。今回取りやめになった時、悔しさも特になく、また一日中寝て過ごす日が増えちゃったなあと思った。


京介の着信に気付いたのは、さっき終わったバイトの後、少し油の匂いがする指でスマホを確認してからだ。

「あら、お疲れ様。紗由ちゃんもあがりね。さっき何回かスマホ鳴ってたわよ」

バイトリーダーの川上さんが、休憩中なのでウーロン茶を飲みながら私に言った。彼女はこのファミレスのすぐそばに家があるそうで、こうして深夜まで働いても帰宅が楽だとか、「私はここのファミレスのみんなのお母さんだから、何でも頼ってね」とかそんなことをよく話してくれる。

「本当ですか、着信音うるさかったですよね。あっ、今日もお疲れ様です」

土曜の夜はいつもお客が多く、そのぶん私もあせって細かいミスを連発してしまう。今日もそうだったから、川上さんに申し訳なくて、いつもより丁寧な口調になってしまう。

「さては彼氏からの電話かあ？こんな時間までゴクローさま！　なんて言うんでしょう。きゃあ、若いっていいわねえ」

本当に私のお母さんみたいなことを言うなあと思った。川上さんにも高校生の娘さんがいたような。

「違いますってば。たぶん母さんからの電話ですよ。内容だってどうせおふろの湯を抜く前に早く帰って来いとか、そんなもんですよ」

にこにこしている彼女の姿に安心して、帰る決心がついた。

「では、お先に失礼します」

「はい、次もよろしくね」

一歩建物を出ると、店の中の喧騒が嘘みたいだ。ファミレスを遠ざかると、ぽつぽつ街灯の数が減っていって、心細くなった。スマホをひらくと確かに着信音があった。あったのだが、相手はどうも母さんではない。

「誰だお前」

意外すぎる相手。思わず夜道でひとり呟いてしまった。暗がりで見るには明るすぎるスマホの画面。そこには、泉京介と文字が出ていた。

京介と私の両親は、確かに仲がいい。が、子どもたちはというと、互いの両親ほどではない。母親のお腹に居るころから顔を合わせていても、家が近いわけでも、通う学校が同じわけでもなく、家族旅行の時ぐらいしか姿を見ない。旅行中は話し、遊びもするが、プライベートまでは浸食されていない。そんな希薄な関係。

「私京介君に電話番号教えてたんだ」

非通知になっていないところを見ると、私も京介君から電話番号を教えてもらっている。いつ交換したのだろう。そうだ、高校一年の夏休みにやった、河原でのバーベキューの時。まだスマホを買ってもらったばかりで、なんでもやってみたかった。京介から連絡先を聞かれたことがきっかけで、お互い交換したんだった。そういえばLINEも持っている。だけどわざわざこんな時間に電話をかけてくるということは、何か重大なことに違いない。私はあまり深く悩まずに、スマホの通話ボタンを押した。

自宅が見えてきた。リビングがまだ明るい。耳にスマホを当てたまま玄関を開ける。まだ出ない。もしかしたら私よりもっと遅くまでバイトをしているのかも。サークルで飲み会とか。あんまり長く鳴らすのも悪いので、通話を切ろうとした。

「もしもし」

息だけを吐いているかのような力のない声が聞こえた。次いで、あくびの音。寝ていたってことが容易に想像できる。

「もしもし、ごめん。私宮田紗由だけど。さっきの電話、なんの用件かな。すぐ出られなくてごめんね」

しばらく沈黙が続く。寝ているところを起こしてしまったのだから無理もない。もともと京介はぼうっとしたところがある。今必死で頭を働かせているんだな。

「紗由ちゃん、明日、大垣駅のそばのアクアウォークの。あの食べ放題のお店に、あー、朝、十時に来られる?」

消え入りそうな声。いやに突然だなあと驚く暇もなく、返事をする。でないと彼が眠気に負けてしまう。

「わかった、百貨店のアクアウォークね」

「うん」

ぼふん、と布団に倒れこむ音がして、また静かになった。

「寝やがったな」

電話を切ってから、靴をやっと脱いだ。バイトの疲れがどっと身に染みてくる。

「おかえり、紗由。誰と話してたの」

パジャマ姿の母さんが、チョコレートアイスを片手に顔を出した。テレビでも見ていたのだろう。部屋の奥から弟の笑い声が聞こえてきた。

「ああ、友だち。明日ご飯行くんだ」

私は事実を婉曲させて話した。京介の名前を出すと、変な期待をかけられる気がしたから、とっさに出た嘘だ。

「そう、いいわね。お風呂のお湯まだ温かいから、早く入ってきちゃいなさい」

「はーい」

始まったばかりの夏休みに、私はまだ乗り切れていなかった。仲良しの人たちと絶叫アトラクション巡りに行くのは九月に入ってからだし、プールだって毎日行くわけじゃない。おまけに今年は二家族での旅行もない。ただ、暑く、大学の授業はお休みで、バイト先と自宅を行ったり来たり。昼は寝て、借りてきたＤＶＤを見て。こんなことならもっと活動的なサークルにでも入部すればよかった。髪の毛をタオルでぐるりと巻いてから、私は弟の隣に寝っ転がった。

「何の番組見てるの。またアニメ?」

「ちがうよ、バラエティ。海水浴客にインタビューするんだってさ」

「ふうん」

さっき母さんがかじっていたチョコアイスが気になるが、寝転がった床が冷たくて気持ちがよくて、取りに行くのが面倒くさくなった。

若干の口寂しさを感じながら二人アザラシみたくなって、夜の一時までテレビを見た。


朝、ちょっとだるい体を起こして電車に乗った。大学に行くいつもの時間よりは遅いので、車内はすいていた。昨夜、京介は半分睡魔に負けながら電話に出たけれど、約束をちゃんと覚えているだろうか。しかもなんの用件かさっぱりわからないし、重要な話をすると仮定して、食べ放題の店を選ぶ奇抜さに驚く。食べるばっかりで会話なんか進まないだろうに。もっとこう、カフェのように落ち着きのある場所がいいと思う。下手をすると、ただ食べ放題に行く人を探していただけかもしれない。それだけ、京介は行動が読めない男だった。男の人と出かけるのに、こんなに身だしなみ以外のことをあれこれ考えたのは初めてだった。

鞄に入れておいたスマホが、電話の着信を受けて揺れた。もう少しで目当ての大垣駅に着くので、ためらわず電話に出た。

「もしもし、京介君」

ホームを歩きながら話す。

「ごめん、俺早く着いちゃって。アクアウォークの本屋で待ってる」

時計を見た。まだ九時半。早めに出たつもりだったけど、京介はもっと早く家を出ていたのだ。時間には遅れていないのに、悪いことをしでかしたような気分。

「もういるんだね。私も急ぐから、ちょっと待ってて」

「うん」

待たせているなあと実感すると、自然に歩みが早くなった。ヒールの高いサンダルを履いてきたから、変に指が突っぱねて痛んだ。電車内で収まったかと思われた汗が、またしても滝のように流れ出した。アクアウォークまでつながる通路を早足で通り過ぎ、自動扉をくぐれば、屋外と打って変わって実に涼しげだ。さすが水の都大垣市にあるだけあって、建物の名前もアクアウォーク、夏も爽やか水も滴るいいお店、なんて考え事をしていたら、入り口近くにあった本屋を通り過ぎるところだった。

慌てて京介の姿を探す。ひょろっとした痩身で意外に背が高いからすぐ見つかると思っていたけれど、どうも目につかない。不思議な人だから図鑑コーナーにでもいないかしらと覗いてみても、小学生がいるばかり。彼らも夏休みなんだなあ。

「もっと奥の、専門書コーナーかな」

やっと整った呼吸でつぶやいた。本棚の間を一つ一つゆっくり見ていくと、京介は哲学書のコーナーにいた。セネカだのハイデッガーだの聞きなれない外人の名前が並ぶ。

「おはよ、待たせちゃったね」

本を立ち読みしていた細長い体がびくっとして、私のほうに向きなおった。半分開いた彼の目が私をとらえると、小さく口角を上げて笑った。

「来てくれてありがとう。食べ放題、行こう」

二人並んで歩く。京介は、どことなくサイズの合っていないぶかぶかのTシャツを着ていた。首筋が余計細く見えた。

「Tシャツ、大きいね。きれいな青色だけど」

会話の種もそんなにないので、それを話題にしてみる。

「うん。夏だから」

「そうかあ、夏だからかあ」

理由もなんだか不思議だけれど、綺麗なガラス玉のような答えにほっこりして、もう言葉がなくても大丈夫だなと安心したのだった。

夏休みの日曜、それにしては店がすいていて、待つことなく入店できた。

「ここ、お豆腐が美味しいから」

そう言って京介は席に着いた。どうやらお豆腐と和食のお店らしい。家庭料理よりはずいぶん手が込んでいて、豆腐オムレツに生湯葉、甘口の筑前煮などが時間内であれば食べ放題である。その上ヘルシーで、カロリーはあまり気にしなくていいだろう。もう私は目の前にある舌触りのいいお豆腐や煮豆に夢中になっていて、京介がなぜ私を呼び出したかなんてどうでもよくなっていた。木製の丸い皿を片手に、料理を取って歩く。

「この黒いのなんだろうね」

「ああ、黒豆豆腐だって。俺こんにゃくかと思っちゃった」

「そんな、味付けなしでこんにゃくをドンって出されてもねえ。あっ、私かぼちゃ煮好きなんだ」

何となく会話も弾んでくる。家族旅行の時より、京介はよく笑っている。私はこの時間を楽しみ始めていた。ご飯も美味しいし。

「今日はどうやってここまで来たの？　私はねえ、免許とってないから電車」

「俺は車。安全運転」

「運転できたんだ」

てっきり京介も電車で、一緒だねえ、なんて言って盛り上がろうと思っていたのに。ぼうっとしていて、明らかに草食系で、見ていて心配になるような人だし、運転なんかできないだろうと軽んじていた。

「いいじゃん、いつか乗せてよ」

かぼちゃ煮を頬張りながら、冗談っぽくいってみた。口調は冗談ぽくても、私は真剣にそう思っていた。

「いいよ。その代わり、お願いがあるんだ。この夏、一緒に伊勢に行ってくれない？」

さっきまでと打って変わって、きりっとした顔になって京介は言った。箸を持つ手が止まって、先から豆が一つ転がり落ちた。私は夏休みが始まる前の、あの待ち遠しい時期に戻ったかのような気がして、思わず彼の二つの瞳を見つめていた。

「でも、おばあちゃん亡くなったばかりだし、いいの？」

「だからこそだよ。お願い」

気分転換のつもりだろうか。私としては、どうせごろごろして終わるはずだった一日で伊勢に行ってもなんら問題ない。とある友人の兄弟が今年受験らしいので、お守りを一つ買いに行くくらいの気持ちで。

「どうせ暇だからいいよ。行こう。日帰りでしょ」

「いや、一泊二日」

「えっ」

今度は私の箸を持つ手が止まった。一泊二日か。泊まるのか。

「宿とかどうするの？　今からの予約じゃあ、間に合わないでしょう。夏休みだし」

「今回の家族旅行、俺の母さんが宿の手配してたんだ。中止になってからは、全部屋キャンセルするはずだったんだけど、頼んで一部屋残してもらったんだ」

京介はうつむいて、ばつの悪そうな顔をした。私のためらいを感じ取ったのか。こんな時、待ってましたとばかりに行くと返事をしたら、軽い女の子に思われてしまわないだろうか。本当にしたいことを言えばいいのに、年取って、大きくなるたびセンサーが敏感じゃなくなっていく。早く返事をしなきゃ。冷房で不自然に冷やされた室内で、私は背中の汗が冷たく冷えていくのがわかった。

「予定、まだわからないから、考えさせてくれないかな。すぐに返事できなくてごめん」

ああ、また悩む時間を自分で作り出してしまった。

「大丈夫。でも宿のキャンセルとかがあるから、断るなら早めがいいな」

京介は困ったような、眉の下がった笑顔になった。

「うん、できるだけ早めに連絡するね」

一泊二日、という言葉がまだ心中でこだましている。

それからは一切旅行のことは話題にされず、お互いの大学のことや、好きなテレビのことを話した。当たり障りのないことを話して、なにか安心しあおうという気持ちがあった。そして、ご飯を食べただけでそのまま別れた。

何に遠慮しているかわからないけど、まだ京介君に連絡していない。バイトの休憩時間に何度かスマホを開いたけれど、LINEは更新しないまま。

バイトから帰ると、まだ母さんが起きていた。夜遅いと次の日起きられないと言っては、やたら早寝をしたがるのに、珍しい。

「あらお帰り。早くお風呂入っちゃいなさいよ」

お風呂を勧めてくるのは、いつも通りだ。たまにものすごくうっとおしく思うが、トラブルのあった日は聞きたくなる。

「うん。そういえばさあ、泉さん家、まだ大変なのかな」

「そりゃあそうでしょうよ。春奈ちゃん、夜に泣いちゃって、お母さんと一緒に寝てるみたいよ」

大げさだなあと他人事で思ったが、高校生の時は私も部活の先輩が卒業しただけで大号泣したり、SNSに変なポエムを載せたりしたものだ。母さんが、マグカップのコーヒーを口でふうと吹いた。

「春奈ちゃんはおばあちゃん子だったもんね。でも京介君はどうなんだろ。やっぱり落ち込んでるのかな」

昨日会ったばかりの彼のことを話題にした。他人から彼の一挙一動を聞いて、私の中でもっと色濃いものにしたかった。

「さあ、京ちゃんはあまり普段と変わらないみたい。昔っからあの子はぼうっとしてるみたい」

悲しみを外に出さないのか、本当になんとも思っていないのか。どちらだろう。私にはまだ、そこのところが読めない。

「確かに、ちょっと心配になっちゃう雰囲気はあるよね」

「でも、時々すごい行動に出るみたいよ。ちょうど京ちゃんの大学受験と春奈ちゃんの高校受験が重なった時、泉さん家、ちょっとすさんだみたいで。それで、かや子さんいつも学費だの入学金だのでぴりぴりしてた。そしたら、ある日、こないだなくなっちゃったおばあさんから電話がかかってきてね。どうやら京ちゃん一人でおばあさんとおじいさんに会いに行って、お金を貸してくださいって頭を下げに行ったみたいで」

母さんはそう言って眉を八の字にしてみせた。自分の進学が原因で荒れた家庭。そこで両親以外の人に頼ろうと考えた京介のことが痛々しくてどうしようもなかった。いつもと変わらない様子でも、心に抱え込んでいるだけなのだ。彼は心に獅子を飼っている。はじめは猫サイズで、何かがあるごとに少しずつ大きくなっていく。やがて育った獅子は、知らずのうちに自分自身を深く傷つけるのだ。誰の心配も届かない、孤独のなかで。

「そっか」

ただ一言、そうつぶやくので精一杯だった。

「お風呂入ってくる。先に寝てて」

とにかく、ぼうっとしたままで頭がすっきりしない。何かをひたすらこなしたかった。何もしないではいられなかった。

「そう。今日は素直に入るのね。あ、あんたも覚えてないかしら、京ちゃんの仰天天然行動。あんたたちがまだ小さな頃にバーベキューした時、ちょうどあの日おばあちゃんが胃炎で入院してて。それを心配しすぎた京ちゃんが、おばあちゃんが死ぬなら僕も死ぬって、ぽろっと言ったのよね。周りの大人はかわいい子だなあなんて言って笑ってたのだけど、紗由、あんただけが本気になっちゃって、そんな寂しいこと言わないでって、泣きそうな顔で言ったもんだから。あんたも実は、天然だったりしてね」

あの時の京介君も、なんだか放っておけない、儚い雰囲気だった。思いつめた表情で、とても笑いごととは思えなかったのだ。

「私は、あそこまでぼうっとはしてないもん。どっちかっていうと理性的な理系人間だから」

「どうだか」

辛いことがあると、泣くのはたいていお風呂場でだった。涙をどれだけ流しても、シャワーの水で全部流れてしまうから。お風呂に入りたいってことは、私は今、泣きたいのか。

浴槽で足を延ばすと、上を向いて十数える。鼻歌も歌った。湯から上がるころには、少しのぼせていた。ふらふらした足取りでかごに置いた衣類を手に取ろうとして、スマホが湯気で曇っているのが見えた。それをタオルで拭うでもなく、私はおもむろにある番号へ電話をかけた。二回ほどコール音が鳴った後、相手は電話に出た。

「もしもし、紗由だけど」

「紗由ちゃん、こんばんは」

この間電話した時とは違って、声がしっかりしていた。

「伊勢、一緒に行こう。御蔭参りして、海も見て、美味しいものたくさん食べよう」

「えっ」

素っ頓狂な声がして、沈黙が続く。京介君はそれからひと言も発してこない。

「どうしたの。寝てる?」

それから一呼吸おいて、やっと柔らかい声が聞こえた。

「ううん、寝てない。かみしめてたとこ。旅館のこととか、話したいことがたくさんあるんだ。今、いいかな」

「ちょっと込み入ってるからごめん。今お風呂から電話かけてて、私素っ裸だから、もうちょっと、電話つなげたまま待っててくれる?」

さっきより明らかにうろたえた声がした後、朗らかな笑い声が響いた。

「そんなに、急いでくれなくても、よかったのに」

こんな時、電話してよかったなあと思う。ＬＩＮＥでは味わえない、同時同場の感覚。一番は会って話すことだけど、声だけでも寄り添うことができるから。

「八月の二十三、二十四日でいいんだよね。ああ、なんだか楽しくなってきた。目標ややりたいことがあるって、こんなに素敵なことなんだね。生きるのが楽しくなるっていうか」

私は言った。

「うん」

京介君の声が、少しくぐもったのを、私は聞き逃さなかった。電話の向こうでどんな顔をしているだろう。やっぱり何か抱え込んでいるなと、一人素っ裸で確信したのだった。


お盆の間は、何度か本格的な雨が降った。蝉の声が止んで、生暖かい空気が部屋に満たされる。入道雲も、たくさん見た。雨の降る前の、湿気た空気の匂いも。突然の夕立に焦って、母さんから洗濯物を取り込むよう電話がかかってきたことも、一度や二度じゃない。しゃぼん玉は春の季語だけど、ふとベランダから吹いてみたくなった。洗濯物を取り込みながら、雨が降る前に何年前に買ったかわからないしゃぼん液を、ストローの先につけて息を吹き込んだ。小さく細かい泡が、曇りがちな空にたくさん散っていった。もっと、空が青くて、海のように広い日に吹いてやればよかったかも。

リビングに戻ると、終戦記念日の特別番組がやっていた。口の中に残るしゃぼん液の苦さをかみしめながら麦茶を飲んでいると、チャイムが鳴った。

「はい」

「香だよ。暇だから来た。おじゃましまあす」

近所に住む幼馴染の香だった。美容学校に通っているからと言っては、奇抜な色の髪色にしてくる。今日は赤寄りの金髪と言ったところか。

「なに、香も夏休み入ってたんだ。でもあんまり長くないんでしょ」

手土産に持ってきたクッキーの缶を開けながら、香は残念そうな顔をした。私は透き通ったガラスのグラスを持ってきて、麦茶を注いだ。

「おっ、ありがとありがと。そうなんだよ、もうめっちゃ短くってさあ。旅行行くにも行けないもんね。沖縄とか行きたいな。これじゃ何のためにバイトしてお金貯めてるかわかんないよ」

香は思っていることをすぱすぱ小気味よくいってくれる。私の母さん曰く、毒舌らしいが、そんなところが好きだった。

「へえ、別にバイトすることは悪いことじゃないよ。なんなら、もっと貯めて車買っちゃえばいいんじゃない。一人暮らし用の頭金にするとか」

「さすが、紗由は前向きでいいね。私がこんなに忙しくなけりゃ、二人で沖縄にでも行ったものを。紗由は、今年旅行とか行くの？」

「そうそう、ずっと話したいと思ってたんだけど。今度の二十三、二十四日に、男の人と二人っきりで伊勢に行くことになったの」

言葉を言い終わらないうちに、香が食い気味に身を乗り出してきた。

「なにそれ、初耳なんだけど。付き合ってるの？」

大変興奮している様子がありあり伝わってくる。浮いた話が楽しくて仕方がないらしい。

「付き合ってるかどうか、まだよくわからないの。好きかどうかって聞かれても、実際よくわからなくてすぐに返事できないし。本当にわからないんだ。わからない気持ちでいっぱい」

浮かない顔をしてみせる私をよそに、香は意地悪そうに笑った。

「そんなの、訳のわからない気持ちのために時間を使えるんだから、もう好きになってるにきまってるじゃない」

「好き、なのかなあ。そっかあ、そうかもね」

至極冷静に呟いてみた。照れるにはちょっぴり遅い気がした。私の中で、京介のことが、とても大きくなりすぎていたから。

「別に、自由にやればいいじゃん。彼氏いないんでしょ。誰かが見てるだの、まっとうじゃないだの気にしてたら、紗由は一生独身のまんまだよ、たぶん」

「香に言われたくない」

「まあお互い様でしょ。伊勢でさっさと付き合っちゃえばいいんだから。仲が進みもしないまま自然消滅するより、傷付けあってでも関係を進めたほうが、後々ためになるし」

偉そうな顔をして香が言った。童顔のくせになんだか大人びて見えた。

「あんたいくつだっけ」

「紗由と同い年です」

いつの間にか止んだ通り雨と、元に戻ったセミの鳴き声を聞きながら、麦茶が無くなるまでおしゃべりをした。帰りがけに、新品のかわいい旅行用歯磨きセットをもらう約束をした。伊勢に連れて行こうと思った。


「こんな朝から、どこ行くの」

百円均一で買ったようなヘアバンドを付けた母さんが、起きがけに言った。これから洗濯機でも回して、テレビを見る算段らしい。

「いや、この間言ったでしょ、友だちと旅行に行くって」

合点がいった様子の母さんは、ジャージを脱いで着替え始めた。

「そうだった、駅まであんたを送る約束だったね。ごめんごめん」

慌ただしく駅まで送ってもらうと、そこで別れた。電車の時間が割とぎりぎりで、階段を一つ飛ばしで駆け上がる。朝の駅構内はひんやりとしていた。待ち合わせの大垣駅までは、まだ少しある。何度か車掌さんに読み上げられる駅名を、もどかしい思いで聞いていた。

「次は、大垣。大垣です」

ドアが開くと同時に電車を飛び出した。夏休みの早朝で、人がいないからこそ無茶ができる。

改札を抜けて、駅の構内を見渡した。すると、改札からすぐ近くの、いつも生け花が定期的に飾られているショーケースの前に、リュックを背負った京介が立っていた。ぼうっと、切符売り場の上にある大きな時計を見上げている。

「おはよう。京介、元気そうだね」

私から声をかける。

「紗由、おはよう。晴れてよかった。トイカチャージしてある？　たぶん片道で二千五百円くらいかかるから」

「いいよ、ばっちり。なんか五千円くらい入ってるから」

　私たちはさっき出たばかりの改札を抜けて、また電車に乗った。

「五十鈴川駅まで何時間くらいだろう」

　私は言った。うんざりした口調ではなく、楽しそうに。本心からだった。

「三時間かかるよ。電車酔いとか、しない？」

「酔わないよ、バスも車も全然大丈夫。だから、遠足とか修学旅行でバスに乗ると、いつも車輪の上だったんだ」

　窓の外を見ていれば、どんなに疲れても酔わなかったなあ。神経が図太いのだろうか。

「俺もあまり酔わないな。でも、いっぺんバスに乗った時、隣の子が寝ちゃって、暇だからこっそり持ってきてたゲゲゲの鬼太郎の漫画を読んでたら、酔ったことがある。それからしばらくの間、ゲゲゲのゲロ太郎って呼ばれたんだ」

　京介があんまり愁いを帯びて言うものだから、たまらず失笑してしまった。

　それからいくつか乗り換えをして、鳥羽行きの電車に乗った。あまり車内に人がいない。二人でしゃべる声が、線路を走るガタンゴトンいう音と混ざり合った。映画のシーンみたいだなあなんて、窓から照らす朝日に目を細めながら思った。

　五十鈴川駅へは、九時半ごろに着いた。伊勢神宮には外宮、内宮があるらしく、今日訪れるのは、おかげ横丁などがある内宮だった。

「ここからバスに乗るんだけど、俺ちょっとそこんとこあまりよくわからないんだ。内宮前って言葉がちょっとでも引っかかったら、教えてね」

「わかった」

　一つ目のバスは、宇治山田駅前というよくわからない地名だったので、乗らずに見送った。しかし、よくよく調べると内宮前にも停まるらしく、京介はしょげていた。

「そんなに落ち込まないでよ、次来たら、とりあえず乗ってみよう、ね」

「うん」

　幸いにも、次のバスは数分で内宮前へと向かい、私たちを伊勢神宮の傍へ送り届けてくれたのだった。

バスを降りるとすぐ、大きな鳥居が見えた。奥には、象が何匹も通れそうな、広い橋が架かっていた。その前で、観光客が写真を撮っている。

「でっかい橋だねえ。なんか別の世界につながってるみたい」

私は遠くを見通し、背伸びをしながら言った。

「あれは宇治橋。その下を流れてるのが五十鈴川だよ」

欄干に寄って下を眺めれば、都会では見られない護岸工事のされていない川の姿があった。流れの真ん中に、木の杭が等間隔に打たれている。

「参詣には、二、三時間かかるよ。砂利道で歩きにくいけど、がんばろっか」

京介の横をついて歩く。外宮は左側通行だが、内宮は右側通行だ。第一鳥居をくぐる前に、御手洗場で手を清めた。さっき宇治橋から眺めた、五十鈴川の水だ。

「冷たいねえ、ほんとの川の水ってこんなにきれいなんだ」

川に手をつっこむ京介を見た。口元がキュッと引き締まって、なにか耐えている。

「ほんとう、冷たいや。参道には手水舎もあるけど、雰囲気出るから寄ってみた」

なんだか、何から何まで京介が教えてくれて、連れて行ってくれる。大垣にいたころの頼りなくて、弱弱しい京介は、どこへ行ったのか。

参道をずんずん歩いて、もう一つ鳥居をくぐると、お守りの売られている建物があった。京介に、何か気になるものはあるか聞いたが、特にないとのことだった。だから私もお守りは買って帰らないことにした。

奥へ足を向けるたび、景色が深い森の様相を呈してくる。神様も、コンクリートだらけで、車がビュンビュン走る都会では生きづらいんだ。私たちと一緒だなあと思うと、お作法やお茶の厳しい先生が、不意に褒めてくれた時のような、畏敬と似た、愛おしい気持ちになった。

「ここが御正宮。石段を上った先に、神様がいらっしゃるんだよ。もう、撮影は禁止だから」

石段のてっぺんで、かやぶき屋根のお宮が、私たちを待っていた。建物の入り口らしきところには、真っ白な布が張ってある。この先へは、行けないんだ。

「二拝二拍手一拝だよ」

「うん」

お参りには詳しくない私は、こっそり京介の姿を見ながら、見様見まねで同じ動きをした。そんなことだから、自分のお願いなんてとても考えている場合ではなく、ぱっと思い浮かんだことを一生懸命お願いした。みんなが幸せでありますように。みんな、というのがどこまでか、どこまでがみんな、なのか。私もはっきりしないが、みんなでいいじゃないか。みんなの中に、お父さんもお母さんも、弟も香も、京介もいる。それ以外にも、今朝駅ですれ違った忙しそうな人とか、私が小学生の頃、下校中お腹が痛くなってしゃがみこんでいたら、介抱してくれた見知らぬ大人たちとか。私の世界って、そんなもんだ。

「行こうか、紗由」

今歩いてきた方とはちがう道の入り口で、京介が微笑んでいた。

「そうだね。あとで伊勢うどん食べなきゃ」

私は照れたのを隠したくて、かみ合わない返事をわざとした。それから、踏まぬ石やら荒祭宮やらを抜けて、参集殿でお茶をいただいた。


「一服して、やっと足が疲れたって実感するよ。京介も疲れてない？」

お茶の冷気で喉がつるりと冷えるのが心地よかった。ペットボトルの飲料より何倍か美味しい。

「まだまだ、俺は歩けるよ。紗由に伊勢うどんを食べさせなきゃいけないからね」

あんまり暑くなさそうだ。頬が火照ることもなく、生白いままである。

「ごめんごめん、ちょっとふざけただけなのに。伊勢うどんだけじゃないよ、赤福氷も食べたいもん」

「赤福氷は、俺、パス。ばあちゃんと二人で来た時に食べたんだけど、量が多すぎて、お腹壊したんだ」

おばあちゃんと、来たことがあるんだ。

「もしかして、伊勢神宮にやけに詳しいのは、そのおばあちゃんが教えてくれたから？」

京介が目を見張った。口元が、わずかに動いた。一つ一つは小さなしぐさなんだけれど、どうも目について離れない。

「小さかったから、そんな覚えてないや。これ全部調べてきた知識だし」

私は大げさにがっくりしてみせた。

「でも、やっぱりどこで何を食べたとか、おばあちゃんがどんな顔をしてたかは、結構覚えてる。あの時、なんてお願いしたかも」

そうして、京介はどこか遠くを見る目つきになった。ぼうっとしていて、見ていて不安になるものだった。

「これ飲んだら、早くおかげ横丁行こうよ。疲れちゃう前にさあ」

優しい口調で呟く。京介が無理に元気を出さなくていいように、私は穏やかな空気をつくった。

宇治橋をもう一度渡って、五十鈴川沿いに進めば、古い街並みが続く。京介曰く、切り妻造り、妻入りのお店が立ち並び、手書きのうどん、や赤福氷、の文字がきりりとしている。私のお気に入りは、豚捨という牛肉屋のコロッケだ。外の衣についたパン粉が細かめで、サクサクとしていて、中はほっくり、かみしめると甘い。二人で一つづつ食べる予定が、私だけ二つも食べていた。他に手こね寿司なんかも気になったが、明日も日はあるのだからとやめておいた。

「次、伊勢うどん行こう。俺がばあちゃんと食べた店、ここら辺にあるから。なんか、普通の古民家みたいな場所なんだけど」

京介のことだから、ほんとに普通の民家に入っちゃって、住人に心配されて伊勢うどんをごちそうになったのかも。彼の幼い頃の話だし、その時はおばあちゃんもついていただろうから、そんなことはないけど。

「伊勢うどんって、なんか汁の色が濃くて、あんまり入ってないんだよね。食べたことないなあ、楽しみだなあ」

「いろいろツッコみたいとこはあるけど、食べればちゃんとわかるよ」

京介が、以前電話を掛けた時のような嬉しそうな声を出した。電話の向こうで、私は全裸だった。京介、忘れてくれてるといいなあ。

「いらっしゃい」

探し当てた店は、本当に誰かの家で、家族が生活しているんじゃないかって考えるくらい店らしくなかった。出迎えてくれたのは、磯で仕事をしていそうな、ほんわかしたおばあさんだった。豆絞りの布で、三角巾をかぶっている。

「伊勢うどん、二つください」

長机の端に二人並んで、うどんの運ばれてくるのを待った。他にも二家族ほど、お客さんが来ていた。薄着な二歳くらいの女の子が、よちよちと歩いている。足が短くて、頭がでっかい。昔遊んだポポちゃんという赤ん坊を模した人形は、こうしてみるとよくできたもんだと、しみじみ思った。

目の前に現れたうどんは、刻みねぎとうどんと、濃い色の汁だけの実にシンプルなものだった。

「稲庭うどんとか、香川のうどんとか、きつねうどんとか、てんぷらそばとか、どれとも違うよね。わぁ、新鮮だな」

興味津々で、どんぶりを抱えてみた。陶器で、ちょっとざらっとして重みがある。

「最後のはうどんですらないけどね。はやく食べようよ」

京介に続いて、うどんを箸でつかむ。普通の麺より太めだ。とろりとしたダシがよく絡む。

一口すすりこむ。醤油の甘辛さが口いっぱいに広がる。麺はもちもちして、美味しい。

「私、これ大好き。甘辛くて、かつお出汁の濃いのが、もうたまらない」

出汁以外にねぎしか入っていないのも、シンプルで好きだ。たまにシャキッとした歯ごたえと辛みが、食欲を掻き立てる。京介は口をもぐもぐさせながらうなづいた。何か話したくて、急いで噛んでいる様子だ。

「なに、ゆっくりでいいよ。そんな急いで伝えようとしなくて大丈夫だから。舌噛んじゃうし」

飲み込んで一息ついた後、京介は口を開いた。

「ここ、よく見たらばあちゃんと来た店じゃないや。間違えちゃった」

「じゃあ、二軒はしごする?」

「いいや。ここのうどんも美味しいから」

やっぱり、根本的には、彼はどこか抜けていて、読めないところがある。これから先、ずっと一緒にいることになっても、飽きない人なんだろうなあ。

二人合わせて九百円のうどん代を払って、私たちはまた通りに出た。さっきよりじりじりと熱くなった道を、観光客が埋めていく。冷やしきゅうりなんて、お祭りの屋台でしかあまり見ないものが売られていた。

「ねえ」

私は京介の、薄いシャツの袖口を引っ張った。

「なあに」

振り向く京介に向かって、いたずらっぽく笑ってみせた。

「赤福氷、挑戦してみようよ」

「だめ、俺思い出すだけで、背筋が寒くなるんだ。まるで井戸に落っこちたような気分」

そう言って京介は腕を抱いて、さすった。よっぽどお腹が痛くなったんだと不憫に思ったが、食べないで帰ったのでは、後々お母さんに赤福氷のおいしさを実演しながら語ってやれないのだ。

「一人一杯食べるからいけないんだよ。二人で一つなら、大丈夫。私がいるでしょう」

「そうだ。俺、あの時小さかったし。今はもう大人だし、紗由もいるから。食べよう、赤福氷」

黒地の看板に金色の文字で「赤福」と書かれたお店に入る。お昼を少し過ぎた時間で、休憩所は少し混んでいた。

「抹茶味のかき氷の上に、赤福餅が乗ってるよ。きれいな緑色だねえ」

私は上機嫌で京介に話しかけた。

「そうだね。まるで山奥の岩に生えるコケのように鮮やかだ」

例えに引き出すものがおかしいのは、過去の苦手意識があるからだろうか。どんぶり鉢一杯に入った氷をスプーンですくって食べた。抹茶の味が口いっぱいに広がる。

「ほら、美味しいでしょ」

氷の上に乗せられた赤福餅を落とさないよう気を付けながら言った。

「うん。家で作るやつより美味しい」

「当たり前でしょ」

丼が空になったので、おはらい町を一周することにした。お土産屋さんでは、よく犬を模したグッズを目にした。江戸時代、主人の代わりに伊勢神宮へ参宮した御蔭犬がもとになっている。これも京介が教えてくれたこと。

「今時計見たら五時過ぎだったんだけど、もう旅館行きたい？」

京介の問いかけに、私は靴の中で足の指を開いたり閉じたりした。疲れてきたと実感する。

「うん。体がだるくなってきたし、旅館行こう。でも、ここからすぐではないよね。まさか、すごく歩いたりする?」

まだまだ歩くならば覚悟をしておこう。私は足の力を力を抜くのをやめた。歩くための体力を、探しておかないと。

「そんなにたくましい顔しないで。旅館のほうに電話すれば、五十鈴川駅まで迎えに来てくれるから」

スマホに番号を打ちながら京介は言った。わざわざ駅まで来てくれるとは、なんて気の利いた旅館だ、と感心した。ホテルや何かの宿泊施設に泊まるのは、高校生の時ユニバーサルジャパンへ行った帰りに神戸のビジネスホテル以来だ。これは期待していい。

しばらく駅の前で待っていると、あじ彩と草書体で書かれたマイクロバスがやって来た。

作務衣を着た男の人が運転席に座っている。

そのバスに乗り込むと、私たちは海がある方へ連れていかれた。旅館があるのは、鳥羽のほうだという。

少し歩けば浜、窓からは大海原が見渡せる。あじ彩は、そんな旅館だった。

「海が近いね。さざ波の音、部屋まで届くかな」

玄関口で、私と京介は少し立ち止まって、橙色に染まる夕間暮の海を、口を開けっ放しにして見とれるのだった。

「泉様、お部屋に案内いたしますから、どうぞ上がってください」

先ほど運転していた作務衣の眼鏡をかけた男の人に呼ばれるまで、ずっと眺めていた。

部屋からはやはり海が見えて、疲れているはずの私は窓を開き、潮風を部屋いっぱいにしようと試みた。京介は早速、急須でお茶を沸かし始めている。

「喉乾いてるの」

潮風に前髪をされるがまま尋ねた。彼は私の分までお茶を注いでくれている。

「いや、こういうところに来ると、ちょっと嬉しくなって、なんでもやってみたくなるんだ。台所でお母さんの手伝いをしたくてたまらない子どもみたいなもんだよ」

熱そうに少しづつ茶をすすっている。他にも、インスタントコーヒーの小袋や、ちょっとしたお菓子、顔用の美容パックまであった。初めて尽くしでいっぱいで、私は部屋中の戸や襖を開いてまわった。

「ねえ、もうお風呂行こうか。京介も汗流したいでしょ？」

私はわくわくした気持ちのまま言った。

「待って、六時半から夕食だから、ご飯の後にした方がいいかも」

部屋の隅にリュックを置いて、荷物を出しながら京介が言った。ご飯が待っているのなら仕方がない。従業員に呼ばれる前に、私たちは食堂へ向かった。


食堂の机には、すでに和食の小鉢やら火のついた小鍋やらが所狭しと並べられていて、とても二人分ではない気がする量の多さだった。一つの鍋は、固形燃料で温められて絶え間なく、煙が勢いよく上っている。ただボリュームが多いだけではない。お刺身は鮮度がよすぎてつやつやと輝いて、焼いた伊勢海老の真っ白で綿の花のようにふくふくした身が、焼き物の皿に横たえられている。夕食、朝食つきで一万五千円の宿泊費は、ちょっと安すぎるんじゃないかと心配になるぐらい、優遇されすぎだ。

絶対に残さないぞ、と決心しながら、京介と向かい合わせに席に着いた。

「いただきます。何から食べていいかものすごく迷うんだけど、この、鍋と鉄板気にならない？」

京介が箸をもって緊張した面持ちになっている。鍋からは煙が上がり続け、陶板で蓋がされた鉄板からは、肉の焼けるいい匂いがしている。

「じゃあ、京介は鉄板開けてみて。私は鍋のほうを開けるね。せーので、いくよっ」

鍋の丸い持ち手を握って、上に持ち上げるようにして蓋を開けた。蒸気が顔にあたって、鼻のてっぺんが若干湿っぽくなった。そこには三つ貝殻が並んでいる。京介が開けたほうの鉄板には、牛肉のステーキが肉汁を溢れさせ、焼ける気持ちのいい音を奏でていた。私たちは、同時に感嘆の声をあげた。

「右の大きな二枚貝は大アサリ、真ん中がホタテに見えるけれど、ヒオウギという貝。一番左がサザエです。そして、鉄板の中は、松坂牛のステーキで、ここのタレをかけて召し上がってくださいね」

鍋の蓋を受け取りながら、従業員の方がにこやかに言った。机の上のものに魅了され、はいと返事をすることしかできなかった。

「なんだろう、死ぬ直前のご飯がこれだったら、私ためらいなく成仏する自信があるよ。最後の晩餐って言われても、納得しちゃうと思う」

なんだか始めから伊勢海老や松坂牛に箸をつけるのは申し訳なくなって、手前のおひたしやがんもどきの煮物に手を出した。出汁がしみ込んで、それでいて煮すぎていない葉は歯ごたえがある。着々と私の箸は進むのに、京介はちょっとぼんやりとした顔つきになっていた。

「どうしたの」

私は問いかけた。旅の中で、何度か見た虚ろな表情だった。

「いや、苦手なものがあっただけだよ、ごめん。気にしないで」

物憂げで、見ていてどこか不安にさせられる笑顔で、京介は箸を持ち直した。その動作、指の動きに、私は見入ってしまった。

「そう」

美味しい料理のはずなのに、どうも気がそぞろになってしまう。雰囲気にのまれないように、伊勢海老の身の甘さや、とろける松坂牛の舌触りに五感を集中させた。サザエの内臓は、ちょっぴり苦かった。おひつから京介のご飯茶碗に米をついで、手渡す。

「ありがとう」

「うん」

してもしなくてもいいような、ありきたりな会話が続くようになってしまった。縮んだと感じていた距離が、また伸びたのか。京介が遠くへ行ってしまった。ここ数時間の様子を思い出してみた。時間が経つたび元気が無くなって、陸に挙げられた深海魚のようだった。考えて頭を使ったので、私は黙り込んでしまう。

その後、夕食を終えてすぐ部屋に戻り、大浴場へ向かった。違うのれんをくぐるのが、なんだか照れくさかった。

「先に出たほうが、待っててね」

私は着替えを胸に抱えながら、京介からタオルを受け取った。

「わかった。なんだか、さだまさしの歌みたいだ。上がったら牛乳飲みたいね」

そう言って彼は青いのれんの奥に消えていった。

広いお風呂には数人の先客がいて、一人きりにならないことに少し安心した。体と頭を先に洗い、サービスの角質とりピーリングジェルをおっかなびっくり試してから、広い湯船に体を沈めた。外へは出られないようになっていて、竹の柵で囲われている。もう七時をまわっているため、浴室の中は薄暗い。京介が見せたあの悲しげな顔。まだおばあちゃんが亡くなった悲しみも癒えていないだろうに、本当に、どうして旅行へ行く気になったのだろう。どうも気晴らしだけが理由じゃない。もしかして、伊勢神宮で、もう一度おばあちゃんが甦りますように、なんて不穏な願いをかけたのではないか。でも、それなら四国八十八か所を逆打ちした方が手っ取り早い。四国八十八か所を逆に回ると、死者に会えるという伝承がある。オカルトなことを考えていたら、湯につかっていても背筋が冷えた。母さんに、お風呂入ってきなさい、って言ってほしくなった。

脱衣所で旅館の浴衣に着替えると、髪を乾かして、浴衣の裾を整えてから赤いのれんをくぐって外へ出た。入り口からすぐの場所に京介は立っていた。

「ごめん。湯冷めしてない？」

「いいよ、女の人のほうが時間がかかるものだし。俺、わりと烏の行水だから」

白かった顔に赤みがさして、わずかに酔っているみたいだった。素で見ていても髭の毛穴が目立たなくて、うらやましいなあと思う。自販機にあった牛乳の瓶を二本買って飲んだ。私は格好をつけて、腰に手を当てて思いっきり飲んだ。

「ぶほっ」

妙な角度から飲んだため、気管のおかしなところに入り込んだ。ばかな真似をするんじゃなかったと、一瞬のうちに後悔した。

「紗由、大丈夫？　こんなドリフみたいなばかなことする人、初めて見たよ」

京介が背中をさすってくれた。ばかなことする人、の言質に少し怒ってみようかとも思ったけど、背中をさする手がとても優しくて、ただ咳込みながらさすられた。

　海に近い窓のほうに京介が布団を敷いたので、その反対側に布団を敷いた。男女が一緒に夜を過ごすからといって必ずしもそういう雰囲気になるわけではない。草食系男子、絶食系男子という性格分けが作られるほど、行為に興味のない若者が増えてきている。私が二人きりでの旅行をオーケーしたのも、京介がそんな若者の一人であると見越してのことだった。

「なんだか疲れちゃったね。明日もまたたくさん歩けるかな」

　日記にしたためるつもりで語りかけた。返事がなくてもがっかりしないように。

「足があれば、歩けないことはないよ」

「そ、そうね」

　いつもよりワントーン低くて、いつか夏の始まりにかけた電話の時の声に似ている。つまり、京介は眠いのだ。

「じゃあ、おやすみ、京介」

「紗由、おやすみなさい」

　素直に、そしてあっけなく、私たちは眠りに落ちた。クーラーのタイマーをどうしたかが少々気になったが、このまま眠るべきだとなぜか感じて、私はこのもやもやを誰に告げることもなく瞳を閉じた。

　木の隙間から流れるように肌に触れるお日様の光。伊勢神宮の、御正宮の前で立ち尽くしている私の目の前に現れた、小豆色の深い赤。そのカーディガンが包む背中は、大きく湾曲していて。短く刈ってある、白髪頭へとつながっている。顔は見えないが、私はこの老女を知っている。

「海へ行って」

　少し訛りのある、かさついた声。

「海へ行って」

　また、その背中が震えて、声を発する。泣きわめいた後のように余裕がない、哀願だ。この老女は涙を流して、悲しんでいる。鼻腔を潮の香りがかすめた。涙の潮が満ち満ちて、私をびしょ濡れにする。

「泣かないで！　海へ行くわ、だから」

「泣かないで！」

　自分が発した細い息の悲鳴で飛び起きる。上がった息を整えつつ、天井を見つめて落ち着こうと努めた。ここは旅館で、伊勢神宮には私はいない。夢だったのだ。そうして大きく息を吸い込むと、なぜか潮の香りがした。部屋の温度も、タイマーを設定せずクーラーをつけっぱなしにしていたにもかかわらず、生暖かい。京介が寝ているはずの布団が、ぺしゃんこになって打ち捨てられていた。中身がない。窓が開いていて、カーテンが時折風にたなびいた。不注意で飼っていた亀を死なせてしまったとき、中二の修学旅行中、高熱で班の子が倒れた時のような、自分を突き動かす不安と後悔と、陰の感情をすべて詰め込んだどうしようもない気持ちでいっぱいになった。海へ行って、という言葉が何度も反芻された。海へ行けば、あの人は助かるのか。そうしたら、また京介に会えるのか。

「もう、もう、ほんとに、もう」

　寝巻のまま走り出して、窓枠をつかむ。一階の部屋だから、飛び降りても死なない。大丈夫。風で目にかかる長い髪の毛を縛って、窓から足を伸ばし、地面を探り当てた。そのまま一気に両足をつける。草むらの上で、足音があまりしない。外から見る旅館の部屋は大体暗くなっていた。急がないと、手遅れになる。旅館の敷地を走り抜け、浜へ続く石段を駆け下りた。極度の興奮状態で、何かの破片や石ころをたくさんたくさん踏んだのに、痛みを感じない。足の裏なんかより、心のほうがもっともっと痛かった。うう、だかぐう、だか押し殺した声が時折漏れた。頭がガンガン痛くて、頬を流れる涙が煮えたぎる湯のように熱く、潮風ですらそれを冷ますことはできない。足元が柔らかいものに変わった。砂に足を取られながら、真っ暗な浜を見渡す。海の中に、ひょろっとした人影があった。腰のあたりまで、水に浸かっている。繰り返される波の音が、やけに耳についた。人影が発する音は一つとしてなく、すでにこの世のものではないみたいだった。

　私は走り出した。しゃくりあげて、息ができなくなっても、足を動かし続けた。足があれば、歩けないことはないよ。走れないことはないよ。

「京介！」

人影は歩みを止めなかった。振り向いてすらくれなかった。生暖かい風が吹く。私は波を越えていく。月に照らされてぼんやり明るいのに、海の水は冷たかった。そして重かった。

「止まれや、このボケが！」

わざと作っていた標準語も忘れて、金切り声で叫びながら、背中に組み付いた。京介の背中は、夏なのに冷え切っていて、私の腕じゅうに鳥肌が立った。京介は無言で進んでいこうとする。

「止まれって言っとるやんけ、止まりや！　死ぬよ、あんた！」

「死なあかんのやて、俺は！」

体中を振り絞った叫び声に、私は怖気づいた。こんなふうに、感情をむき出しにして叫ぶんだ。

「なんでなん。なんで死なんとあかんの」

強がって、精一杯声が震えないよう、奥歯をかみしめながら言葉を発した。

「約束したんよ、ばあちゃんに。お伊勢の神様に、ばあちゃんとずっと一緒におるって。ばあちゃん一人で、行かせられへんから、だから」

「ばかたれ、そんなんやったら、私も一緒に行くでな！」

言葉を遮るようにわめいて、京介を思いっきり突き飛ばす。派手に水しぶきを上げて、彼は水の中に沈んだ。私はそれを振り返りもせず、どんどん先に進んだ。胸から肩へ、肩から顎へと水かさが上がってゆく。それとともに自分がなんて滑稽で、そしてなんて幸福なのだろうという思いが頭をよぎった。

この一歩で、急に足もとにあった砂の感触が無くなった。一瞬のことだった。頭の先まで、水でいっぱいだ。潮が満ち満ちて、私をびしょ濡れにする。目が染みる。喉が苦しい。暗くて、深くて、世界に自分一人だけ。知り合いの顔がいくつも浮かんでは消え始めた時、私の腰を骨ばった細い指の手が力強くつかんだ。グイっと上の方へ引っ張られ、頭が吸われているような感覚になった。突然の波音と、広がる空気。京介に抱きしめられている。なんだか体中が疲れ果てていて、指の一本動かす気になれなかった。顔じゅうから涙といいよだれといい、出るものが全部出ている。

「なんで私のこと助けたんやて」

吐き出すように言ってやった。当てつけのつもりだった。もっと罵って、ぼっこぼこに殴り飛ばしてやりたかった。

「だって、俺が理由で、俺のせいで、好きな人が死ぬのは嫌やから」

そこまで言って、私の肩をつかんだまま抱きしめた体から離し、顔を見つめて、静かに泣き始めた。だけど、目にはしっかり光が宿っている。やっと気づいたのか。おばあちゃんもきっと同じ気持ちであることに。あと一押し、あともう少しでこの人の魂を繋ぎ留められる。

「でも、こんな、俺なんか生きてていいんかな」

乞うような眼差しで京介は言った。私はこの世界の人間すべての代表として、彼を見つめた。

「ばか。そんな寂しいこと言わんといてよ」

この世界に生きとし生けるもの、命を持たぬと思われるもの、すべてに代わって、そう言ってやった。

ずっと前にも、京介に口にしたことがある。デジャヴのようだ。生きていていけない人間など、この世界のどこにもいないのだ。世界にある、存在することは救いであり、善も悪も関係なく、存在自体は平等で、存在することを許され、そして世界から愛されている。「ある」ことは、愛されていることである。

だから、京介も私も愛されているんだよ。そうやって言う代わりに、そっと抱きしめて、二つの手で、ただただ背中を撫でた。


朝起きると、隣に京介がいなかった。昨日のこともあって、まさかまた旅館を飛び出して海に飛び込んだのではと思っていたら、タオルを首にかけた京介が戻ってきた。

「おはよう、朝風呂はいってきたんだね。私も後で入ってこようっと」

京介の顔を見れば、瞼が腫れていてなんだかかわいらしくなっている。昨日たくさん泣いていたから。

「おはよう。昨日入った時、外にもお風呂があると思って外に出たんだけどさ」

私は首を傾げた。

「外にお風呂なんてあったっけ。女湯は鍵かかってたよ」

「うん。昨日は暗くてわからなかったし、水が冷たくて。今朝明るいところで見たら、お風呂だと思ってた池の中で、錦鯉が泳いでたよ」

すっかり元に戻ってるな、と私は心から安堵した。笑いが止まらなくて、のどの渇きを忘れたほどだ。

「紗由、そういえばね、昨日の夜、ずっとばあちゃんに撫でられている夢をみたんだ。幸せだった、な」

満ち足りた表情の京介が、歯を出して笑った。

「じゃあ、もうやり残したことはないね。よかったよかった」

私は香からもらった歯磨きセットを取り出して、入れ物のウサギのイラストに小さく目配せをした。ウサギがしたり顔で、ウインクを返してきた気がする。

そこで、ささやかに微笑みあった。昨日はあんなに泣いて、どん底にいた気分だったのに、私たちはちゃんと生きていたね。朝ごはんの時間までは、まだ少しあった。旅館自家製の干物と、磯汁が出るらしい。本当に私ってば、食べることばっかりだなあと自分自身に呆れる。

「今日はどこに行こうか。志摩スペイン村も近いし、有人の離島へもすぐ行けるよ」

ガイドブックをいつの間にか出して、京介は言った。

「離島かぁ。確か神島って離島は、三島由紀夫の潮騒って小説の舞台になったところじゃない？」

他にも鳥羽水族館や、志麻地中海村なんかもあった。

「私水族館に行きたいなぁ。たくさん場所があるけど、京介はどこがいい？」

「それなら、鳥羽水族館じゃなくて、志摩シーパラダイスがいいな。俺カワウソと握手したい」

嬉しそうに京介は言った。カワウソと握手とは、珍しいところを攻めてくるもんだ。そしてなんてかわいい提案か。

「じゃあ行こう、シーパラダイス」

ガイドブックを閉じて、電車を調べる京介の横で、私はその横顔を眺めた。

誰かの代わりになることは難しい。自分が相手にとって特別でありたいと願うように。しかし代わりになれないとしても、私は大好きな人の隣にいつもいたい。私の人生の旅は、まだ始まったばかり。

座談会

二十代の書き手は何を表現したいのか

文学の未来を切り拓く若い作者たちは
小説をどのように捉えているのか、
文章に何を託したいのか、何を描きたいのか——。

二〇一七年九月九日（東京・東小金井「華屋与兵衛」にて）

出席者
石井　瑠衣
須藤　舞
御手洗紀穂
平野　遼
佐藤　光直

司会
村上　玄一

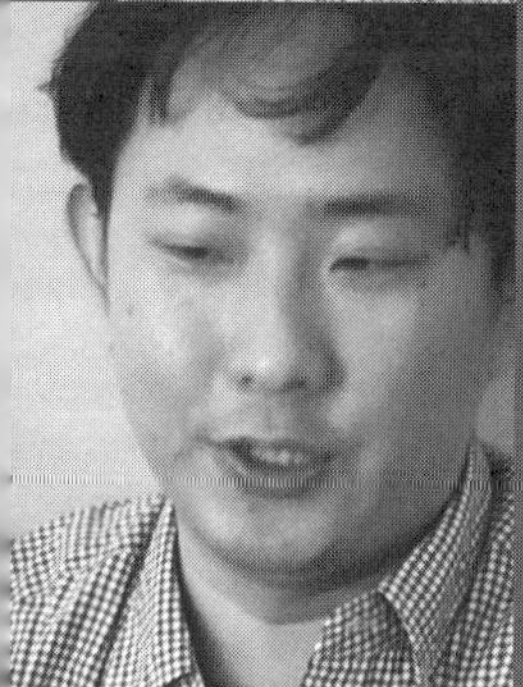

書く姿勢と描きたいテーマ

村上　それではMAGMAの復刊第二号座談会を始めます。本日は二十代新人の書き手が何をどのように書きたいのかということを中心に話を進めます。石井さんは十日くらい前まで十代だったんですね。だから今回発表する作品は十代で書いた作品です。今回は男性が少ないですので、二十代になったつもりで、あるいはそのときのことを振り返って二十代の若々しい気分になって話をしてください。須藤さんは社会人一年生で大学を卒業したばかりで二十代の前半です。御手洗さんはきのう二十八歳になったばかり。あとは発行人の佐藤光直さんに黄門様のような形で意見を述べて戴きます。それでは若い順から、何を書きたいのかを具体的なことは後で聞きますけれども、まず、問題提起みたいなことでかまいませんので聞かせてください。二十歳になったばかりの石井さんから、小説で何を書きたいと思っているのか、お願いします。

石井　私は自分の生きているこの世界が大好きで、だから幸せとか暖かさとかそういうものが書きたいです。

村上　幸せとか暖か さ？

石井　はい

村上　読者にそういう気持ちを与えたいということですか。

石井　読者の方々に与えなくても幸せなことはあると思うのですが、そういう世界を拡げたいです。

村上　須藤さんは？

須藤　私は「母親と子供」というのをテーマにずっと書いて来ていて、今回書いたことも人が生まれることについて書いたのですが、どちらかといえば、あまり幸せな話は書かない方で、読んだあとに人が幸せになるとかそういうのは私の分野ではないなあと思っています。身近に疑問に感じることとか不満だとかそういうものをずっと書いてきたので、これからもどちらかというと幸せというよりは、何でこうなのか、こういうことをしなくちゃいけないのかというような不満を原動力に書いてい

く と思います。

村上　石井さんとは正反対な感じですね。

須藤　そうですね。逆なのかなあと思います。

村上　では御手洗さんはどうでしょう。

御手洗　恥ずかしながら今それを探している最中です。

村上　あなたはテーマやストーリー性より文章を重視するほうだから難しい問いかもしれませんが、でも文章を書く上で読み手に伝えたいことはあるでしょう。

御手洗　そうですね。自分の感じていることを共感できる読者さんがいたらなあと。

村上　感じていることとは？

御手洗　すみません。答えが出たらあとで言います。ちょっと保留で良いですか？

村上　わかりました、では平野さんは？

平野　インターネット社会がどんどん進んで行って、みんな疲れている様に思います。だからこれからはやはり神の話になってくると思います。それが重要視されている。たとえばお伊勢参りなんか若い人が行ってますし。文明的なレジャーから自然回帰的な思考に移っている。それもやはり神的なものの現れなんじゃないかと私は思っています。ちょっとここでまとめるには難しい話なんですけど、そういう眼に見えないものを描いてみたいです。

村上　今回の芥川賞もそういう雰囲気じゃなかったですか？

平野　沼田（真祐）さんの「影裏」ですか。

村上　そうそう。山に行ったり釣りに行ったり。

平野　そうなんですよね。我々の世代やその下というのはレジャーでもスキーとかお金をかけるものよりもわりとキャンプに行く人が多い。釣りとか。案外パワースポットめぐりなんかも流行っています。なんかＡＩとか出てくる社会ですけど。だから西洋人のいうようなキリスト教的な観念とは違うと思うんです。といっても、そんなに深いアニミズムでも土俗信仰でもなく、遠藤周作がいうように日本的な勝手な宗教に置き換えられてしまっている。佐藤さんはそういうことをどう考えていらっしゃいますか。

佐藤　自分はこれまでリアリティの問題を一番に扱ってきたが、そういう世界のことは本当はもの凄い興味があるし好きでもある。結構書きたくてときどき部分的に入れることもあるんですけど深く追求して書くことが今のところない。ないんですが、その意味では日本の文化はいろんな文化が入り混じって、確かにキリスト教でもないし仏教でもない、こうだ！　という形がない。難しい話だけど自分たちはどこへ向かっていくかという話ですから。形はないけど、存在はするという意味では共感します。

平野　人はやっぱり自然を無自覚ながら求めてるんじゃないかなって私は思っています。そういうものを描きたい。

佐藤　面白いテーマですね。

平野　ありがとうございます。今回の小説に限っての話ですが。

村上　平野さんの作品にそういう要素はありましたか？　ないとはいいませんが。

佐藤　ありました。むしろそういうことをすごく感じた。あれを書くのはもの凄い難しいことだと思います。わかる人にはわかる書き方をされている。

平野　あんまり良い感想は頂いていませんが。

佐藤　すごくいいと思うんだけど。何というか、あり得る話なんです。あり得るということについて日常生活ではなかなか実感していない人のほうが多い。でもディテールが結構書かれてあるから、感じます。

平野　そういうことについては、大きなものも目に見えないものとして書いたつもりです。

村上　そういえば御手洗さんは今回の芥川賞は読みましたか？

御手洗　恥ずかしながらまだ途中で。

村上　須藤さんはどうですか？　あれは平野さんの言っていたことに近いような内容だった気がしましたが。あなたは自然とか神が入ってくる小説、どうですか。

須藤　書くときですか？　書くときはまったく意識しないですね。結局は自然とか神とかそういうところにたどり着くのだと思うのです。それを意識して書くことはあまりないです。本当に身近なところばかり書いているので。

村上　石井さんはどうですか？　自然とか、神とか、そういうものは。意識しませんか？　幸せや暖かさの中には。

石井　神様と聞くとどうしても宗教を連想してしまうんです。キリスト教ならイエス・キリストとか、仏教だとか、お釈迦さまとか。神様がいてそれを信じる人は救われるという宗教観において、信じていない人とか神の概念自体がない人は何によって救われるのかと考えると、神様はいると思うのですが、それ以外でも何か救いはあるはずだと私は考えます。

読書体験と文芸世界の現況

村上　ちょっと話は変るのですが、皆さんがいま注目している作品、作家、読んでいる本とか、そういうのを聞かせていただくと見えてくるものがあると思うのですが、平野さんはどうですか？　気になる作家や作品はありますか？

平野　最近わりと流行っている小説を読むようにしているのですが、やはり今の時代、作品批評をすることは凄く損なことだと思います。まあ、つまりこのような場所で、インターネットもそうなんですけど、何か良くないとか批判的なことをいうと第三者が「私の好きな物を傷つけることは許せない」とかいうわけなんです。なんというか私はだから、作品について率直にいうことは損なことだと思うんです。私は他人にどう思われてもいいスタンスですが、そういう時代なので。

村上　どんな本を読んでいるかも喋らないし、平野さんが書いた作品も人から何も言ってもらえない感じがするんでしょう。

平野　そうですね。

村上　で、平野さん自身も人にはあまり感想は言いたくないのでしょう。

平野　世間がそうであるから自分も損はしたくないという考えがありまして。でも言いたいんですよ、本当は。

佐藤　傷つけない世の中になっているから。

平野　そうなんですね。私の考えとしては「こんなことで傷つくなんて馬鹿じゃないか」と思うのですが世間がそういうスタンスを許してくれない。インターネットの人って、こういう物言いをするんですよね、「それを聞いて傷つく人もいるってことをわかってください」って。ちょっと話は飛びましたが、いま、ねじめ正一さんの「荒地の恋」を読んでたんですけど。本当に素晴らしい作品です。

村上 あれが書かれたのは、だいぶ前ですね。

平野 わりと最近ドラマになったんじゃないですか。その前には、いま流行っている「火花」と「夫のちんぽが入らない」というのを読みましたけれども、なんだろう、本当にこういう技術的に低いものがこんなにもてはやされていいのかな、と私は思いました。まあ面白いという人はいるんだろうし、面白い部分もあるんですけど。やっぱり、ねじめ正一さんと比べても仕方ないですけど、描写がない。自分の一人語りでずっと続いて、自分で突っ込んで自分で注釈を加えて文章が成立っていく、そういう感じを受けました。

村上 はい。次に須藤さんはどうですか?

須藤 私はずっと綿矢りさが好きで、小説を書き始めたのも小学校五年生のときに綿矢りさが十九歳で芥川賞を取って、こういう若い人が凄い賞をもらうんだなと思って、それで真似事みたいに書き始めたのが最初だったので、綿矢りさは一番好きな作家です。それと、私はあまり最近の本は読まなくて、ちょっと前の本を読んでいます。大江健三郎の「死者の奢り」も衝撃的でしたし、遠藤周作の「海と毒薬」にしろ、死を感じるものにすごく惹かれて、そういうものを結構読んでいます。最近の作品は、気になって手に取っても肌に合わなくて読むのを止めてしまうこともあります。

平野 これ以上ガッカリしたくない、というのはあるよね。読むたびにさ。

須藤 合わないなと思うと止めてしまいます。

村上 御手洗さんはどうですか?

御手洗 私の場合は、ある土地の雰囲気だとかそこで生きる人々の生活だとかをきちんと書くことが出来たらなと「十八世紀パリ生活誌」とか、金子光晴さんの「マレー蘭印紀行」を読んでいます。金子光晴さんは言葉の選び方とかがすごく好みで、そこから今は詩集なんかも読み始めてます。

村上 石井さんは?

石井 私はずっと、よしもとばななさんだけを読んできました。

村上　よしもとばななのどういうところが好きですか？

石井　小説を読んでいるうちに、体中が暖かくなるくらい幸せで幸せでしょうがなくなるところです。人が亡くなったり病気になっちゃったりするところから始まる物語が多いんですけど、それでも何故か安心して読むことができるのが素敵だなと。

佐藤　一つだけ言いたいんだけど、須藤さんが今回書いてきた作品は、綿矢りさの初期作品より上手いと思う。レベルが凄く高い。

須藤　恐縮です。

村上　目指す文学のジャンル、それにに対する姿勢、あるいは世界観など、みなさん色々あると思うのですが、いま若い人の多くがはまっているというかライトノベルやファンタジー、携帯小説など、そういう分野にどういう印象を持っているか教えてください。

佐藤　ライトノベルは読んだことがない。平野さんが先ほど挙げていた作品とかはそうですか？

平野　私が先ほど挙げた「夫のちんぽが入らない」は同人で流行りまして、主婦が夫のアレが入らなくて悩んでいるという、まあエッセイ調の小説なのですけども、同人ながらネットで火が点いて、二〇一四年に発行されてから二十万部以上売れている。

村上　それは何？　タイトルですか？

平野　タイトルです。ライトノベルではないでしょうけども。

佐藤　読んだことないからよくわからないな。

村上　若い人もわからないかもしれませんが。須藤さんはライトノベルや若者の読書傾向について、どう思っていますか？

須藤　私はあまり読まないです。ただ、若い世代というか、大学卒業して会社に入ってみんな本自体をあまり読まないんだなということがわかって、私はずっと本を読む人の中で生活してきたので意外に思って、どんな本なら読むの？　と聞くと、ゲームが好きっていう同僚はライトノベル読みますって。そういうのは読むんだねって話になって。もう純文学をお金を出して買う人はいないのかなって寂しくは思うんですけど、そういう軽い文学っていったらあれなんですけど、そういうところから入っていって本に触れる機会があるならいいのかなあって。でも私はライトノベルにそんなに否定的には思っていないです。

村上　じゃあ一番ライトノベルなんかとは遠い世界にいる御手洗さんはどうですか。読んだことありますか？

御手洗　中学くらいのときに一冊二冊読んでそれきりです。嫌いとかそういうのじゃないんですけど。ライトノベルが文学に劣るというより、大人が読む文学・大衆文学に相当するのが中高生のライトノベルなんじゃないかなって思います。

村上　石井さんは？　あなたの周辺の学生でライトノベルに興味を抱いている人は多いでしょ？

石井　そうですね。私たちの周辺でもライトノベルを書きたいという人、読んでいる人はすごく多いですし、私の先輩で今ライトノベルの大賞に応募して一次選考に引っかかって活躍しかけている方もいて、やはり多いなと思います。

村上　あなたはそういう傾向をどう感じていますか？

石井　私はあまり読まないのですが、手を出しやすくて、好きな作家がいて、それを読むことによって楽しいと思えたり、救われたり、そういうことがあるのなら広まればいいなと思います。

村上　私の邪魔をしている小説ジャンルとか、そういう風には思いませんか？

石井　どうしてですか？

村上　だってそういう分野が流行すると純文学なんていうのはだんだん力を失うような印象はないですか？

石井　力を失っているのは純文学ではなくて読む側の方だと思います。日常が忙しいとか、書を読む時間とか気力とかが削がれていっているような。

村上　でも石井さん自身はそうではないでしょ。ライトノベルとは違ったものを、純文学的なものを読みたいし書きたいでしょう。

石井　はい。読みたいし書きたいです。

村上　平野さんはどうですか？　ラノベ風のジャンルに対して。

平野　僕はラノベ世代じゃないんですよ。まあ、僕が大学に入ったのが二〇〇二年なんですけど、そのころはせいぜい「キノの旅」があったくらいで。ただ僕自身はラノベってそんなに否定的じゃないです。昔からあったじゃないですか。ジュブナイルという名前で。筒井康隆なんて完全にジュブナイルだし、田中芳樹もそう。中学生の頃は宗田埋の「ぼくらシリーズ」、あれも完全にジュブナイルですよ。それに我々のときは携帯小説がありました。ガラケーにすごい短い文章を書いて、ギャルっぽい女子高生の間でバカウケしてました。「恋空」とか。私はライトノベルって、そういう携帯小説に近いジャンルだと感じています。ライトノベル好きな人には怒られるかもしれないけど。

佐藤　いわゆるエンターテインメントと呼ばれる小説とは差がありますか？

平野　最近、流行っているラノベのひとつで「異世界はスマートフォンとともに。」という作品を読んだんですけど、文章がト書きなんですよ。演劇の脚本みたいな。会話文でひたすら進んでいくわけです。ラノベ世代というと私より十くらい下だと思うんですけど、そのくらいな人たちに特有の世代感覚なのかなと。

佐藤　内容はどうでしたか？

平野　普通の小説が世界観、物語、人物の順に描かれるのに対して、ラノベはキャラクターありきなんです。アニメ化したときに画面映えする可愛い女の子はかならず必要みたいな。あと絶対的な定義はないかもしれないですが、異世界ものとかファンタジーが多いんじゃないですか。

佐藤　絵にすればアニメになっちゃうような世界か。

平野　そうですね。

村上　私が思うにラノベとかファンタジーは退屈しないで面白く読めるんでしょう、なによりも。純文学なんて言われる物は退屈しちゃうんですよ。面倒くさいんです。内容が。御手洗さんのように文章にものすごく拘ったりすると退屈しちゃう。失礼な言い方のようだけど。それにボーイズラブなんていうのもあるでしょう。それに近い物を学生に勧められて読んだんです。そしたら文体とか描写が凄く良いんです。学牛曰く、ライトノベルにもそういうのがあるんだそうです。ミステリーやホラーなんかも多くの作家が競うように書いてどんどん技術が上がっている。松本清張が古典になるかも知れないという評論家もいます。エロ小説だって純文学を越えるエロ小説があるかもしれない。まあ純文学にも「瘋癲老人日記」「眠れる美女」「砂の上の植物群」「エロ事師たち」とかあって、それがその作家の代表作になっちゃっている場合もありますけど。今後、そういうエンターテインメントの分野が技術面で純文学を脅かすかもしれない。でも純文学にはそういう危機感がないんですよ。好きなことばかり書いている。もっと頑張って、面白くて、文章表現の優れた、内容もステージの高い作品を目指さないと、純文学という名称だけでやっているのはいかがなものかと。

平野　純文学もエンターテインメントもライトノベルも、お互い敵ではないと思うんですよ。むしろ出版界が読者がいない危機に陥っていて、書店じゃ雑誌も本も売れない。お互い敵とか言ってる場合じゃないですよ。

書き続ける姿勢　読者への意識

佐藤　四人ともそれぞれ目指している文学の形が違う。それはわかる。私は平野さんと須藤さんの目指しているものはなんとなくわかるが、石井さんと御手洗さんの考えがちょっと分からない。幸せって書くに値するのかなと思ってしまう。

村上　石井さんに話を聞くといろいろ出ると思うけど、びっくりするような話が。石井さん話してみますか。

石井　いや、でも、出版に関係あるのかと聞かれると違う世界な気がして。

村上　出版は商売の世界だから売れなきゃ絶対出してくれないんです。儲からないと。

佐藤　極端に言うと売れないと生活できないからね。

村上　そういう観点から考えると、純文学は全然ふさわしくない次元にある。

石井　売れないからですか。

佐藤　売れないのもそうだけど読む人がいない。

平野　つまらないからだと思います。

村上　純文学雑誌は大手出版社から一応毎月発行されていますけど、いったい誰が読んでるんでしょう。一万部くらい？

平野　いやいや、もっと少ない。三千部くらいです。それも図書館だとか学校が多いと思う。個人購読で「群像」「すばる」を読んでいる人なんかいないんじゃないですか。又吉さんとか話題になる人がいないかぎり売れないと思ってしまう。

村上　私はきょうの座談会のために家の本棚を眺めていたのですが、中に、「新人作家はなぜ認められない　作家の不遇時代考」（長野祐二、村松書館）というタイトルの本がありまして、昭和五十二年に出版された本です。これは今日の参考になりそうだと、前書きや目次をざっと見たのですが、やはり現代と明治・大正・昭和とでは文学状況が違います。昔は今ほど簡単に認められることがないから、その分、作家志願者たちは書きたくて書きたくて命を削ってでも頑張る。才能がありすぎても、その感覚はなかなか認められない。ひきかえ現代ではそこまで必死に執筆に打ち込んでいるという人はあまりいない気がする。趣味とは言わないけど、本気度が低い。それに今では認められると即三万部なんて売れるけれども、昔の出版ジャーナリズムの世界では認めたとしても、たとえば、夏目漱石でさえ初版は二千部三千部の世界だった。昔は本を出したり作家という肩書きを頂いて生活していくのが難しかった。それが情報社会の今は案外簡単に出てしまう。きょうは皆さんの覚悟や姿勢を知りたい。自分も又吉直樹みたいにぱっと本が売れるんじゃないかなんて楽観的にとらえたりしているのか、あるいは売れなくても書くのか、どの辺りに自分の位置を据えているのか、小説を書き続ける覚悟をもっているのか、それを教えていただきたい。

佐藤　端的に言うと、趣味を越えて文学をやりたいか、という話だね。

村上　「新人作家はなぜ…」の末尾にも「文学を趣味として捉えている人はこの本を読む必要はありません」と書かれてあった。文学を趣味だと思ってしまったら、そこでもう終わりでしょう。

佐藤　須藤さんは趣味っぽい言い方をしていなくて、それがいいなあと思いましたが？

村上　須藤さんは、書き続けていきますといつか言ってましたね。

須藤　はい。

平野　今は命がけとか苦悩というのが馬鹿馬鹿しい、といった時代なんだと思いますよ。滑稽というか。

佐藤　たぶんそうだよ。だから幸せについても聞きたい。

村上　「幸せ」を命がけで書いていくのもあるかもしれない。須藤さんは「職場で忙しかったりするのは覚悟の上で、私は書き続けていきたいと決めたわけですね。それはどういった理由ですか。

須藤　趣味というより書くことそのものが、よい所というか、誰に向けて書いているということは全然なくて、自分のためだけに書いています。人に言えない気持ちを描き出したり。そういう自分の言いたいことを書いているような小説で賞を頂いたり褒めて戴くことがあったりして、すごく恐縮だなと思っていますが、命をかけるという話って、私はまだ独身ですし子供を産んだこともないのですが、以前バイトしていた先の先輩が妊娠したとき、その様子をすぐそばで見させていただいたことがありまして、本当に、何も食べられなくなって三十キロ近く体重を減らしたり、ずっと点滴生活をしていたりするのを見て、本当に人は命がけで生まれてくるんだなって思いました。今回の小説はそのときのことが元になっていて、結果としてああいう暗い内容になってしまったのです。そういうのをそばで見てしまうと、命がけってそういうことなのかなって。命を賭ける身近なことが出産なのかなって。

村上　御手洗さんは？　書き続けるしかないんでしょ？

御手洗　私自身、臆病者なので、書き続けたいっていう気持ちがすごい強くある一方で、「この話はいったいなんの話なの？」「何で書いたの？」っていう質問が怖くて。この人たちを説得できないかぎり自分の言いたいことなんて伝わらないんじゃないかって、それで八方塞がりになってしまって。自分のなかで感じたこと、浮かんできたことを言葉におこして、それを並び替えたりするのは面白いのですが。

村上　須藤さんは自分のために書くって言ってます。御手洗さんは自分のために言葉を弄ったり拘り続ける一方で、読者や他人の目を気にしすぎてるんじゃないかな。

佐藤　さっきのライトノベルなんていうのは読んだこと

はないけれども他人を意識して書かれている文学なのかな。

村上　完全に他人を意識して書いているでしょ。楽しんでもらおう喜ばせようって。

平野　ライトノベルで「異世界もの」が流行るとみんな異世界ものばかり書く。それを揶揄するような作品もあるのですが。

佐藤　純文学とはちょっと違う気がする。石井さんの作品を読んでみても他者というよりは自分のために書いているとしか思えない。御手洗さんに関しても他人を意識しているようには思えない。

村上　でも石井さんの作品には「私はみんなを幸せにしたい」という気持ちを感じる。ひどいことを言っているかもしれないけど、おめでたき人なんです。

佐藤　自分のために一生懸命書いている気がする。

村上　石井さんの小説の長所は、だいたいラストが明るくはある。

佐藤　そうだね。絶望にはいかない。

村上　須藤さんの場合は絶望だろうが何だろうが、お構いなし。

須藤　文章書くって周りの人に嫌われることなのかなって思います。

佐藤　だからいいんだよね。

平野　それは正しい感覚だと思う。僕はしがないWEBライターなんですが、以前、記事の最後を「日本もやがて大きな力で中国のようにファイヤーウォールが建てられるだろう」と結んだところ、2ちゃんねるに僕のスレッドが立ったことがある。その人たちの気に障ったみたいで。だから文章を書けば嫌われるというのは正しい感覚だと思う。今は四方八方に敵がいると考えた方がいい。どんな内容でも、何を書いたとしても、敵というのは必ず現れる。

村上　どんな流行作家でも国民の半分以上に「こんな作家嫌いだ」と言われてしまう。逆に読者の三割、四割がファンになればベストセラー作家になってしまう。誰もが幸せになりたいだろうけれど、幸せにするってテーマがあったとしても、反発はある。

佐藤　意識が高くて良いと思う。

村上　石井さんが「人を幸せにしたい」という気持ちで

小説を書くと、あまり酷いことは書けないから、結局は「やおい」（やまなし　いみなし　おちなし）みたいな作品に仕上がってしまう。で、私が「ちょっと迫力のある部分を書いたら?」と提案することになる。

平野　この座談会のテーマは「若者は何を考えているか」ですよね。

村上　そう。「何をどのように描きたいか」ということです。

平野　いま話していたことがそのテーマの核、コアなんじゃないかって思います。要するに他人を傷つけたくないということだよね。

佐藤　須藤さんは、代わりに自分を傷つけている。だから良い。それが純文学の王道だと思う。そうじゃないこと、それこそ平野さんのような神の話はすごく難しい。だからそれを表現したいと言われると期待してしまう。しかし「幸せ」をテーマにしていると言われると、私はだれかを幸せにするために書いたことがないから反省しちゃうよね。人を幸せにするために書くというのはすごいこと。素晴らしいことだよ。

村上　石井さんについて、もちろん、私が知るかぎりだけれども、極端なことを言えば、芥川賞と直木賞でいえば直木賞寄りの人。娯楽、エンターテインメントとまでは言わないけれど、熱狂的な固定ファンを守るのではなくて、多くの人に読んでいただきたいということだと思います。しかし、それだとストーリー性がないといけない。個人的な旅行記を書いてもだめなんですよ。たぶん。

平野　極端に言うと、人が生きていくうえで誰も傷つけないって不可能なことだと思う。勝手に人なんて傷つくものだし。

佐藤　傷つけ合ってむしろ、よしとするくらいの関係じゃないと何も生まれない。

平野　団塊世代の方々は、そういうのが顕著ですよね。

対話・議論と社会情勢への関心度

村上　自分が二十代の書き手に一番聞きたいのは、政治経済国際情勢のことです。たとえば今日は九月九日で北朝鮮の建国記念日にあたりますが、マスコミは祝日に合わせて弾道ミサイルが打ち上げられるかもしれない、ややもすればそれが日本近海、あるいは本土に落下するかもしれないと連日のように報じている。そういう、日本を取り巻く状況について、皆さんはどう考えでいますか。石井さんはもの凄く深刻に考えているでしょう？後で聞きますが。須藤さんはどうですか。

須藤　私は、お恥ずかしながら全く考えていなくて。本当に自分のことで精一杯で、ミサイルのことをニュースで見ても「仕事にいかなきゃ」くらいにしか思っていないです、正直。

村上　じゃあ、そういうことは人とも話さないんだ。

須藤　職場の昼休憩なんかのときにテレビに流れたのを見て先輩方と話すことはありますけど、みんな深刻にはとらえていないです。

佐藤　「対話」はあるけど「会話」はない状態なんだ。

須藤　そうですね。それについて議論したり対話することはないです。

村上　安倍首相が好きだとか嫌いだとか、自己主張する人はいますか？

須藤　それはいますね。ニュースを見てて悪口を言う先輩はいます。

村上　米国や中国の姿勢については、どうだろう。中国は汚えとか米国はもっとずるいとか言う人はいる？

須藤　ご年配の方とか管理者の方は言いますけど、若い人はあまり言いません。

村上　あなたも当然言わない。

須藤　そうですね。知識がないから自分の意見がないのかもしれない。

村上　あなたが小説を書く上で、そういうことはあまり影響しないですか。

須藤　ないですね。本当に身近なこと、自分のことを書いているので、世界規模のことは考えていないです。

村上　そうですか。御手洗さんはどうですか？　ニュースに接する仕事上、そういうことは詳しくなったんでしょう？

御手洗　はい、やっぱりそういった情報に触れる機会は多いです。北朝鮮の脅威が日増しに強くなっているとか、国際社会のなかでも中国とロシアは北朝鮮よりの立場を示しているとか。ロシアが金正恩委員長の身辺の護衛を買って出ていると聞きます。この間も日本とロシアで行われた首脳会談で両国の北朝鮮に対する考えの差が浮き彫りになったり。そういう、北朝鮮が世界の脅威に

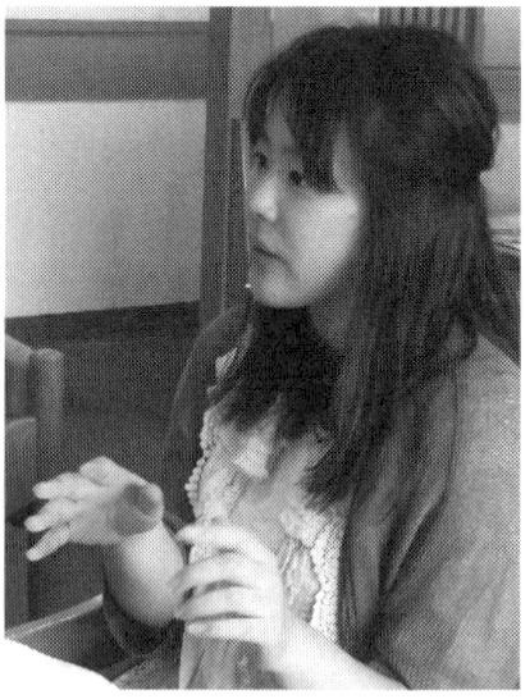

なり得る戦力を握ってしまったということは情報の上では知っています。もしかしたら明日ミサイルが飛んでくるかも知れないとさえ思うことがある。Jアラートが鳴っても、恐怖に脅かされている地域があることがわかっていても、どこか対岸の火事で。自分の生活が優先であまり危機感を覚えたことはないです。よくない傾向だと思ってはいるんですけれども。

村上　そういうのを良くない傾向だと思ったり、社会の矛盾が見えてきたりするわけでしょう、仕事柄。でも、そういうのはあなたの小説の中に出てきそうにもないですね。

御手洗　そうですね。出てこないです。社会のことを鏤《ちりば》めたいと考えることもあるのですが。何でだろう。頭で書こうとすると全然書けないんです。こういうものを書こうと決めてかかって、原稿用紙に向き直ったとたん筆が止まってしまう。無意識の中で蠢いている変な考えに形を与えていくような方法じゃないと何も書けなくて。だから、無意識の中で世界を恐ろしいものと捉えたらそれが小説の中にも現れてくるのかな、と思います。すごく曖昧で抽象的ですが。

村上　石井さんは、すごく正直に答えて欲しいんだけど、安倍首相が安保法制を強行採決しようとしたとき、何を思い、どんな行動をとろうとしましたか？

石井　それはやめてください。

村上　どうして？　石井さんはこう見えても政治経済国際情勢について、かなり興味を持っていて、直接行動も辞さないという印象ですが。政治の話題にも敏感ですよね。

石井　そういう意識はあまりないです。

村上　「人を幸せにしたい」という人が政治経済国際情勢に疎いはずがない。社会情勢を敏感に感じ取っているから、そういう小説を書きたいと考えるのでしょう？

佐藤　芯から人を幸せにしたい、幸せにできる小説を書きたいんであって、安保法制とかとは、また違う問題なんじゃないか。

村上　だから、なぜ石井さんが「人を幸せにしたい」というのかが、どのような理由で、そのような小説を書きたいと思うようになったのか興味があるから教えて欲しいのです。それは人が不幸だと感じ取っているからでしょう。

佐藤　それだよね。その不幸が問題。

村上　政治経済国際情勢に敏感だから人を不幸だと思う。不幸だから幸せにしたいと思う。それが人を幸せにする小説を書くという発想に結びつくんじゃないのかな。だから安倍首相について聞いているんだけれども。

石井　恥ずかしいからやめてください。

平野　ほら、対話ができないでしょ。議論ができない。

佐藤　こうやって話してくると、だんだん分かってくる。鈍いから若い子のことはわからなかったけど、聞いてるとなるほどよく分かってくる。

村上　ここで公表しなくてもいいですが、石井さんから、前に勇気ある発言をきいたことがあるんですが、本当にそういうことを思っていたのでしょう?

石井　そうですね。

村上　だから私は信じるんです、石井さんが「人を幸せにする小説」、本気で書きたいという思いを。

佐藤　怖いですね。我々の世代から見ると怖い世代だ。

村上　石井さんは三島由紀夫なんですよ。女性版三島。自分の小説で人を幸せに出来ないと思ったら実力行使に出るかもしれません。

書く時間と、なぜ書くのか

村上　では自分の暮らしぶりや仕事、学生は勉強が仕事ですが、そうしたなかで書き続ける時間をどうやって作っているか、どういう風にそこのところを調整してるかを聞いてみたいです。須藤さん、どうでしょうか。

須藤　お昼休憩のときに早めに昼食を切り上げたり、朝五時半に起きて書く時間を作っています。それに私、読まないと書けないんです。だから今は知らない作家さんの本を読んでいます。

平野　ナポレオンみたいだね。

村上　時間を捻出するためには、そういうことをしないと書けないんですね。人がやらないことをやらずして物事は上手く進まない。でも昼休みに書くというのも大変ですね。しかし書くことを大事にしていると職場で友達はできないでしょう。

須藤　人には小説を書いていることをあかしていないので、タブレットで遊んでるな、という感じに見せかけています。
村上　仕事は順調に捗っていますか？
須藤　それなりにやってます。
平野　小説書いてると一般社会の人と中々なじめなくなるでしょ。
須藤　そうですね。でも観察とかにはなるのかなって、自分と違うタイプの人が結構いるので。
村上　じゃあ他に何かやっていること、夜はどうですか？
須藤　仕事が終わるとだいたい疲れて寝ています。週に二回はお休みがあるのですが。
村上　御手洗さんは、どうですか？
御手洗　仕事が午後の一時あがりで週四日なので、そのあと図書館に寄ったりして時間を作っているのですが、音読しながら書くくせがあるので、途中で周りに「なんかブツブツ言っている人がいるな」なんて言われるのが怖くなって、それでカフェなんかを転々としています。
平野　石田衣良なんか「池袋ウエストゲートパーク」書くときに、池袋を歩きながらボイスメモで喋って、あとで文字に起こしてたんだって。真似してみたら？
御手洗　あ、それならイタい人と思われずに済みそうです。いまならアプリなんかでも出来るだろうし、やってみようかな。
佐藤　職場では書く時間をつくっていたりしますか？
御手洗　休憩時間のない職場なので。ただ、データを文字に起こすお仕事なので、文章を書きながらより的確な表現はないだろうかと模索してみたり、そういうことはしています。言いたいことを端的に表現するための訓練になってたら嬉しいです。筋道たてて考えたり、体系づけて考えるのが苦手なので。
村上　いろうろ書く上での悩みはあるけど、原稿の締め切りを守れない人が多いですね。どうしてそこまで文章に拘るのか。締め切り日にあわせて書いたものが自分のその時の力量と思えないのか。いいものに仕上げたいという思いは判らなくはないけど、ただ、締め切りより自分の表現行為を優先してしまうと、職業作家として生きていくのは難しくなるかと思う。データを打ち込み続ける仕事より、文章で食べていく仕事がしたいわけでしょ？
御手洗　はい。
村上　文章をいじくり回すのを優先するより、締め切りに合わせて自分にできる最高のものを創る。それが職業作家の基本姿勢だと思いますが、新人とか中堅ならなおさら守るべきです。

佐藤　それは、もし言うんだったら、社会のルールだと思う。だけど物書きなんて大概破るもの。どっちに転んでもその話はどうでもよい。

村上　ただ守る練習はしておかないと、社会には通用しません。

佐藤　心配しているんだね。

御手洗　ありがとうございます。

佐藤　でも社会よりも自分を優先するのを見ているのは、むしろ嬉しい。自分がそうじゃないから。決めたら守らないといけない、仕事だからね。

村上　しかしMAGMAは同人雑誌じゃないんでしょ？

佐藤　いまのところはね

平野　三島由紀夫なんかは絶対に守ったっていいますよね。

村上　三島由紀夫は偉いよ。きちんと守って、プロの見本です。半面、野坂昭如はひどかった。

平野　インターフォンを壊していたという話は聞きます。

村上　あそこまで流行作家になると、ちょっと編集者も融通を利かせるかもしれない。

佐藤　どういう時間に小説を書いているか？　その話に戻るけど、石井さんは学生だよね。

村上　学生は一番暇な職業なのに、「忙しい忙しい」って言っていますね。甘えているだけです。

平野　某文学部の話を聞いていると驚愕する。レポートでも滅茶苦茶落として厳しいらしい。それを聞くと、我々のやっていたことはなんだったんだろうって。まあ書くための余暇を与える、モラトリアムを与えるって考え方もあるけども。

村上　石井さんはどうですか？

石井　私は自分の世界に入らないと書けないので、ちょこちょこと合間に書くようなことができなくて。アルバイトがない日とかを作って、そのなかで少しずつ、睡眠時間減らして書いてます。寝ると書けなくなっちゃうから。

佐藤　それが続くのがすごいよ。

石井　ストレスで精神

的にボロボロになって、言動がおかしくなったり、過食が止まらなくなって吐いたり、書いているときの姿は人に見せられないです。

村上　そんなになってまで書くんだ。

石井　はい。自分の世界に入らないと書けないから。

村上　私も集中して書く方だから一日五枚とか十枚とか決めて書いている。

佐藤　自分の世界に入ると書ける、自分の世界に入らないと書けない。

村上　自分じゃないだれか、たとえば神様が書かせているって感じることはありますか？

石井　いや、書いているのは自分です。

村上　あれっ、そうですか。私はたまに何か入ってきたと感じることがある。自分じゃない、いや自分の中のもうひとりの自分が書かせているような。

佐藤　書いている人なら多くの人が感じる感覚だよね。

村上　自分の中の自分へ分け入っていく。それを客観視している別の自分がいる。平野さんは、どうでしょうか？

平野　書く時間ということですか。

村上　仕事との兼ね合いもあるだろうけど、私が注文した原稿って書いてますか？

平野　実際に書く時間よりも寝っ転がって、思案する時間のほうが多いです。ああでもない、こうでもないと。

村上　ものを書く上でその時間は大事ですね。

平野　周りから見ると寝っ転がってるだけに見えるかもしれないです。一日それで過ぎることもありますし。

佐藤　仕事や社会のルールと自分の世界との舵取りは難しいよね。さっき須藤さんが休憩時間に書くと言っていましたが、すごいと思う。自分なんか合間の休み時間に自分の作品を書くと、それに引っ張られて仕事ではもうパフォーマンスができなくなる。

須藤　私は自分の世界に入り込むというよりは注意力が散漫なので。だからそういう風にちょこちょこやってます。注意が散漫だからすぐ意識が切り替わる。あまり深く考えてはないです。

平野　自分は根本的に書くことが嫌いです。

佐藤　じゃあ書かなきゃいい、嫌いなのに書く理由が気になる。

平野　手段の一つとしかとらえていなくて、ほかにも映画とか演劇なんかもやっていたのですが、人を引っ張ることができないんです。だから手段として小説をやってる。

村上　だけど自分には表現したいことがあるんでしょう？

平野　はい、それを何を使って表現するかっていうだけの話で。

佐藤　小説が一番いいよ。

平野　「好きかどうか」という点でいえば小説よりも演劇や映画の方がよっぽど上。ただ、そのやり方が全くといっていいほど自分には合っていない。作る上でべらぼうに金がかかるんですよ、特に映画は。演劇はアマチュアでやっているとと黒字にするのが難しい。それでやっぱり小説というところへ返ってくる。

村上　私は初めから映画や演劇は面倒くさくてしょうがないと思っていました。人の意見を受け入れたり、主張して揉め事になったり。その点、小説は個人作業だから好き放題できる。

佐藤　平野さんは、自分にどういう表現手段が適性かと考えて、小説という方法を選んでいるわけですね。

平野　消去法でありまして。それでも表現はしたいから、最後の砦ですよ、小説は。

佐藤　最後の砦か、良い表現だ。

村上　それでも嫌いなんでしょう、書くことが。

平野　嫌いですよ

村上　でもそう言いたいだけで本当は好きなんじゃない？

佐藤　たとえば書いている最中とか書き終えたあとは何かカタルシスを感じますか？

平野　カタルシスというのはありますけど、創作的なことじゃなければ書くことは好きなのかもしれない。

佐藤　みんななんで書くんだろうと考えたとき、結局はカタルシスの問題にいく気がする。

平野　枕をばんばん蹴りながら書くこともあります。

佐藤　物を書く上では必ず何かがある。何かがあるからこそ人は筆を執る。だから今回、二十代の若い作家が何を以て書いているのかを知りたかった。

村上　いくら語っても語り切れない内容です。でも何か見えてきたこともあるように思えます。それはまた次の機会に。

小説の資格

御手洗　紀穂

座談会の冒頭に「貴方は何を書きたいのか」という発議があった。九月半ば、こうした質問が来るのを全く予期していなかったわけではない。が、平生からそうした意識を持たない私は、何か、絶望的な宣告を受けるような気持ちでこれを聞いていた。

座談会に出るのはこれで二度目だが、曲がりなりにも作品のあった前回と違って今回は散々待って戴いた末での為落とし、その後ろめたさもあった。

回答は若い方から順繰りで、私の番が回って来るまで十分ほど時間があった。年若の書き手たちが己の世界観や創作理念を朗々とした言葉付きで語る。それを聴きつつ頭の中で幾度も言葉を練る。考えは一向に纏まらない。そうしているうちに順番が来た。結局その場は保留とした。それきり会の終わるまで何も出なかった。あれから小半年経つけれども、私は今なおその問いに対する明確な答えを得られていない。

何故答えられないか。一つには、永い間小説から手を引いていたことがあるかもしれない。

学生の頃はイメージ一つを頭に置いて、粗筋は組まず、考証ごともせず、無闇矢鱈に手に任せて書いた。計算も創意工夫もなく、力業で、執筆というより自動筆記と記する方が相応しいかもしれない。ただ幸運にも優れた読み手に恵まれた。精読する眼は意図しない部分にも注がれ、そう悪くない評価を戴いた作品もいくらかある。それが私を増長させた。どんな小説を書くのか、という根底から眼を背けてただ感覚のままがむしゃらに書き流した。主題などというのは出来上がった作品から自ずと醸し出されるものと信じて疑わなかった。読み手の存在を余所にした、驕りだった。

もっとも、趣味として楽しむ分にはそれでも良かった。小説を人生の本道に据えようとして初めて不具合が起きた。これまで思想のないところから設計もなしに文章を奔らせてきたので、まとまった一篇を仕上げる術を知らない。言葉が悍馬の放縦さで駆回るのを、轡を手にしてじっと見ているよりほかない。

机の隅には小説に成らない浮麗な単語の残骸が貯まっている。小説に成らないのは書き手に世界観のないせいである。社会を観ようとはせず、そうかといって、強いて己をさらけ出そうともしない。ただ感覚の快と受け取るものばかりを書いている。そんな小説に一体何の意義があるか。

貴方は何を書きたいのか。私は未だその答えを見出せずにいる。

ブラッグ・ピークの痕跡

佐藤　光直

半年前の、霧雨が降る日曜日の昼前のことである。私こと、宗像利彦は某医学研究所の一般公開イベントに参加していた。

午前中に記念講演を聞き、各部門の活動と成果を展示したパネルに目をやり、重粒子線がん治療のビデオ放映を見た。そして、少し早い昼食をとるためにレストランのある別の棟に移動した。参加した主目的である世界初の重イオン線治療装置（ＨＩＭＡＣ）の午後の見学会まで時間があったからである。

イベントのせいか、正午前なのに店内は込んでいた。運よくあいたばかりの二人用の窓側の席に腰を下ろしたとき、窓から外をのぞいて

「あの黒猫、雨に濡れているのに元気だな」

嗄れ声でつぶやきながら対面の席に痩せた老人が座った。「混み合いますので相席でお願いします」という店員の声を受けてのようだ。老人が左手を挙げて店員を招いたとき、左頬の傷と左手の傷とが繋がった。手術の痕ではなく、何かの争いで顔を左手で庇ったときに被った傷だろうか。任侠映画に出てきそうな鋭い目付きと傷痕の残る顔に、じんわりと怖さがつのってきた。老人は中瓶のビールを二本注文すると携帯灰皿を取り出して、禁煙のはずの店内で煙草に火を付けた。店員も恐れをなしてか注意しようとしない。私は気まずい雰囲気の中で、押し切られるような威圧感を感じながらオーダーした唐揚げ丼を食べ、老人は枝豆をつまみにグラスを口に運んだ。互いに顔を見るでも口を利くでもなく、ときどき、外の濡れた木の葉を眺めながら時間を潰していた。私に食後のアイスコーヒーが運ばれてきたとき、老人は煙を吐きながら

「重粒子線の機械を見にきたのかい、あんなもの、見たってなんの役にもたたんぞ」

唐突に口を利いてきた。

「も、も、もう、ご覧になられたのですか」

私はあわててどもりながら尋ねた。

「説明されてもさっぱりわからん」

午前中に開催された見学会に参加したのだろうか。

「あんなもので治るかどうかもわからんぞ」

そういうと、ビールを追加注文した。私はその場から逃れるようにレシートを持って立ち上がり、レジに向かった。

見学希望者は午後一時一階ロビー集合となっていた。まだ二十分前だが、スマホを操作したり、テレビを見たり、雑誌や新聞に目を通したりしている数十人の人たちが待っていた。いつの間に来たのか、その中に酔芙蓉のように赤らんだ顔のあの老人もいた。

私はあいている席に腰を降ろし、壁の所々に飾ってある油絵を見るともなく追っていると、深紅を基調色とした百号の抽象画が目にとまった。その前に独り佇んでいる女の横顔が目に飛び込んできた。瞬間、見覚えがある。見たことがあると思った。誰だっけ、どこで会った人だろう、脳の神経回路が激しく動き始める。なぜか胸騒ぎもする。誰かの空似ということもある、と思い直すが、その誰かも思い出せない。顔はわかるのに名前が思い出せないのではない。脳が顔をわずかにかすめているのに、判るまでにはたどりつけないのだ。霧雨に霞がかかったようなじれったさで、心が疼くような奇妙な感覚に襲われる。心なしか動悸が始まるような不安も過る。この嫌な気分を振り払うために、立ち上がって窓際に歩み寄り、外を眺める。軽く深呼吸をすると、見えない雨に濡れた落葉松の葉が夏なのに黄色く光って見えた。

思い出せないまま時が過ぎ、やがて、放射線技師なのか研究員なのか定かではない谷崎と名乗るガイド役が女性の助手を伴って現れる。見学者は二十名位だろうか。もちろんあの女も含まれている。老人はなぜか見当たらない。見学の概略や手順などを聞いたあと三々五々にエレベーターで地下一階へ移動した。ここから谷崎を先頭に、助手を最後尾に迷路のような薄暗く長い廊下を歩いて行く。あの女は前のほうにいるらしい。私にとっての謎の女。謎ならば謎を解析したくなるのが人の習性かもしれないが、脳の回路がまだ繋がらない。しばらく歩いて再びエレベーターに乗り、治療室のある待合室へと順次降りていく。地下三階から四階に相当する深さのようだ。放射線を扱う施設としては当然の深度なのだろう。

縦六五メートル、横一二〇メートルもあるという巨大な装置は、クルマの組立工場を想起させた。病院の施設とは思えない広さに皆が驚きの声をあげる。

谷崎の説明が始まる。

「放射線は空間や人間を含めた物質中を波や粒子の

かたちで伝わり、対象物にエネルギーを与えます。電子より重いものが粒子線、そのなかでヘリウムより重いものを特に重粒子線と呼んでいます。重粒子線治療は、炭素イオンなどの粒子をシンクロトンと呼ばれる巨大な加速器で、光の六割から八割以上の速度まで加速し、エネルギーを高めてからがん細胞に照射します。そのため、大がかりな装置が必要になりました。将来はもう少しコンパクトになると思いますが、なにしろ世界初の装置なのでこの大きさになっています」

「テレビだってパソコンだって最初はみんなデカかったんや、これは世界最初のがん狙い撃ち工場みたいなもんや、ところでせんせい、世界初っていうけどアメリカにはこんなんのないの?」

前列にいる頭の毛の薄い、小太りの男が問いかけた。背の高い白衣姿の谷崎は、せんせいと呼ばれたのが嬉しいのか、ほころぶような笑顔をつくりながら穏やかな口調で語り続けた。

「余談になりますが、この装置はもともとアメリカのローレンスバークレー国立研究所で研究・開発されていたのですが、成果を出せないうちに資金難と装置の老朽化が重なり開発から撤退してしまったのです。そこで、当時首相だった中曽根康弘さんが日本で推進しようと決断されて、バークレー国立研究所に留学していた物理学の技術者が中心となって、ＨＩＭＡＣにアメリカの技術を応用したのが始まりと聞いています」

私はそんなエピソードを聞きながら、斜向こうからの視線が気になっていた。自分が思い出せないことを良いことに、長髪を後ろに束ねた、謎の女が自分のほうを見つめているような気がして仕方なかったからである。実は見ているのは私の方で、女は私を歯牙にもかけていないだろう。

その証拠に謎の女が谷崎に向かって声を発した。

「いままでの放射線治療との大きな違いはなんですか」

澄んだ山の空気に響き渡りそうな声。どこかで覚え聞いたような声。私の脳の片隅に残る音の色に胸がときめく。歳の頃は四十前後だろうか。そう感じたとき、不意に私の不誠実さから十四歳で失踪した娘の真弓の顔が浮かんだ。二十四、五年の歳月が流れれば、顔形が変わって、こんな感じかもしれないと思ったからである。どこかに面影が残っていないかとまじまじと見つめてみるが、確信が持てないまま時間は過ぎていく。

「エックス線やガンマー線などの光子線はからだの表面直下で最大のエネルギーになり、からだの奥に入るにつれて、エネルギーが減って衰えてしまいます。そのため、従来の放射線治療ではからだの表面に近い正常細胞や、がん細胞の奥にある正常細胞を傷つけてしまいました。それに対して、重粒子線はからだの表面や浅い部分でほとんどエネルギーを出さずに速いスピードで奥へと駆け抜けます。そして、ある一定の深さで最大の放射線量を放出しぴたりと止まります。このポイントをブラッグ・ピーグと呼んでいます。イギリスのウィリアム・ヘンリー・ブラッグという物理学者がこの性質を百年も前に発見しています。この位置を定め、がん病巣でエネルギーを放つように照射します」

谷崎の説明に謎の女はしきりに頷き、「打ち上げ花火のようなイメージかしら」と小声で呟き、その難解な解説を理解しているようだった。

さらにガイドは続く。

「治療室には、垂直ビームのA室、垂直・水平の両方のビームの同時照射を可能とするB室、水平ビームのC室の三室に分かれています。そのほか、新館のほうにもD室とE室があります。患者さんはこのいずれかで照射を受けることになります。最先端の重粒子線がん治療を始めたのは世界で日本が最初です。今日は治療を行っておりませんので、自由にごらんになって結構です。なお、サイクロトン操作室をご覧になりたい方は私の後をついてきてください」

谷崎の声に従って、それぞれが各室に散らばった。謎の女は奥にあるC室に消えたような気がした。多くの人は谷崎の後を追うようにサイクロトン操作室に向かったので、私は人の少ないA室に入ってみた。搬送台車に乗り、自在に高さや位置を変えられる照射ポートまで移動し、それに横たわって見た。巨大な半円形のマシンが天井に見えた。赤色の小さな光が目に入る。加速器から重イオン線が送られてくると点滅するしくみなのだろうか。放射線という光のメスでがん細胞を抉りだす装置なのか、イボを液体窒素で低温火傷させるようなものなのか、それともがん細胞を修復する機械なのか、科学や医学はどこまでがん細胞から死の誘惑を斥けつづけることができるのだろう。そんな想いと思い出せない謎の女を意識する脳が交錯している。目も口も鼻も見えるのに、顔からその人がだれかを判断できない苦しみにもがいている。ものに内在し外部に放出し続ける放射線のように、誰かがそれに気づくまでは見てもわからないのと似ている。謎の女が真弓と似ているかもわからないのだから、今、真弓とすれ違ってもおそらくわからないだろう。と思うと歳月の流れに贖罪の意識が一層深まってくる。

結局、脳と顔は繋がらずその日は終えた。こんな場合、二、三日して不意に思い出すこともあるが、それもなく、いつしか忘れ去っていた。私の体が私のものとは感じられなくなり始めていたのは、実はこの頃からかもしれない。

三十六日前の、寒雨が降る火曜日の、夕暮れのことである。

私は会社近くのワインバーで「しばしお別れの会」を開いてもらっていた。

出席者は十五名、内女性は五名。出向社員の私より皆年下で二十代から四十代が大半だった。名前と顔が一致しない人も何人かいた。私の昔の部下で、今は上司となっている部長の勝山勝が笑顔で挨拶にたった。

「宗像さんは、ひと月ほど千葉にある病院でがんの治療を受けることになりました。がんとの闘いに負ければワインは飲めなくなります。今日が今生の別れになるかも知れないと思って、無礼講で愉しく送ってあげてください」

勝山は笑いながらユーモア混じりの挨拶をしたつもりだったのだろうが、誰も笑わなかった。がんということを知っていたのはごく少数である。その静けさに、カウンターで飲んでいた二人の年配者のうちの一人が、こちらをゆっくりと振り向いたのが気になった。

「コンジョウってなに?」

「ブレイコウって?」

端のテーブルの方からひそかに聞えてきた呟きが、静まり返った会場に細くゆっくりと響いた。大半は出向元の会社に戻るためのお別れ会と思って参加したらしく、がんと聞いた時の驚きの表情の奥で、私の死を連想してしまったのだろう。マンションプロジェクトの仕事が済み次第、おそらく私はクビになる。そのことはここにいる誰も知らない。

乾杯の音頭をとった次長の上原も、

「牢獄から一日も早くシャバに戻って来られることを祈って」

などと、いつもの飲み会のように冗談口調で古い言葉を使ったものだから、かえってしんみりとしてしまった。それを察したのか、勝山が再び立ち上がって

「宗像さんには病室にノートパソコンを持ち込んでもらって協力会社と連絡をとりながら仕事をできるようにお願いしています。ミーティングには出られませんが、仕事関係で用事がある場合は遠慮せずに連絡してかまいません。千葉出張所を開設したものと気軽に考えてください」

場の空気をやわらげようとしたのだろうが、通夜のような雰囲気は変わらなかった。がんがよほど衝撃的だったのか、若い人には死のそばにいる病気という意識が働くのか、しばらくの間はひそひそと小声の会話が続いていた。座る席も世代別に分かれてしまうせいか、五十代の勝山と上原と私の年長グループには若者のよそよそしさがひしひしと伝わってきた。いつもと違って、ワインを飲むというよりも静かに嗜んでいるような、厳かな雰囲気で時間は過ぎていった。

「カウンターで飲んでいる二人、会社のお偉いさん？」

私は勝山に尋ねてみた。勝山はカウンターの方に目をやり

「違う、違う、こんなところには来ないよ」

「ならいいけど、さっきからこっちをチラチラと見ているようで、知り合いかなと思って」

「二人とも、全然知らない人」

勝山は面識がないことを強調する。

「宗さん、ネットは便利ですね。入院しても仕事ができるから、図面をチェックしてもらえるのは本当に助かりますよ」

上原が心にもないことを言って話題を逸らす。それを遮るかのように勝山が低音でぼそぼそと口を挟む。

「最近、感じるんだけど、がんになってから穏やかになりましたよね。表情が優しくなったというか」

「えっ、もともと、宗さんは優しいでしょう」

上原は宗像の返事を待たずに勝山に応えようとする。

「それは、昔の宗さんを知らないからだよ。ボクらが入社した頃はピリピリしているというか、働く男のエネルギーがむんむんしているというか、男の中の男というか。怖かったですよ、ホントに」

真弓が失踪したのはその頃である。仕事に追われ家庭を省みない、そんな私を嫌ってのことだと離婚した妻の可南子は言った。勝山と私の過去の関係を知らない上原は、怪訝そうな顔で「そっすか」といいながら三人のワインをオーダーする。

「そんなに怒った覚えはないけどね、あの頃は忙しかったから、気が立っていたのかな」

そう応えながらも勝山の指摘には思い当る節があった。前立腺がんの告知を受けてから、がんのエサになる男性ホルモンを抑える治療を受けていたからである。薬のせいだろうか、気が和らぎ、激しい都会のざわめきもゆるやかな気持ちで眺めている不思議な自分がいた。当然、性欲は起こらず、女性にまったく興味がなくなっている自分に気づいて、日々、変わりゆく自分に驚くばかりであった。だが、今はそのことよりも、勝山から失踪した娘の真弓、それが原因で離婚した妻の可南子の話を持ちだされるのではないかと冷や冷やしていた。私の過去の事情を知っているのは勝山だけだからである。聞かれたとしてもあのとき以来、時間は止まっていて、写真に写っている二人の姿以外に記憶は乏しい。仮にいま会えたとしても成長した真弓を判別できるかどうかもわからない。ところが勝山は私の思惑をよそに話題を変えた。

「従兄弟も前立腺がんで、ダ・ヴィンチとかいう手術ロボットを使って、全摘手術を受けてねぇ、神経の血管束を切断することもなかったから、あっちのほうは大丈夫だといっていたな」

「あっ、そう言えば、営業四課の前田も同じ病気で放射線同位元素を入れたミニカプセルを何本も埋め込んだといっていましたよ。ただ、セックスすれば奥さんが被爆するかも知れないって悩んでいた。自分が一年以内に死亡したら火葬もできないらしい。宗さんがやる何とかという治療は大丈夫ですか?」

「どうだろう、それより今やっているホルモン治療のほうがきついかな」

あっちのほうというのは男性機能のことである。上原がこんな話を始めた頃から、徐々に各テーブルの声が大きくなり始めていた。とうに私のがんの話などは消えていたのだろう。仕事の話、社内の話題、世間話、スマホを見ている者など、いつもの飲み会の様相に変わっていた。

「ホルモン治療は副作用の心配はないの？」

勝山が訊いてきた。

「それが、急に顔がほてってきてね、顔や首、腋の下が汗でびっしょり。ホットフラッシュと言うらしいけど、起こるたびに気分が悪くてね、女性の更年期障害のような感じらしい」

私が症状を説明していると、また、上原が割り込んで
「へぇ、そうなんだ。でも、寒いからかえって気持ちいいとか」

「いや、それはない、夏よりはましかもしれないけど、それと、まだないけど、胸が膨らんでくるとか、髭が薄くなるとかね、そういうこともあるらしい」

「へぇ、それってどういうこと、ひょっとして女になるっていうこと？」

上原がびっくりしたように素っ頓狂な声を張り上げたとき
「がんはまだまだ死ぬ確率が高いわよ」

どこのテーブルなのか、誰が発したのか、その高音が胸にぐさりと突き刺さってきた。

「どんなに医学が進歩したって、死ぬときは死ぬ」

今度は低い声で付け加えられた。

グラスには酸味の強い、シャープなエッジの香りを漂わせるワインが注ぎ込まれた。

がんになっても死を意識したことはなかった。前立腺がんなどがんのうちに入らない。がんモドキに過ぎないと、どこかで感じていた。しかし、確かに死なないとは限らない。死ぬこともあるかもしれない。実際、前立腺がんで亡くなっている人もたくさんいる。ひとつとして同じ色のないワインのように、死の色もまた一人ひとりの魂の闇に閉じ込められ、光が届かずにいて見えないだけなのかもしれない。それとも溢れ

る光に満たされて己の死の色が見えないだけなのかもしれない。私はワインに浸りはじめた鈍い頭をめぐらせながら、グラスを口に運び、人は皆、いつも死の淵にいて放射線のような妖しい光を浴びていることに気がついていないだけなのではないのか、と思った。

帰り際、勝山がマスターから預かったという一枚の名刺を私に渡した。

「カウンターのお客さんは、宗さんの知り合いだったらしいよ」

「えっ」

「思い出したら、電話をくれって、もう帰ったらしい」

「向井佐千郎」という名前に記憶の糸をたぐったが、酔いのせいか辿りつけなかった。


一カ月前の、小糠雨が降る月曜日の、午前中のことである。

私は丘の上にある病院に入院することになった。

坂を登りきった平らな入口からエントランスまで、針葉樹の幅広い並木道が車道と歩道に分かれて走っていた。優に百メートルはあるだろう。その途中に検問所のような守衛所が道路上に建っており、ゲートの前で警備員二名が車の往来をチェックしていた。許可を得なければ入れないのは、ここが病院だけでなく、被爆医療センターなどの放射線科学に関するさまざまな研究棟が立ち並んでいるからなのだろう。

病院には週末婚状態にある寺内倫子が付き添ってくれた。私とはノリ、利クンと呼ぶ十年以上の関係にある。

受付で入院手続きに必要な健康保険証、受診カード、入院申込書、入院時問診票を提出、インターネットランを借り受け、指示に従って五階受付へ向かった。三十五歳前後と思われる白衣姿のショートカットの看護師が患者さんと話していた。

「蔵録《ぞうろく》さん、昨日みたいに猫を病院内に連れて来ないでね。食事も残さずに自分で食べて、猫の餌にするのをやめてください。それに、お風呂にも入ってくださいね」

「わかった、わかったよ、だけどおまえさんね、生まれてきた命は猫だって人間だって同じだよ、誰かが助けないとあのまま死んでしまう。ミルクを舐めさせて何がわるい」

私は咄嗟に思い出した。重粒子線治療の説明会の時、レストランで相席した老人である。私は軽く会釈をしながら蔵録という珍らしい名前を覚え、

「宗像です。今日からお世話になります」

と看護師に向かってあいさつしたのに、

「おう、やっぱり来たか、あんたとはまた会うと思っていたよ」

蔵録さんは相変わらずの鋭い目付きで旧知の仲のように訳の分からないことを言った。

「蔵録さんお知り合いなの？　あっ、すみません、私担当になりました畑山と申します。宜しくお願いします」

挨拶もそこそこに蔵録さんを置き去りにして個室の五一三号室へ案内される。ベッド、テレビ、応接セット、シャワールーム、収納、洗面室、トイレなど、一通り部屋の仕様が説明されたあと
「暇なときに書いておいてください」

と言って十枚以上もあるアンケート用紙を渡された。

「ホテルみたいな部屋ね」

倫子が言うと
「眺めがいいからといって、ホテルと思われては困ります、前立腺患者の皆さんは元気な人が多いので病室を病室と思わない人がいます。あくまで治療が目的ですから勘違いしないようにしてください」

やや、怒気を含んだ声に私も倫子も唖然として目を見合わせた。そして、常備薬の提出を求め、「後ほど五階フロア全体を案内しますから、まずは荷物を整理してください」と指示し、そそくさと出て行った。

「なんだろうね、あの態度、いい部屋ってほめたのに」

看護師はサドっけが強くないとできない職業だからと言おうとしたが、早速仕事ができるようにパソコンを繋ぎながら、別のことを口走った。

「変な患者がいたのかな、酒を飲むとか」

「そうかもね、ここならワインとか飲みたくなるかもね」

後日気がついたのだが、窓の外には、晴れた日なら海浜公園から千葉港まで望める光景が広がっていた。さらに遠くの沿岸には工業地帯の煙突が立ち並んでい

るのが見えた。ベッドに寝そべってグラスを傾けるのも悪くない風景かと思った。

入院生活に必要なものは、倫子があらかじめ郵送し、その荷物を畑山看護師が運んでいてくれた。倫子はダンボールをひもとくと、着替えや日用品などをテキパキと収納棚やクロゼットに収め始めながら
「受付にいた傷のある人、怖かった。知り合いなの?」

私は元気な病人になるためパジャマに着替えながら、

「知り合いとはいえないね。名前だって知らなかった」

私は会った経緯を話した。

「子猫を連れてくる位だからヤクザじゃないわよね」

倫子はそう言いながら、収納品の置き場所を説明したあと、部屋のかたづけなどをしてくれて、午後から仕事に出ると言って帰路についた。

がんが発見されてから、倫子は変わった。なにか嬉しそうなのだ。愉しそうなのだ。私の部屋へは週末しか来なかったのに、二日と置かずに顔を出し、泊まっていく。週末婚ではなく事実婚のような状態である。そして、何かを確かめるかのように私の裸を触りたがる。求めたがる。さらに、「ここは狭いから新しいマンション買って一緒に住もうか」などと言い出すようになっていた。

がんの告知を受けた日、都内の病院の待合室で待っていた倫子は、同じように私を待っていた美大生の沙也加と鉢合わせをしている。沙也加とよく会食していた私は、その様子に仰天し狼狽したが、心配は杞憂に過ぎなかった。私が何者かに刺された時、沙也加が発見してくれて救急病院に運ばれた。その時の縁で二人は既知の仲になっていたからである。だが、倫子は沙也加と私が予想以上に懇親であることに嫉妬したのかもしれない。それで、足繁く通ってくるようになったのではないかと勘ぐったりもした。しかし、ポリアモリーを標榜する倫子が沙也加に妬くはずもない。だが、それ以来、沙也加とは疎遠になっている。沙也加は溺愛されていた祖父の死を契機にコンビニのバイトを辞め、佐賀へ帰るとメールしてきたきり連絡が途絶えた。むしろ、沙也加のほうが気を遣ったのかも知れない。

この病院に入院することを勧めたのも倫子である。生命保険の営業をしている友人が子宮頸がんで入院し

たこともあって、放射線治療の知識があったからである。

「恥ずかしかったらしいけど、命には代えられないから、ラルストロンという治療を受けて完治したのよ」

「ラルストロン？　恥ずかしいの、治療でしょ」

「利クンが私にやっているようなことよ、ベッドで」

「えっ、どういうこと」

「鈍いわね、治療台は婦人科の内診台のような感じらしいの、そういってもわかんないわよね。とにかく、そこに乗ってアプリケーターと呼ばれる放射線が出る棒状のものを、あそこから子宮頸部まで挿入され、それでがん細胞に照射するらしいの」

　思わず、「射精される感じかな」と口に出しそうになったがあわてて口を噤んだ。放射線は肌に感じることはできないはずだからである。

「恥ずかしさばかりが先にたって痛さも痒さも感じなかったらしいの。でも微妙な感覚が身体中を流れて、ときどきあのときの感触を思い出すらしいのよ、五年経った今でも」

　前立腺がんの生体検査のときに、私も恥ずかしい経験をしている。施術をする方は、ものとして扱っているに過ぎないのにその微妙な感触を肉体は覚えている。肉体に刻まれた恥辱はときどき甦る。時の経過が恥辱を快感として甦えらさせることもあるかもしれない。その時は、そんなことを思いながら倫子の話を聞いていた。それればかりではない、その友人への義理で倫子からがん保険に加入させられていた。契約してから一年も経っていない。それが功を奏した。たまたま先進医療の特約に入っていたことが幸いした。自己負担もなく高額な重粒子線治療が受けられるからだ。個室の費用も入院給付金で賄うことができる。しかし、倫子が愉しそうなのはそういった打算的な面だけではなさそうなのだ。

　この病院で初めて診察を受けた時、入院は半年以上待たなければならないほど予約で埋まっていた。医師は「それまで、がんの生体検査を受けた病院でホルモン治療を受けてください。男性ホルモンを断ち、がんを小さくしてから照射しましょう」と告げた。やむをえず都内の元の病院に戻り、リュープリンという一カ月間効果のある注射を受け、カソデックスという錠剤を毎日服用しながら仕事を続けた。この治療は、ほてりや関節痛、乳房の膨らみ、乳首の痛み、勃起力の低下、性的機能の衰えなどの副作用があるかもしれません、と医師は説明した。そのことは倫子も知っている。

私の胸や腹をなでたり擦ったり
「だんだんあかちゃんの肌にもどっていくみたい」

股間に手を伸ばして
「ここもだんだん柔らかくなって、小さくなってかわいいね」

日に日に性欲を喪失し、機能を失っていく私の様子を弄んでいるのか、哀れんでいるのか、愉しんでいるのか、ベッドの中での愛撫の時間が長くなっていったのである。

畑山看護師が再び現れたのは約三十分後である。

五階がん病棟は、フロアの中心にあるナースステーションを囲むように廊下が走っていた。昼でも薄暗い。建物の窓側に病室が配置され、晴れの日でも外からの光が届かないからだ。対照的に廊下の東南側にあるデイルームには、溢れんばかりの光が射し込む構造になっていた。ここは主に食堂として使われるが、面会者との懇談や休憩室など自由に使ってかまわないという。建物の内側にある浴室、洗濯室、面談室、テレビ用のプリペイカードとイヤホンの販売機の場所などを案内された後、外出・外泊の申請書の提出先、部屋は十時消灯、以後二時間おきに看護師が巡回する、などの説明を受けた。さらに、担当医師二名から面談室に呼びだされ「前立腺癌に対する荷電粒子線治療の多施設共同研究についてのご説明」を受ける。よくわからないが、この共同研究は臨床試験に適した三百二十八名の患者を選び治療研究をする。そのことを理解した上で、治療に同意するかどうか署名しなさい、ということのようだ。形式的なものだろうが同意しなければ即、帰されるのだろうか。そんな疑問を抱きながらボールペンを執った。重粒子線の照射を週に四回、一カ月で十六回行うという。土・日・月は休みで金曜の夜から外泊可能で月曜の夕食までは帰院すること、午後には、別室で心電図と胸部レントゲン撮影を行うと告げられた。

私は部屋に戻り、購入してきたプリペイドカードをテレビに差し込んでベッドに横たわった。まもなく、

引戸のドアがノックされ、返事をすると
「食事は部屋でもデイルームでも、どちらで食べても結構です。院内放送で連絡がありますから、セルフサービスでお願いしますね」

早口で杓子定規に伝える声が聞こえてきた。振返ってみると引き戸を閉める白衣姿が見えた。それが畑山看護師だったのか違う看護師なのか判別がつかなかった。看護師は白衣を身に付けていることで、仕事への誇りや倫理観を保っているのだろうが、皆同じように見える。化粧やヘアスタイル、服装など個人を特定する要素が奪われてしまうと、人は自分であることを保つことができなくなり、洗脳されやすくなると言われているが、白衣を纏っている時間だけは自分の一部分を捨てて生きている人種なのだろうか。事務的な看護師の伝言から、三度も入院経験があるとそんなつまらないことまで考えてしまう。しばらくテレビを眺めていると、院内放送で昼食の知らせが流れてきた。

食事はデイルームの奥に設置してある業務用エレベーターに乗せられ、五階に上がってくるしくみのようだ。ドアが開いてキャスター付きの配膳棚二台がゆっくりと押し出されてくる。五段に分かれた配膳棚には入院患者一人ひとりの名札を立てた長方形のプラスチックの盆に食事が盛られている。それを探して、デイルームか自分の病室に運んで食べることになる。デイルームには四人掛けのテーブルが十卓ほど置かれ、席を自由に選べるようになっている。私は学食を思い出しながら、初めてのことでもありトレイを持ったままどこへ座ろうかと迷っていた。

「ここあいてるよ」

声をかけてくれたのは窓際のテーブルに二人で並んで座っていた一人である。私は「失礼します」と応えてテーブルにトレイを乗せ、その人と向かい合って座った。

「今日からお世話になる宗像です」

「若いのにどこ悪いの」

「前立腺がんで」

「オレと同じだ」

と言ったのが田中さんだった。もう一人のトレイには菊池という名札があった。ふさふさした真っ白な髪が印象的だが、顔に刻まれた皺が明らかに高齢者であることを示していた。ほかのテーブルも六十歳以上と思われる人が大半だった。ここでは、私は若いほうなのかも知れない。治療時間を見計らってか、急いで食べ終えようとする人、黙々と食べ終えてさっさとトレイを配膳棚に戻す人、四床病室の人達に割り当てられている冷蔵庫から自分好みの食材を出して食べている人など、さまざまであるが、おおかたの人はがん患者とは思えない元気な言葉を交わしながら愉しそうに食事をしている。席は自由に選べるのだが、自然と顔見知りの人や同室の人と相席するようになるのだろうか。個室の私は部屋へ持ち帰ることもできるが、一人で食べるよりは学食のようなこの雰囲気が気に入った。

「どこから来たの」

「中野坂上です」

「この病院どうして知ったの」

「前に入院した人の紹介です」

「そう、オレは四十になる末娘がわざわざここの病院まで見学に来て調べてくれた。最初は放射能で治すなんて信じられなかったし、嫌だった」

田中さんは私も参加した一般公開のイベントを指していたらしい。ふと、あの時、私の胸を疼かせるきっかけとなった謎の女は田中さんの末娘だったのかも知れない、と思ったが口には出さずに、代わりにスプーンを口に運んだ。同時に娘の真弓のことも思い浮かべた。四十歳近い真弓の容姿は想像もつかず、脳裏に浮かぶのはいつも制服姿の真弓である。

田中さんはあと二回の照射で退院だとか、早く甲府に戻って仕事をしなくては、などと一人でしゃべりまくっていた。菊池さんは聞いているのかいないのか、黙々と食べている。

「ここ、いいですか?」

私の隣の席を指している。私が頷くと、名札とハヤシライスを乗せたトレイが隣に置かれた。やや白髪が混じった黒縁眼鏡の角張った顔がにこやかに微笑んだ。人懐っこい、饒舌な人らしく、尋ねもしないのにひとりで自己紹介を始めた。膵臓がんで今度が二度目の検査入院だという柏市在住の岡崎さんだ。

「六十歳の定年にあと四カ月のときに、余命三カ月から一年と宣告されましてね。覚悟を決めてくれと言われました。覚悟なんてできますか。諦めきれますか。

死刑宣告と同じですよね。人生これからと思っていた矢先でしたから、ショックでしたね。ネットでここの重粒子線治療を知って来たのですが、最初はことわれました。臨床試験としてならともかく、末期症状は引受けないのがこの病院の方針だと。どうしてもだめなら、日本でもう一つの重粒子線を扱う兵庫に行くので紹介状を書いてくれとさんざん粘りました。そうしたら兵庫の病院と話し合って、臨床ではなく有料でなら膵臓がんの重粒子線治療を受けてもよい、となったのです。あれから七年経ちましたが転移もなく過ごせました。よそで外科手術をしていたら、今頃オダブツでしたね」

笑いながら手を合わす恰好をした。丸顔の田中さんも愉しそうに笑顔で相槌を打ち

「ホント、ホント、オレもまさか放射能に命を助けられるとは思わなかったよ」

「放射能じゃなくって、放射線でしょう。田中さんは何度言ってもわかってもらえないね」

食べ終えていた菊池さんがおもむろにお茶を手にして、笑いながらゆったりとした口調でようやく口を開いた。甲府で土建業を営んでいるという田中さんは、放射性物質も放射線の区別もなく、すべて放射能というらしい。

「だけど教授、放射能も少しの量なら健康にいいということでしょ。ほらラドン温泉とかあれも放射能を取り入れて、がんが治った人もいるらしいじゃない」

「教授？」

岡崎さんはハヤシライスのスプーンを止めて怪訝そうに言う。田中さんが菊池さんは青森で七十五歳まで大学教授をしていたと説明した。私も「そうなんですか」と相槌を打ち「何が専門ですか？」と聞こうと思ったとき、はっとして口を噤んだ。窓ガラスに射し込んでいた薄明るい光が急に落ち、黒みを帯びた鉛色の物体が、伸びたり縮んだり自由に動きまわりながら空に浮かんでいるのが目に入ってきたからだ。形も自在に変わる。竜巻のような風が、木立を揺らし枯れ葉を巻き込んで吹上げているのだろうか、と思っているうちに、それは突然目の前から消えた。壁やガラスをすり抜けデイルームに入り込んできたようにも感じた。窓に背を向けている田中さんと菊池さんは話に夢

中で、その風景に気づいていない。今度は北風に粉雪を塗さんばかりに白く空を染め始めた。岡崎さんがツナと卵のサラダを口に運びながら、

「雪ですかね」

と、ぼそっと呟いた。昼食を済ませた人たちが自分のトレイを片付けて三々五々にデイルームを去ってゆく。治療を終えてようやく食事にありつく人もいる。空模様を介することもない教授と田中さんの会話はとまらない。

「教授、自然の放射能と人工の放射能はどう違うの？何度聞いてもちんぷんかんぷんだけど」

「自然の中にはさまざまな放射線があるが、医学に利用されるようになったのは、まだ、百年ぐらい。ドイツのレントゲンのX線、フランスのキュリー夫人が発見したラジウムからだからね。自然の放射性物質も人工的な放射性物質も害があるのは同じだとか、少しの放射線被曝はむしろ体によいなどというのは、とんでもない迷信。ラドン温泉などの自然放射線は放射線として扱われない程、低いものだ。病院で治療に使われている放射線とは全く違うものですよ」

穏やかな口調でゆっくりと話す菊池さんは、学生を前に講義をしているかのようだ。

「教授の話はわかったような、わかんないような、難しい話が多いな」

田中さんはそう言うと給湯器からお茶を注ぐために立ち上がった。

代わって岡崎さんが

「薬も大量に服用すると毒になるし、お酒も大量に飲み続けると中毒になる。でも適切な量だとプラスになる、放射線も同じじゃないですかね」

と会話を繋いだからたまらない。私はそろそろ席を立とうとしていたからである。

「放射線は光の仲間で身体を通り抜けることができるから、弱いエネルギーを照射して体内の様子を調べるレントゲン検査とかＣＴ検査などに利用されてきたが、強いエネルギーを照射してみると細胞のＤＮＡを破壊して死滅させることができることがわかった、だから、がんの治療にも使われるようになったわけで、薬ともアルコールとも比べるには無理がありますね」

菊池さんの話しに頷いていた岡崎さんが、何かを思

い出したように小声で
「そう言えばフクイチの所長さんも、ここに来ているらしいですよ」
お茶を注いできた田中さんが「フクイチ？」と聞き返すが、それには応えず、
「相当、浴びているのでしょうね」
田中さんは茶碗を持った手を口の前で止めたまま、怪訝そうな顔をして
「浴びている、何を？」と尋ねたのに、岡崎さんは答えず、菊池さんは全く表情を変えずに
「東海村の原子力事故のときも、ここに運ばれて確か二人は亡くなったと思う」
と、こともなげに言う。それから、菊池さんと岡崎さんは原発についての話しが尽きなくなる。田中さんと私はそのやりとりに入れず、聞き流しているだけだった。私は入院前にこの病院で重粒子線についてのレクチャーを受けた関係で、放射線については少しばかり学習したが、福島第一原子力発電所事故とこの病院の連関性は知らなかった。メルトダウンなどで放射性物質が放出され、レベル七の世界最大級の事故となったという以外の知識はなかった。
体調に変調を来たさない限り、現場で働いている人たちはもとより、数多くの人たちが見えない放射性降下物を浴びながら、それに気がつくことはないのだろう。事故当時、東京にいた私も浴びているかもしれないのに、まるで無頓着に毎日を過ごしてきた。重粒子線治療の説明では、痛くも痒くもない方法でがんを撲滅すると聞き安堵しながら、一方で、気持ちのいい風やしとやかな雨とともに、痛くも痒くもない放射性降下物を少しずつ浴びている自分がいるかもしれない。その見えない物質の怖さは、知らなければ不安を感じることもないのに、二人の会話は谷から河口まで流れる水のように長々と続く。しかも幅広く深くなる。
「私たちの世代は原民喜の夏の花が原風景でね、最初は原子爆弾というタイトルだった。水をくれ、水を……　あのフレーズが今も耳に残って離れない」
教授の話に岡崎さんはいちいち頷きながら応える
「原発がテロにでも狙われたら、それこそ地獄ですね」
窓ガラスの向こうは、地球の磁力が失われ、その瞬間に太陽風と紫外線が降り注いでくるのではないか、

とさえ思わせるような空模様だ。そんなことは起こるはずもないのに、見えない太陽に一抹の不安を覚える。それは見えない放射線に畏れを抱いている私の無知が連想させたものだった。ここにいる患者のすべての体内に照射されている見えない粒子を訝っているのは私だけかもしれない。適切な量を適切な箇所に照射していることを疑っているわけではないが、被曝していることに違いはない。そういう思いは私の心の底から拭い去ることができないのだ。明日から放射線治療が始まるという微かな不安もあった。

「すると何ですか、教授は高レベル放射性廃棄物が化学の力でダイヤモンドのような物質に生まれ変わらせることができれば、日本は大変な富裕国になるということですか。夢のような面白い話しですが、科学がそこまで進歩しますかね」

私には難解すぎる会話になり始めたのを見計らって席を立ちトレイを配膳棚に戻すため、「お先に失礼します」と言って部屋へ戻ることにした。

その日以来、田中さんと岡崎さんに会うことはなかった。菊池さんとはときどき席を共にした。関東近辺からの入院患者は、金曜日の夜から月曜日の夕方まで自宅に戻る人が多い。だが、八十二歳の菊池さんは青森なので帰宅がかなわない。同じように三重から来ている蔵録さんも帰宅することはない。そのほかにも北海道、熊本、愛知など全国から来ているばかりでなく、韓国、台湾、中国などからも診察を受けに来ている。私は倫子が着替えを持って土曜日か日曜日にやってくるので、そのつど外出はしたが自宅に帰ることはなかった。そのせいで、土、日曜の食事は遠隔地在住の人と席に着くことが多かった。菊池さんは二人きりのときによく話す。長男が銀行の支店長、次男は県庁勤務、長女が大学で准教授をしているという。末孫は有名大学を出て一部上場の企業へ就職したばかりだとか。話す相手がいなくなると私のほうから聞かなくとも話をしてくる。私とは真逆な恵まれた家族の暮らしが浮かんでくる。もう重粒子線治療が最先端ではなく、京都ではアルゴンによる研究治療を開始している、将来はその施設が福島県の郡山にできる予定だ、などと豊富な知識も披露してくれる。世間話の多い病院のなかでは珍しく堅い話が多いが、私には好感が持てた。

初日の夜は寝付けなかった。倫子と長電話をした。近々、新築のマンションを見に行きたいという。本気で購入しようとしているのだろうか。


二十七日前の、氷雨が降る木曜日の、九時頃のことである。

私は朝食後病室に戻り、テレビをつけたままメールをチェックしていた。

送信されてきた図面を開いたとき、畑山看護師がピンクの看護服を纏った小柄な女の子を伴って病室にやってきた。グリーンがかったフレームの丸いメガネをかけた女の子は、テレビのアニメから飛び出してきたような印象だった。

「今日からインターンシップの実務研修生。患者さんとの交流を実習レポートとしてまとめたいそうですので、ときどきお邪魔すると思いますが、よろしくお願いします」

畑山看護師が彼女を紹介すると、

「佐賀から来ました新川です」

頭をぴょこんとさげ
「五月に九州にこの病院と同じ施設が完成しますので、そのための研修に来ました」

と付け加えた。背もたれができるベッドに調節し、テレビとパソコンの両方に目をやっていた私は
「宗像です。よろしく」と応えながら、まだあどけなさが残る瓜実顔にどこか懐かしさも覚えた。なんとなく誰かに似ている雰囲気も感じたが思いつかなかった。

「今日は垂直治療を行いますので、いつもより時間がかかります」

畑山看護師は私に告げ、その治療を行う前処置として膀胱に生理食塩水百ミリリットルを注入するので、そのつもりで待機するよう指示して出ていった。私はそれがなにを意味するのか心得ていた。膀胱は氷嚢のように前立腺の真上にのっかかって動かないように押さえておかないといけないからだ。

十時二十五分に呼び出しがかかる。すぐに排尿する。排尿後、治療終了まで排尿することはできない。三十分から一時間、膀胱に尿を溜めた状態での治療と

なる。排尿した時刻を覚え、メッシュパンツに履き替える。今日は特別に研修生の教育もあるので、畑山看護師と研修生の案内で、診察券を持ち地下の重粒子線待合室へ降りていくことになった。途中、畑山看護師が質問してきた。

「アンケートを拝見しましたが、がんと宣告されたときに、不安もなくふさぎ込みもしなかったと記入されていましたね、どうしてですか、怖くなかったですか」

入院直後、過去四週間の状態に限って答える「効用値に関するアンケート」を渡されていた。項目は健康全体に関わる生活の質、排尿や排便とおなかの状態、性機能、ホルモン機能、などを問うものであった。

「初めからがんの疑いで、検診を受けているわけですから、覚悟というか、驚きもしませんでしたので」

私の応えに訝しそうな顔で

「そういうものですか、私なら取り乱してしまい、不安で心が潰れそうになると思いますが。お強いですね」

「強いはずないじゃない」と返そうと思ったが、話しを繋ぐ畑山看護師を真剣な眼差しで見つめる研修生の瞳が、レンズの向こうで異様に輝いているのが気になって、躊躇った。

二人は私を地下の治療室の受付まで案内すると「じゃ、頑張ってください」と言って引き返していった。私は受付の看護師に排尿時刻を伝え、処置室へ呼び出されるまでテレビの情報番組に目をやりながら待合室で待機した。十人ほどの患者が雑誌や単行本などを読みながら照射治療を待っていた。しばらくして、五日前に入院してきた七十二歳の東風山《こちやま》さんが入ってきた。入院初日の夕食時に、同室の蔵録さんと連れ添ってきて知りあいになった。

「宗像さん、あの教授、頭堅いね、冗談もいえないよ」

菊池さんのことを言っているのだ。朝食のときに北方領土のニュースが流れ、それについて私が菊池さんに質問したときのことを指しているのである。

「大学の先生でしたからね、でも博識だからためになりますよ」

と応えたときに「宗像さん、宗像利彦さん」という看護師の呼び出し声が聞えてきた。私は東風山さんに軽く頭を下げ、処置室に向かった。途中、別室のカーテンの隙間から女の浴衣姿がちらりと見えた担当の二人の医師と看護師がいたが、三十歳そこそこと思われる若い丸川医師にカーテンで仕切られた治療台へ、下半身裸で横たわらせられた。ペニスから膀胱へ管による生理食塩水の注入を試みるが、なかなか尿道へ管が通らず苦心しているようだった。私はこれが初めてではない。三週間ほど前に、固定具をつくるために訪れた際に、もう一人の間宮医師によって、何ミリの管なら適合するかの尿道の検査が行われていたからである。前立腺がん検査による恥ずかしい経験は何度かしているが、いつも屈辱感を免れない。あのとき、ようやく管が通った瞬間、「あっ」という声が漏れ出たことを覚えている。この身体を「スーッ」と突き抜けるような、言い知れぬ達成感と快感。挿入され膀胱に達するときの何とも言えぬ感覚は、胃や大腸の検査の管とは明らかに異なる敏感さで、体内を駆け巡るのだ。女性がペニスを挿入されたときの感覚もこんな感じなのだろうか、と思った。

ようやく生理食塩水が注入された後、垂直ビームA室の照射ポートにペニスを下向きにし、シャツとメッシュパンツ姿で横たわり、シェルというプラスチックでつくっておいた鎧のような固定具でがっちりと締め付けられ、身動きがとれないようにされた。これは放射精度の正鵠さを極めるため、基準となるコンピュータ上の立体画像から一ミリでもズレないようにしなければならないからだ。この位置決めが重要なのである。これさえ決まれば照射自体は何秒もかからない。治療中に少しでも動いたり、思わず咳き込んだり欠伸などをしてしまったら、初めからやり直さなければならなくなる。それどころか、次の患者さんの予定時間も狂い、呼び出し時間から排尿などの手続きを再びやり直すことになる。事実、私は、前の患者さんの都合で二度ほど仕切り直しを経験させられている。

今日はなんのトラブルもなく照射治療を終えて、病室に戻ったが、それでも十一時半を回っていた。待ち時間の長さと食塩水の注入に手間取ったせいである。

ほどなくして、研修生がもじもじした様子で入ってきた。私の部屋はナースステーションの向かい側にあり、出入りが丸見えなのである。私が戻って来たのを確認していたのだろうか。

「あのう、先ほどのアンケートの件ですが、私もお聞きしたいことがあるのですが、いいですか」

「はぁ」

「女性への興味がなくなるってどういうことですか」

私は喉に物が詰まったような戸惑いを覚え、

「えっ?」と口ごもりながら空咳を繰り返した。気を取り直して
「ホルモン剤を服用していたからだと思います」

「それはアンケートの勃起についての質問項目のことですよね」

赤面するでもなく、照れている風でもなく、医師が問いかけるかのような口調で訊いてくるのは医学生としての素直な疑問なのだろうか。女の子の男に対する興味とは思えず、私は小娘にからかわれているような感情を無理矢理抑えて、悪戯半分に
「はい、まったくたたなくなって困っています」

逆に揶揄する気分で応えると、丸いレンズの向こうで目を見開いて
「そうですか、回復しないと困りますか、でも宗像さんの性的機能についてのアンケート項目は空欄になっていましたよ」

真剣な顔でいう。そのとき、助け船というべきか、館内放送が昼食の準備が整ったことを告げた。年甲斐もなく喉詰まりが溶けたようにほっとした。

「食事の時間ですから、その話しはまた後にしましょう」

と言い、冷蔵庫の上に置いてある箸ケースとスプーンとマグカップを持って、逃げるようにデイルームに急いだ。

隣に座る蔵録さんは津市から来ている。

入院の日に五階の受付で再会して以来、毎日のように会話をする仲になって、怖さも徐々に消えていた。傷痕の残る顔が人々に怖さを与えているかもしれないが、頑固な職人のような印象もある。やせ細った体型でやや前屈みな姿勢が胃弱な人とも思わせる。目立つ顔に刻まれた皺がとうに古稀を過ぎた歳を示しているが年齢は不詳である。

「過去は消せないから忘れることにしている。世の中には捨てられない過去を抱えて生きている人はたくさんいる。あんただってそうだろう。そういうことは人に話さなくてもいい、猫と同じで誰にも知られないよ

うにひそかに生きるのがいい、身を護るには鳴かないこと、声を出さないことだ」

そう言って年齢を聞いても応えてくれないからだ。私は真弓との過去を思い出し、合点がいったときから蔵録さんに興味を持つようになった。

「三重はいいとこですよね」

私が声をかけると、即座に
「ダメ、賭け事が好きなやつばっかりで身を崩しているやつがゴロゴロいる、鈴鹿があるから」

と否定する。過去の職業のことも家族のことも一切話さないのはわかるが、伊勢神宮や志摩半島など有名な観光地などの話題にも乗ってこない。相手の身の上についても尋ねることはない。菊池さんとは真反対の対応をしてくる。

「いいことなんかひとつもないのが人生だ、人生自体はつまらないモノだ」

そんなことを事もなげにいう。もちろん誰のことも良く言わない。質問に肯定的な答えはひとつも返ってこないのである。私より一カ月あまりも早くから入院していたらしいが、顔面がんのため口腔食を摂らざるを得なく、今もって食事のメニューが他の人と違って質素なものだ。紙パックの牛乳だけが三度三度付くのは、重湯などの流動食を補うためだろう。それなのにお腹が空いて堪らないと嘆く。それは牛乳が嫌いなため他の人にあげてしまい、医師や看護師の手前飲んだように装うからである。私も二度貰ったが必ず「医者と看護婦には内緒だよ」と口止めされる。今日で三度目の牛乳が私のトレイに乗せられた。

「早く飲んで、空箱くれよ」

私に催促する。医師や看護師が見回りにくる前に、飲んだように見せかけたいのである。ただ、菊池さんに言わせれば「顔面がんで流動食というのはおかしい。ほかの病気を併発しているのではないか」という。自分の症状を全く話さないから、蔵録さんについてはすべて推測に過ぎないのだ。この病院に来て、みんなと過ごしていると気が紛れるらしく、あと三回の照射だがそれで家に帰る気はないと話す。病院で、そんなこと可能なのだろうか、と思ったが確認しても無駄だと思った。

やがて、いかにも、ひと風呂浴びてきたという出で

立ちの東風山さんの姿が見えると
「来たな、かわら版屋」

と皮肉をこめてつぶやく。東風山さんは社交的な性格を活かして病院内の出来事をさまざまな人から聞き集めている。院内情報通の人として重宝がられているのだ。

「いい風呂だったよ、蔵録さん、入った?」

「面倒くさい、やめた」

蔵録さんはぶっきらぼうに応える。東風山さんはその向かいの席にトレイを置いて腰を下ろす。四床病室の人たちは風呂の日を楽しみにしているようだ。「シャワーでは物足りない、湯槽に浸からないと入った気がしない」という人が多い。東風山さんもその一人だ。それなのに蔵録さんは違う。「歳をとると服を脱ぐのも面倒になる」と言って、加齢臭をまき散らしては看護師を困らせている。風呂は一日おきに朝から順番に入るのがルールだ。ところが、今日はその順番でトラブルがあったらしい。照射治療に行っていた人を無視して誰かが先に入浴したことが原因のようだ。

「何日も一緒にいるのだから仲良くやるのが常識というものだろうに、治療から急いで戻って風呂にかけつけたら、誰かが入っていたとかんかんに怒って、看護婦に文句を言ったらしい。勝手に入るやつもおかしいが、次に入れるんだから少し待てば済むのに」

小肥りの東風山さんがタオルで猪首の汗を拭きながら話しているところに、今度は栃木県の小山から、四日前に入院してきた安川さんがやって来た。東風山さんも安川さんも前立腺がん患者だ。六十四歳の安川さんは野球で捕手をやっていたらしく、肩幅の広いがっちりとした身体付きをしている。無口で木訥な感じだが、菊池さんと同じように私と二人きりのときはよく喋る。

昨日は私の照射時間が遅れ、夕食の時間に間に合わずにほとんどの人たちがデイルームをあとにしていた。それなのに、なぜか、安川さんだけが私を待っていてくれた。

「前の人の治療がうまくいかなかったみたいで、とばっちり喰ってね、私も長引いて今来たところです。一人で食べるのはあじけないですから」

とは言うものの、テレビを見ながら十分以上は待っていてくれたように感じられた。安川さんの趣味は、渓流釣りと狩猟だと言う。

「毎年、十一月十五日から二月十五日までが狩猟解禁になる。本当はもっと早くに入院しなくてはならなかったのですが、この期間だけはどうしてもはずせない、犬が可哀想でね。山に行って自分の力を発揮したいという気持ちが強い。それがよくわかるので、どうしても連れて行きたかった。犬と自分の命とどっちが大事なのと、家内や娘にはさんざん怒られましたがホルモン治療で凌ぐことにして、今になってしまったのです。」

「猟というのは鹿ですか、熊ですか」

「いや、山鳥が多いですね。群馬県がテリトリーですから、熊とはそんなに遭遇しません。もともとは家内の父と兄がやっていたので自分もやることになったのですが、義父は熊をとったことがあるというのが唯一の自慢です」

それを聞いたとたんに「熊は年に一頭しか獲らない」という言葉が懐かしく甦ってきた。二十年程前にゴルフ場用地の調査に行ったときに出会ったマタギの話である。そこには失踪した娘の真弓をひとまわり大きくしたような女の人がいたことを思い出した。名前は忘れてしまっている。

東風山さんは会社を経営しているせいか、饒舌で話題も豊富なおもしろい人だ。

「押上から越谷の事務所に通っていたから、大便は会社に着くと、ちょうどよくもよおしたのに、ここでは出ない、リズムが狂って。看護婦に尻を見せて、これがホントのお知り合い、なんて駄洒落言って毎日浣腸されている」

と嘆きながら笑いをとる。大半の患者は看護師を古い呼び方で看護婦と呼ぶ。

「ここの看護婦は東風山さんがいくらエロ話しをしても上手にあしらっている。よう出来ている」

蔵録さんが渋い声で言い、安川さんも
「確かに、前の病院に比べたらしっかりしている看護婦さんが多いですね」

「放射線を研究する建前上、イメージを大切にしないといけないから教育が徹底しているのですかね」

私が言うと三人とも頷き、蔵録さんが話しをつないだ。

「東風山さんが風呂に行っているとき、子どものような研修生が部屋に来た。今は、ああやって、教育するのか」

研修生はすべての部屋へ挨拶に回ったのだろう。

「可愛い子?」

東風山さんが興味深そうに聞いた。

「あぁ、小柄で純情そうな子。からかうには丁度いいかもしれん、ベッピンさんだ」

「美人か、それはオイラも会いたかったな」

「孫の年齢ですよ、目の保養にもなりません」

安川さんは、蔵録さんが東風山さんをからかっているのがわからない。私はそれがおかしかった。蔵録さんは表情を変えずに冗談や皮肉を平気で言う人だと、まだ気づいていないのだと思った。私は研修生から勃起について聞かれたとは、さすがに言えず、

「九州にも重粒子線治療の病院ができるそうですね」

と口を濁して話しを逸らした。

「それで勉強にきたのか、最先端技術を習いにきたわけだ。若いうちじゃないと覚えられないからな。オイラなんかメールを覚えろ、って言われて、一所懸命やって三十分もかかって文字を打って、せっかく送ったと思ったら一分もたたないうちに相手から返事がきて、いやになっちゃったよ」

東風山さんの話題は連想ゲームのように話しが飛躍していく。

「メールがダメだから電話でダンス仲間に前立腺がんになったというと、ほとんどの人が大丈夫って聞いてくる。今まで外に出していたものを中に出していると言うと、みんな愉しそうに笑うんだ」

三人も笑いながら、食べながら、お茶を飲みながらその話しについてゆく。東風山さんはソーシャルダンスを趣味にしているらしく、女性と触れ合うのが元気の源だった、現役を保つための刺激の元だったとあけすけに言う。

「それが、たたなくなったのには参ったよ、エロ動画でも見れば少しはその気になるかと思って、パソコン開いたら、いきなり二十万円もの請求書が届いて、うちのばあさんに大目玉、たつモノもしぼんじゃう」

ここのテーブルだけが笑いの坩堝となる。ホルモン

剤の使用で性欲がわかなくなったことは安川さんも私も共通の話題である。安川さんの部屋は廊下を挟んで東風山さんや蔵録さんの向かいに当たるらしい。

「東風山さんの部屋からはいつも賑やかな声が聞こえてきて羨ましいですよ、私のとこは重い患者ばかりだから暗い、誰も話しをしないし言葉もかけられない。みんなカーテンを閉めたままですからね」

東風山さんは看護師を相手にエロ親父をやっている。それで笑いが絶えないのだという。人間に共通する話題はエロしかないというのが、東風山さんの持論のようだ。

「笑いが一番の元気、暗いやつはダメだ。ムリしても明るくしないと」

いつも陰鬱で暗く恐い表情の蔵録さんにそう言われるとなんか変な感じがした。

東風山さんはさらに話題を広げる。

「宗像さんよ、前立腺がんになりにくい男って、けっこうあっちのほうが盛んというか、強いというか、回数が多いほど罹らないらしいよ。月に二十一回以上出しているとリスクは二割も低い」

「それホントの話しですか？」

私は懐疑的だ。でもエビデンスはなんですか、とは聞かない。ミーティングを開いているわけではないからだ。ここではすべての話しは話しに過ぎない。

「ホント、ホント、アメリカの調査だって先生が言っていたよ。セックスでもオナニーでもいいが、月に二十一回以上出している人は発症が少ない」

「月二十一回はきついでしょう。でも宗像さんは若いからいけるかな」

今度は安川さんが私にふってくる。

「そんな、ムリですよ、だからがんになったわけですから、ホルモン治療を始めてからゼロですよ」

応えながら、がんに罹る前も倫子とは週末しか会わなかったから「月四回もなかったでよね」とは口に出さずに

「だいたい、日本人とアメリカ人を比べるのはおかしくないですか？」

と言うと、東風山さんが

「ゴム屋の調べだと、日本人の月平均は二十代で十一回位、六十過ぎると二回位らしい」

「なんだ、それじゃ、日本人の男はみんな前立腺がん予備軍じゃないですか」

と安川さんがのけぞるようにして笑った。

「まぁ、そう言わず、退院したら再発しないためにもせっせと励みましょうよ」

重粒子線治療によって男性機能が必ず回復するという保証はどこにもないのに、東風山さんはどこまでもポジティブだ。

「ダンスでいいパートナーを探して、また外に出しなよ」

今まで、無関心を装い重湯を啜っていた蔵録さんが急に東風山さんになげやりな皮肉を浴びせたので、私も安川さんも思わず苦笑いした。

その日の夕食から蔵録さんが顔を出さなくなった。東風山さんの話しによるとしばらく点滴で栄養剤と抗がん剤の投与を続けなければならないという。大変なことだ。意外と重いのかも知れない。

その夜、十時を回っても激しい雨の音に悩まされて寝つけずにいた。看護師が消灯時間を告げる巡回もとうに済み、病院内は静けさに包まれていた。四床病室の安川さんは消灯時間が過ぎたら、隠れるようにカーテンを閉じイヤホンでテレビを見ているという。私はその必要もなく、看護師の手前、部屋の明かりは消すが、ベッドの上の常夜灯で読書をしたり、テレビを見たり、メールを打ったりして過ごすことができた。

そのとき、静かに戸を開く音がした。誰だろうと思っていると、研修生である。

「まだ、寝ていらっしゃいませんよね？　宗像さんのアンケート調査、問17から25までの性機能について無回答ですので、私の方から質問させていただきます。答えていただけますね？　大変個人的な内容の質問がありますが、宗像さんが毎日直面されている問題を理解する上で役立つものですから、ありのままをお答えください」

そんな唐突に何を言いだすのか、と呆気にとられていると、クリップボードにアンケート用紙を乗せて自分で記入しようとしている。

「ではクエッションです」

研修生の言葉に迫られて、手にしていた雑誌を傍らに置いた。

「性的欲求の程度、全くない、とても低い、低い、ふつう、高い、とても高い　のどれですか」

「ホントに答えなきゃいけないの、誰に言われてきたの」

「私の意思です。興味、関心のある患者さんの許可を得れば、どんなことを尋ねても良いと担当の先生から言われていますので、大丈夫です」

「大丈夫って、許可してないけど」

「いいえ、お昼にしました。また後でと宗像さんははっきりと言いました」

そういえば、昼食に立ったとき、そんな言い逃れをしたかもしれないが、世辞もわからないのかと思った。それでも、ホルモン剤を摂取しているせいか、腹も立たないのが不思議だった。雨の音が激しく寝られそうないので、退屈しのぎに付きあってもいいかと思った。

「全くない、ですね」

「勃起する能力も同じですか」

「はい、全くない」

「オーガズム、かっこ、性的な絶頂感に達する、かっことじ、の能力はどうですか」

私はアンケート項目を読んでいる研修生を見て笑った。この真面目な態度はなんなのか、なんのレポートを書こうとしているのか。矛盾している質問についてはとがめずに

「全くない」

と答えると鉛筆でチェックしている。

「過去四週間、ふだんの勃起の状態はどうでしたか。一、性行為、かっこ、すべての性的な行為、かっことじ、はなかった。二、どんな性行為のときにも、全く勃起しなかった。三、どんな性行為のときにも、十分に硬くならなかった。四、マスターベーション、かっこ自慰、かっことじ、や前戯の時にだけ、十分に硬くなった。五、性交、かっこ、実際の挿入に至る性行為、かっことじ、の時、十分に硬くなった、どれですか」

私が吹きだしそうになる自分を必死でこらえているとき、スマホが光って電話がきていることを知らせた。ベッドのサイドテーブルから手に取って、倫子であることを確認した。

「ごめん、電話なんで、また」

「奥さんからですか?」

研修生は不満げな顔でしばらく立ちすくんでいる様子だったが、私が背を向けて話しだしたので仕方なく部屋を後にしたようだった。倫子は私のぎこちない対応に「誰かいるの?」と聞いてきたので、ことのなりゆきを話した。倫子は大笑いしていたが、笑い終えると「うぶなのか、無垢なのか、でもね、それって恐いかも知れないいから気をつけて。今の子は何を考えているか分からないから」と言った。確かにその後、倫子の言うとおり彼女はめげることなく、夜の訪問者となったのである。

倫子は御茶ノ水駅から徒歩六分のマンションのモデルルームを内覧して、気に入ったということだった。購入出来たら一緒に住もうとも言った。

二十日前の、雪時雨の降る木曜日の、早朝のことである。

私はナースステーションの控え室にいた。

ここでは血圧や体重を自分で測定することができる。毎朝、排尿、排便の回数に加えて、血圧、脈拍などを自分で記録し看護師に提出する決まりがあった。

血圧計に腕を通したとき、面識のない患者同士の会話が耳に入ってきた。

「昨日の夕方、見たよ、例の幽霊」

「幽霊?」

「そう、そう、ほら、二日前から噂にのぼっていたじゃない。白い浴衣を着て、腰まで髪がたれさがっている女が地下の廊下を彷徨っているって。ホントにいたのよ、治療室の待合室の端っこに。髪で顔は見えなかったけど、ドキッとしたね」

病院内ではほとんどの患者がパジャマ姿である。原則、五階は男性患者、四階は女性患者の病棟となっている。だから、五階で女性患者を見たことはないし、浴衣姿の男の患者も見たことはない。

昼食の時である。情報通の東風山さんがその話を切りだしてきた。

「部屋でも幽霊の話しでもちきりだよ。オイラは見ていないが、教授が円山応挙とかいう画家の幽霊画にそっくりだって言ったのが広まったみたいだな」

教授と聞いて私は聞き返す。

「菊池さんが？　見たのですか」

疑念を抱いたのは、菊池さんが曖昧なことを言うはずがないと思ったからである。

「廊下であったらしいよ、足がみえなかったみたいで、ビクッとしたって」

私は菊池さんと会う機会がめっきり少なくなっていた。治療時間のズレもあるが、青森の奥様が稲毛駅近くにマンスリーマンションを借りたとかで、面会に来たときは個室で食事をとるようになったからである。同席していた安川さんも幽霊は見たことがないというう。もちろん、誰も幽霊と思っているわけではないだろう、浴衣姿が珍しいのと腰まで届く長い髪が目立っただけではないのかと私は思う。だが、噂は時速六十キロのスピードで駆け抜けるかのように院内を巡り、ところどころで停滞し、さらに彷徨い続けている感じだった。しかも、いつのまにか菊池さんが言いふらしたような音の伝わり方だ。

「オイラが高校生の頃はみんな長い髪の女の子に憧れていたからな、ダンスでも髪をなびかせて踊るのはエロっぽくていいけど、ターンのときはこっちに絡みついてくることもある、緑の黒髪なら匂いもいいけど、茶髪じゃ、白髪染の匂いを嗅いでいるみたいで、あっ」

と言いながら、急に立ち上がって配膳棚の方に手をあげて
「教授、こっちあいていますよ、こっち」

東風山さんがまた新しい話題を繰り広げようとしたとき、菊池さんが顔を出したのである。東風山さんは自分より年配者に特に気を遣う。普段は蔵録さんがよく座る席に東風山さんと並んで座った。

「幽霊を見たってホントですか？」

私が尋ねると、教授は茶をゆっくりと一口含んだあと
「私は幽霊を見たとは言っていないですがね。病院だから幽霊の話題はおもしろいのかな。皆さんが聞いてくるから戸惑っているのですよ。正確には円山応挙の幽霊図から抜け出てきたような女の人にあったと言っただけです。それがいつのまにか幽霊を見たことになっている。ところで宗像さんは幽霊図、ご覧になっ

たことありますか？」

相変わらず学生に語りかけるように穏やかに聞いてくる。

「昔、雑誌かなんかで見たような気もしますがはっきりとは覚えていません」

私の応えを予期していたかのように、

「応挙の幽霊図もよく知らないで、病院には幽霊が付きものか、憑き物なのか知らないけれど、勝手にそう思って噂を広めるのはよくありませんね」

「すみません」

私が噂を広げたわけではないが、菊池さんが私の眼を見て諭すように話すものだから、思わず頭をさげてしまった。

「応挙の幽霊図は伏し目がちで、はかなげな顔立ちの美しい女人に描かれており、怨念らしきものは微塵も感じさせません。品格のある、当時は身分の高い女性だったのではないかと言われている」

教授は無知な学生に言い聞かせるように私に語りかけてくる。

「応挙の幽霊図から幽霊には足がないということになってしまったけれども、それ以前の幽霊はみんな足があったのです。それをみんなが勝手にないと思い込んで広めてしまった。もともと、あの絵は応挙の病弱な奥さんが霧の深い夜に厠へ立ったときの様子を描いたのではないかと言われているのです。だから幽霊でもなんでもない、足がないのは霧が廊下にまで入り込んで隠れていただけだという説もあるし、ほかにもいろんな説がある」

安川さんと私は初めて聞いた話に驚いたが、東風山さんは関心なさそうに欠伸をした。

「応挙の幽霊図と断定できるのはカリフォルニア大学バークレー美術館所蔵と、青森県弘前市の久遠寺が所有している二点だけ、本物か偽物かわからないのは全国にたくさんありますからね」

「教授は弘前出身だから詳しいのですね。それより幽霊のようなその女は、教授に言わせればはかなげな美人ということになりますか」

東風山さんは教授を前にすると言葉遣いが丁寧になる。応挙の話には関心なさそうにしていたのに、しっかりと耳を傾けていたようだ。すでに、私と東風山さんは食事が済み、お茶を手にしていた。安川さんもコーヒーを取りに席を立った。教授だけが食事を続けながら会話を楽しんでいる風だった。

「会ったときは幽霊図のお雪さんかと思いましたよ」

「そんな美人なら、ぜひ、お目通りかないたいものですね」

東風山さんは本気とも冗談ともつかぬ口調で教授の相手をしている。

その後も東風山さんは幽霊に会うことはなかったようだが、私は思いもかけずに幽霊から声をかけられることになる。

照射治療は時間の指定があるわけではなく、毎夜、順番の番号が記された用紙が渡されるだけである。治療の進行状況はデイルームの電光掲示板に表示される。私はそれを確認しながら研究棟などが林立する広い敷地内を散歩するか、ベッドのサイドテーブルを机代わりにパソコンで仕事をこなすかしていた。

今日は後ろから三番目で午後の遅い時間、夕方頃になるだろうと思っていたが、予想よりも早い午後四時過ぎに呼び出しがかかった。いつものように、待合室で待機し、トラブルもなく順調に照射治療が行われた。更衣室で脱いだパジャマを身につけ、治療受付からエレベーターのある廊下に出たときである。

「宗像さん、真弓さんに会えましたか？」

背後から聞こえてきた。どきっとして振り返り、

「あっ」

思わず声が出た。重イオン線治療装置（ＨＩＭＡＣ）の見学のときに会った謎の女が、浴衣姿で立っていたからである。髪は後ろにきちんと束ねてあり、私が抱いていた噂の幽霊図のイメージとはほど遠かった。

「覚えていませんか？『宗像さん、宗像利彦さん』と呼び出されるのを聞いて、もしかしたら真弓さんのお父さんかと思って、治療が済むのを待っていました。昔、邂逅荘にお越しいただいたときにお目にかかった、芦田です。飛鳥です。覚えていませんか？」

気が動転するとはこんな時に使うのだろうか。あまりの衝撃に冷静さを失い、言葉に詰まった。そして、あの日のことがビデオを見るように甦ってきたのである。

二十数年前、おとぎ村のリゾート開発の件で現地調

査に出掛けた。ところが村は賛成派と反対派に二分され、飛鳥が営む民宿邂逅荘は反対派の拠点となっていた。そんなことを知る由もない私は、当時、倫子が手配した邂逅荘に宿泊してしまったのである。夜、娘の真弓の失踪について話したことから、飛鳥の好意で霊能者に依頼し行方を捜すことまで話しが進んだ。しかし、翌朝事態が一転し、結局リゾート地買収交渉は決裂、私は会社から即刻帰社するよう指示され、逃げるように東京へ戻らざるを得なかったのである。宿泊料金は払い込んであったが、その後も真弓の消息を依頼した件を無視したことに、言いしれぬ後ろめたさを抱えたまま月日が流れていった。

「思い出しました。あの時は本当に申し訳ないことをしました」

「立ち話もなんですから、こちらの方でお話ししませんか」

飛鳥は待合室の方に誘った。私はそれに応じて廊下側の応接セットに向かい合って座った。当時よりも頬がふっくらしているように見えた。教授の言うお雪さんはこんな容姿なのだろうか、と思った瞬間、脳裏の中で真弓の今はこんな感じに変わっているのだろうか、と胸が疼き始めた。

「それで、真弓さんは見つかりましたか?」

「いや、どこへいるのか全くわかりません」

「福島県の安達太良周辺では見つからなかったのですか」

「えっ、どういうことでしょう?」

怪訝そうに訊ねる私の顔を凝視して、ゆっくりと話しだした。

「あの日、役場の沢村さんから、宗像さんが急用で帰らなければならなくなったと連絡受けましたので、夕方、御社へお電話を入れて、真弓さんは安達太良山周辺にいます。と女性の方へご伝言をお願いしておいたのですが、宗像さん不在でしたので」

「えっ」

私は全く聞いていなかった。誰が受けたのだろう。咄嗟に倫子の顔が浮かんだ。すでに倒産した会社だが、倫子のほかに五人ほどの女子社員がいたので倫子とは限らない。

「若い女性の方にお願いしたのですが、伝わっていなかったのですか、残念でしたね。私も気になっていました。真弓さんが私と似ているとおっしゃっていたので」

「そうでしたか、すみませんでした。あのときは会社のほうでいろいろとありましてご挨拶もせずに帰ってきてしまい、ずっと心苦しく思っていました、でもどうして安達太良とわかったのでしょうね、今もいるのでしょうか」

「それはわかりません。当時のお告げですから」

「お告げ」

「私に妹がいるのですが、あの時は胸を患っていて滝のある洞窟の中にサナトリウムを造って隔離されていました。その妹にお稲荷様が憑いているのです。子どもの時から病弱で学校にも行けなかったのですが、霊感が強いのか、神様のお告げとか言っていろんなことがよく当たるのです。地震の半年前にも山崩れが起こるからと、空き家になっている母親の実家に引っ越したのです。その家の裏山に稲荷の祠があるはずだと言うので捜しましたら、本当に繁みの中に隠れていたのです。びっくりしました。祠の中には結構立派なお稲荷様が飾ってありました。それから本当に地震が起こってしまい、庭の真弓の木も滝も邂逅荘も全滅してしまいました」

「東日本大震災ですね、予言がそんなに当たるのは驚きですね、そういえば、お爺さんはお元気ですか」

「九十八歳で亡くなりました」

「そうですか」

　暫くして、夕食の準備が整ったという院内放送が流れてきたので、飛鳥とは一階で別れたが、そこまでの長い廊下を二人で歩き、エレベーターに乗った。おとぎ村は平成の大合併で喪失し、今では過疎の村と化している。妹は今では霊能者としてお稲荷様と呼ばれ、健康や恋愛問題、家庭内の悩み、建築物の普請、などさまざまな相談者がひきもきらないという。飛鳥は民宿を復活するつもりはなく、妹の健康を見守りたいと言った。「霊能者は自分のことを占うことができないから」だと、おもしろいことも言った。自分の病気のことは話さなかったが、私も乗せて貰ったことのある同型のジープで病院まで来ているとも言った。真弓の居所をもう一度調べてもらいたいので、連絡のため携帯電話の番号教えてほしいと言ったが、「そういうの、使わないので」と断られた。しかし、別れ際にこんな話しをしてくれた。

「万葉集の東歌に「ミチノクノアダタラマユミ」と詠まれた歌と、古今和歌集にも「みちのくの安達の真弓」と詠まれているのがあるらしいのね、真弓さんはそれを古文で学んで確かめたかったのかもしれない、それとも、智恵子の『ほんとうの空』を見たかったのかな、とも言っていましたよ。妹が」

そのことが頭から離れず、夕食時には東風山さんに「元気ないね、どうしたの」と言われても「いや、ちょっと食欲がなくて」とはぐらかした。何の確約もなかったが、私はこのときまで飛鳥に再び会えると思っていたのである。

夜、福島県の安達太良山へのアクセスを、ネットで調べたりしているところへ研修生がやってきた。

「今日は問19から始めますね、勃起する頻度はどのくらいかについて聞きます。当てはまるものを答えてください」

有無を言わせぬ態度は相変わらずである。少し鬱陶しく感じたが追い返す気力もなかった。真弓のことは悔いてもどうにもならないのに、飛鳥との再会は胸の疼きを助長した。それを研修生との時間が和らげてくれるとは思えなかった。

「一、勃起したいと思うことがなかった。二、勃起したいときに、全く勃起しなかった」

「あっ、それ」

面倒くさいので、最後の設問まで聞かずに応えることにした。

「はい、じゃ問20に移ります。朝や夜に目が覚めた時、勃起していたことが何回くらいありましたか、過去四週間ですよ。一、全くなかった」

「はい」

「今日はなんか声に元気がありませんね。お体の調子でも悪いのですか」

私は開いたパソコンに目をやりながら黙っていた。研修生は心配そうに私の顔を覗き込みながら、安達太良山が映っているモニター画面を見て「山ですか　どこの？」とつぶやいた。それにも応えずいると、次の設問に移った。

「では問21に移りますね。性行為　かっこ　全ての性的な行為　かっことじ　を何回くらい行いましたか」

「勃起しなかったのだから、ないに決まっているでしょ」

　私が投げやりな口調で応えると、常夜灯だけの薄明かりの中で、引き締まった表情の研修生は怒気を含んだ声で言い返してきた。

「性行為と性交は違います、問22で性交が出てきますが、実際の挿入に至る性行為が性交です。強姦と強姦未遂の違いです」

「えっ」

　と思わず、研修生の顔を凝視した。聞き返したのは頭が混乱したからである。性的な行為が強姦未遂で性交が強姦という喩えはあまりに突飛に聞えた。

「性交はできなくても性的な行為はできるのです。続けますよ、二、一週間に一回より少なかった。三、一週間に一回くらい。四、一週間に数回。五、毎日」

　答えに迷っていたというより頭の混乱が続いていた。倫子とベッドをともにして手を繋いで眠ってしまったら性行為になるのか、軽いキスは、ブラジャーの上から乳房に触れたら、パンツの上からお尻を撫でたら、指でさわったら、舐めたらなどと次から次へと行為を連想してしまう。痴漢は一方的な性行為だろうが、強姦未遂には問われないだろう、強制わいせつと痴漢の違いはどこで決める、などといたらぬ方向へ思考が流れていく。

「どうですか、性行為はありましたか」

　ここは、警察でもなんでもないのに、私は痴漢をした犯罪者のような気分に陥ってしまう。

「あったような、ないような、スキンシップのようなものは強制わいせつですかね」

　曖昧に応えて罪を逃れようとしているような変な心理が働いている。

「アナルとかバイブ、指の挿入は強制わいせつになりますね。ところで、一週間に何回くらい、数回ですか、毎日ですか」

「毎日は会っていないですから」

　何を正直に答えているのだろう。倫子と自分の関係を研修生は知る由もないのに性犯罪者として尋問されているように感じている。

「じゃ数回にしておきますね」

ペンで丸をつけながら
「性交はなかったわけですね、じゃ問23、性的能力かっこ　性的欲求、オーガズム、勃起力、挿入に至る性行為など　かっことじ　はあなたにとってどうでしたか。一、とても低い」

「あっ、それでいいです」

「そんなことはないでしょう、一週間に数回、性行為をしているのに変でしょう。強姦未遂をやっていて、性的能力がとても低いなんてありえないでしょう」

「じゃ、ふつうでいいですよ」

自白したようなものだが、私はどうでもよかった。性的能力を測れる定規も秤も持ち合わせていないのだから仕方がない。

「問24は性的欲求、勃起する能力、オーガズムに達する能力に悩まされたか、という問いです、どうですか」

「そういうことを考えるヒマはなかったし、意識もしなかった」

「それで女性に対する関心を失ったわけですか」

「わかりません。自然とそうなっていったような感じですから」

「最後の質問です。性機能や性的機能の不足にどのくらい悩まされましたか。一、全く悩まされなかった」

「はい、一にマルです」

「ホントですか、本当は女性に関心を失ったことで悩んでいるのではないですか」

研修生が執拗に動機を追及してくる女刑事のように見えてきた。

「そんなことはありません。それより、あなたこそ重粒子線治療の研修に来ているのに、性機能調査になぜこだわるのですか」

私が最初から抱いていた疑問である。

「私は正直に言って、重粒子線治療にはあまり興味がありません。これは今後の就職活動の保険みたいなものです。本当は薬物治療による去勢人間の研究をしたいのです。この世からレイプを撲滅するためには、それしかないと思っています」

「はっ？」

私の性機能と去勢人間、そしてレイプとはどう繋がっているのか全くわからなかった。

「レイプされた女の人は男の性欲に怨念を抱いています。トラウマになって精神が壊れている人もいます。加害者はほとんどが友人や知人、あとは教師や上司です。男はみんな性的異常者と言っても過言ではありません。その点、宗像さんは、女性に関心がないのは素晴らしいことです。巡回の看護師さんが来る時間ですので、今日はこれで失礼します」

深々と頭を下げて部屋を出て行った。私は呆然として見送った。何を考えているのだろう。レイプをされたことでもあるのだろうか。

消灯の後、シャワーを浴びた。何気なく鏡に映った自分の乳首の周りを見て愕然とする。膨らんでいる。初潮を迎えたころの女の子のようだ。ホルモン治療による副作用が出はじめたのだろうか。自分の体が自分のものでなくなる、この中にある命や魂は、自分のものではない気がしてくる。去勢人間への変質が始まったのか。私はこの体を借りているに過ぎない、自分が自分でない錯覚が現実に近づいているような気がしてきた。

夜遅くに、倫子から私が賃貸している東中野のマンションを売却したいと電話があった。新築マンション購入の資金計画として考えているらしい。退院後の私の住まいはどうなるのか、倫子は一緒に住むものと決めているようだった。

十四日前の、暴雨の降る水曜日のことである。

私は烈しい雨の音に悩まされ微睡みながらベッドの中にいた。

あの日以来、飛鳥と出会うことがないのが気になっていた。自宅の電話や住所などの連絡先を聞いていなかったからである。再び、治療待合室で会えないかと長い時間を潰してみた日もあったが、無駄だった。四階に入院しているはずだが、女性用の病棟に行くわけにはいかない。こんなに会えないのなら、看護師に連絡をとってもらおうと考えはじめていた。

毎日、午前六時頃、看護師が各病室の様子を見て回る。七時からの朝食の間には、洗面台掃除のおばさんとゴミ回収のおじさんが入って来る。八時半頃に床掃除のおじさん、曜日によってはトイレ掃除のおばさんも九時頃に入って来る。ここまで、出入りする人の誰一人として私は名前を知らない。九時十五分頃、担当の間宮、丸山の両医師が回診に来る。

「何か変わったことはありませんか」

間宮医師がいつものように尋ねてきた。胸の膨らみが気になっていたが
「別にありません」

と答えると、

「治療は順調に進んでいます。最後まで頑張ってください」

いつもの台詞を残して出て行った。両医師は私を去勢人間にしようとしているわけではないだろうが、治療が順調であればあるほど、自分でない自分の体が着々と作られていくような気がする。筋肉トレーニングとは全く違う柔らかな膨らみ。それに触れると私は私でない不思議な感覚にとらわれる。そこにだけに女性がいるような、雌雄同体のカタツムリのような軟体動物になってしまうのではないかとさえ思ってしまう。

九時半頃、看護助手がベッドまわりのアルコール消毒に入ってくる。その後、三十歳位の面識のない看護師が排便、排尿、体温、血圧などの確認に来た。

「すみません、ちょっと聞いてもいいですか」

「はい、なんでしょう」

「四階に芦田飛鳥さんという方、入院していますよね」

「さぁ、私は存じませんが、お知り合いですか」

「はい、連絡とりたいのですが、なんとかなりませんか」

久保田というネームをつけた看護師は一瞬、怪訝な顔をするが、

「携帯電話で出来ませんか」

すぐに笑顔に戻って応える。

「相手が持っていないものですから」

「そうですか、宗像さんが会いたいので五一三号室にいらしてくださいと伝えれば宜しいですか」

「お願いします」

「少し、時間がかかると思いますけど、ご連絡します」

朝からこんなに多くの人が私のために働いていることに気がついて、今更ながらに恐縮する。これで飛鳥の連絡先もわかるだろうと思ったのも束の間、十時半過ぎに久保田看護師が再び顔をみせ

「四階に芦田さんという方は入院しておられないようですが」

「えっ、なんかの間違いでしょ、私は会っていますから」

「でも、本当におられません、退院された方のなかにもおられませんでした」

「浴衣姿で四十半ばの、髪の長い人」

「存じません、お役に立ちませんで、すみません」

そう言うと、忙しそうに部屋を出て行った。私は呆気にとられていた。そんなはずはない。他に病棟はないのだから何かの間違いだろう。ひょっとして結婚して姓が変わっているのかもしれない。でも、あんな目立つ浴衣姿の患者がナース仲間の間で話題にならないはずがない。畑山看護師か研修生にでも、もう一度聞いてみようと思っているときに、勝山勝からスマホにメールが届いた。

「順調に治療が進んでいるようでなによりです。先日、ワインバーで頂戴した名刺、向井佐千郎さんは、宗像さんの亡くなられた奥様のお兄様との事でした。昨日、偶然お会いして判明しましたので取り敢えず、ご報告しておきます」

私は妻だった可南子の死を知らなかった。勝山は私が当然知っているような書き方である。真弓は母を喪ったことになる。ショックというより、スマホをもったまましばらくベッドの上で呆然としていた。二十年以上の歳月が流れていれば不思議でもなんでもないことなのに、捨てられない過去のわだかまりがひとつ、静かに溶けてしまったような気がした。勝山に深く聞くことは躊躇った。「ご連絡ありがとうございます」とだけ返信し、昼食のため早めにデイルームに向かった。

「宗像さんの隣の部屋の伊藤さん、見舞客多いらしいね、昨日も山梨とか山形とかから五人も来たらしいよ、何の仕事をしている人かな。奥さんは毎日姿を見せているしね、オイラのとこなんか一度も来ない。たまには顔を出したら、というと週末帰るのに何言っているの、で、おしまい」

情報通の東風山さんが言うと、安川さんは
「自宅へ帰ると血圧があがる。女房は見舞いなんか来ないほうが安定していいですよ」

と笑って応えていたのに、奥さんは子宮癌にかかり、更年期障害がひどかった。そこで、山の滝などのマイナスイオンに触れさせると調子が良くなることがわかった。それから渓流釣りは奥さんも一緒にやるようになったと、今日は珍しく饒舌だった。東風山さんは

「保険が満期になった金を内緒で株につぎ込んで、一儲けしようとしたらバブルではじけた。ばあさんに散々怒られてね」

と、あいかわず、自虐ネタで笑わせる。

私は可南子の死が脳裏にこびりついていて、うまく話しに乗れなかった。いつ亡くなったのだろう。病気で亡くなったのだろうか。二人の会話に作り笑いで付き合いながら、心の中は揺れに揺れていた。アルコール依存症になり久里浜の病院に強制入院させられてからは、全く音信がなかったからである。

「宗像さんの奥さんは見舞いに来ないの」

東風山さんが聞いてきたとき、久しぶりに蔵録さんが顔を出した。左腕には点滴の管が血に混じって巻かれていた。栄養剤と抗がん剤を続け、歯の治療もしているという。放射線科、脳外科、歯科などの検査で毎日が大変だと嘆く。重湯にはなったが、退院のめどは立たないらしい。蔵録さんの登場で連れ合いの話題からそれ、私はほっとしていた。蔵録さんを交えてまた賑やかな食卓となりそうだった。ところが、そこへ三人の医師が揃ってやってきた。何事かとみんな驚き、デイルームは一瞬静まりかえった。医師たちに後ろ向きに座っていた蔵録さんは、完全に無視を決め込み振り向こうともしない。医師たちも、ただ蔵録さんの様子を見ているだけで声をかけようともしない。どうなっているのか、私たちは戸惑うばかりである。こんなとき、東風山さんは空気を察し雰囲気を変えるのがうまい。

「一カ月、一億だって、一億だよ、宗像さん」

「えっ、何が？」

「ここの電気料金さ」

「ホントですか、すごいですね」

私がびっくりしていると、代わりに安川さんが反応する。

「治療施設だけでなく、研究施設もありますから、そ

れ位はかかるかもしれませんね。原発を止めるのは難しいわけだ」

蔵録さんはうつむいたまま粥を無心に啜っているように見える。医師たちは目配せをしながら何も言わずに引き上げ始めた。まもなく、蔵録さんは上目遣いに私を見て、小さな声で尋ねる。

「帰ったか」

私は黙って頷く。安川さんが

「なんのため来たのかな」

私が初めから疑問に思っていたことを口にした。

「ワシが逃げたと思って捜しにきた」

蔵録さんは点滴が鬱陶しくて自分で外して逃げ出してきたというのだ。無茶なことは止めたほうがいい、と言っても聞く耳を持たないのが蔵録さんだ。

「無事、強制送還、まぬがれる」

東風山さんが茶化すように抑揚のある口調で言うと、蔵録さんは苦笑いしながら

「若い医者は食べているふりをすると何もいわない、健康の源は食事だと信じ込んでいるバカな人種だからね。本当は何も食べないのが一番いい、病気のときは」

相変わらず、唯我独尊の蔵録さんにみんな苦笑するしかない。それから、東風山さんが珍しく、不渡りになった時の金融機関の冷たさや営業の難しさ、後継者として甥を選んだが、血のつながりがないことで、うまくいかない事業承継の問題など、中小企業の経営者が抱える悩みを話し始めた。すると蔵録さんがポツリとつぶやいた。

「先を見ようとするからいけない、なりゆき、なりゆきでいい」

一族で自動車のディーラーや修理工場を経営しているという安川さんは

「自然の動きは読めませんけど、社会の動きはある程度読めると思いますよ、人間のやることですから。東風山さんは大丈夫ですよ、明るいですから」

珍しく自分の意見を述べたあと、治療の時間が迫ってきたと言って急いでトレイを片付けに立った。東風山さんも連なるように席を立ち、蔵録さんと二人きりになった。

「なんか、あったのかい」

突然の問いに私は面食らった。可南子の死を知って

「桜井さんも退院してしまってね、ワシが一番古狸になっちまったよ」

私も何度か食事を一緒にしたことがある。中枢神経系腫瘍で手術が難しいことから重粒子線に頼り、蔵録さんとともに長い入院生活を送っていた清瀬の人である。

「菊池さんも明日退院します」

「理屈屋がいなくなるのも寂しいな、ネコ事件のときに味方になってくれたのは教授だけだったな」

蔵録さんにしては珍しく感傷的な言い種が気になった。

「ネコ事件ってなんですか」

「敷地内を散歩していたら、捨てられた子猫が鳴いていたから、ここに連れてきて牛乳をやっただけや。誰かが看護婦にチクったんだろう、三人が駆けつけてきたよ。そのとき教授が子猫を捨てた人じゃなく、拾ってミルクをやった人がなぜ、文句を言われるのか、と怒ってくれた、結局、猫は没収されてしまったがね」

「そんなことがあったのですか」

そこに北海道でタマネギ農家を営んでいるという憔悴気味だった私を見透かしているのだろうか。蔵録さんと会わなかった期間の出来事といえば、幽霊事件での飛鳥との再会、研修生との奇妙な夜の会話などしかない。

「どうしてですか」と尋ねてみると、

「顔つきが優しくなっている」

「えっ」

そんなはずはない、むしろ過去のしがらみにとらわれて険しくなっているはずだ。

「最初に会ったときに比べたら、穏やかないい顔になっている」

「そうですか」

そう見られるのは外見的なものだろうが、東風山さんも安川さんも、前立腺がん患者のほとんどが食事のせいで太ったという。私も体重が増えていた。重粒子線照射の影響もあるのだろうか。それにホルモン剤の副作用による変化を思いつき、ふと、研修生のいう去勢人間を思い浮かべた。胸だけでなく顔にも何か表れているのだろうか。分かる人、感じる人だけに見える日々の変化は恐ろしい気がした。

池田さんがやってきた。私は治療時間も迫っていたので、二人を残したまま部屋に戻った。

夕食後、テレビを見ているときに研修生がやってきた。

「明日でインターンシップが終わります。いろいろ勉強になりました。有難うございました」

「そうですか、ご苦労様でした」

今日は別れの多い日である。朝食のときに菊池さんがわざわざ私のところへやって来て、明日の退院を告げた。房総の温泉で二、三日ゆっくりと過ごし、それから青森へ帰るという。「あなたも頑張りなさい」と八十二歳の菊池さんに励まされて、変な気分だった。

「ところで、宗像さんは去勢人間に興味ないですか」

研修生は突然聞いてくる。

「ないですね」

「今、若い人のあいだで、若くてかっこいいままでいられるから去勢したいという人が増えています」

「ホントなの？」

「禿げないし、老化阻止にもなります。化学的去勢注射液は睾丸切除と同じ位の効果があり、韓国では性犯罪者の去勢に使用しています。アメリカでは長寿の注射として活用されています。それに人間は文化と学習で発情するので、睾丸がなくても射精までいけるそうですよ」

「へぇ、よく知っているね、そんなこと」

私はいつの間にかタメ口になっていた。

「医学雑誌で読みました、去勢は将来アンチエイジングになるかもしれませんよ、それとも以前のような体に戻って老いてゆきますか」

ほとんどの前立腺がん患者は去勢よりも男性機能をどこまで回復できるかに関心がある。だが、今はそんなことに興味はなかった。飛鳥のことが気になっていたからである。とりあえずそれには触れず

「頑張って、いいレポートを書いてください」

と言うと、

「有難うございます。レイプをなくすためにも大学に戻って薬物の研究を続けます」

丁寧に頭を下げて、帰ろうとしたので、私はあわてて引き留めた。

「ちょっと、ちょっと聞いていいかな、四階に入院し

ている浴衣姿の女の人、見たことない？」

「えっ、今どき浴衣の患者なんていませんよ。みんなパジャマ姿でしたよ」

「ホント、髪の長い四十半ばくらいで、芦田飛鳥という人だけど」

「私、毎日巡回しましたけど、そんな名前の人いませんでしたよ、もう一度調べてもいいですけど」

私は、どういうことだろうと、戸惑うばかりだった。名字ではなく飛鳥という名前の患者はいないか調べてほしいというと、研修生はすぐに四階のナースステーションへ向かった。そして、十五分ほどで戻ってくると
「いませんでした、畑山さんがそれは幽霊の話しだって笑っていましたよ」

「嘘だ、幽霊なんかじゃないよ、ホントの話しだ」

「みんな退屈だから、おもしろおかしく話しをつくって広めるらしいの、真に受けちゃいけないって」

私は何が何だかわからなくなった。実際に会って話しているのに、飛鳥は存在しないという。そんなはずはない。そうだ、明日、駐車場に出向いてジープを探してみようと思いついた。クルマで来ていると言っていたからである。研修生とはその夜以来会うことはなかった。

常夜灯を消して寝入ったのは何時頃だったか。誰かが入ってきたように感じた。看護師が巡回する午前二時なのか四時なのか、私のペニスに異常を感じたのは何時なのかは分からない。パジャマのズボンを落とされ、ブリーフを剥がされ、私のたたないペニスを吸い、舐める人がいる。誰なのか分からないのに、快感が走る、もう、たたないはずの快感は何、誰が、まさか、あの飛鳥が、髪をふり乱した顔が映る。幽霊ではない。あの私が知っているふっくらとした飛鳥だ。瞬間、脳の映像が変わる。あのメガネをかけた研修生に変わる。「たたせてあげる、でも、強姦はだめよ、絶対だめよ、だから、今、しゃぶってあげたでしょ、わかる、だからホントは矯正人間のほうがいいのよ、わかった？」

私には信じられない、あの子のメガネがうっすらと見える。これは現実なのか、夢なのか、体が動かない。動かすことが出来ない。ベッドとも底の浅い棺

桶ともつかぬ台の上にあおむけに寝かされ、金縛りにあっているようだ。飛鳥ではない。今、ここにいるのは明らかに研修生である。

幻のような夜が明けて、けだるい体に朝日が降り注いできた。病室に変わった様子は全く見られなかった。シャワーを浴びたあと、一階の非常口から外へ出て駐車場に向かった。通勤前なので停車しているクルマは少なく、その中に飛鳥が乗ってきたというジープを見つけることはできなかった。そんなはずはないのに、飛鳥がだんだん幽霊のように思えてきた。

五日前の、村雨の降る金曜日の、夕方のことである。私は閑散としたデイルームで蔵録さんと夕食をとっていた。

病院内は大半が一時帰宅し、静まりかえっている。私たちの他に六人がばらばらに座って食事していた。高野豆腐の含煮、うぐいす豆、牛乳、味噌汁、切り干し大根のあちゃら漬に漬物が献立だ。二人きりのテーブルは寂しいが、蔵録さんは、私に牛乳を渡しただけで、なんと普段ほとんど食べない五分粥を主食として完食した。これなら、近々退院できるのではないかとさえ思う。そして、珍しく自分のことを話した。

元々、蓄膿症の悪化から脳まで広がったがんだったとのこと。ここに入院後、大腸が破れて大学病院に移送され一週間ほど入院し、腸を縫ってもらった。そのせいで、流動食になっていたのだが、ようやく、五分粥になったのだという。

夕食を終えたあと、蔵録さんが私の部屋を見てみたいというので案内した。蔵録さんは一通り部屋を眺めた後、私がテレビのリモコンを押すとボクシングが映った。

「おっ」

と、いいながらソファーに座った。好きなスポーツのようだ。

「こいつは距離の測り方うまいな。チャンスをうかがっているよ。倒すためには自分のエネルギーを一気に放つ、ノックアウトのタイミングは一度か二度あるかどうかだ。まさに、ブラッグ・ピークだよ」

やや、興奮しているように話す。ブラッグ・ピークとは恐れ入った比喩だが、相手を「がん」と思えば、強烈なパンチの瞬間は非常に鋭利なエネルギーが照射されるのかもしれない。

「やるときは、ゆっくり備えて、しなやかに、したたかに、誰にも見えないような早さでしとめる、猫のような野生本能を身につけているやつが勝つ」

「蔵録さん、ボクシング詳しいですね、やっていたのですか」

「今だ、そこだ、いけいけ」

まるで、セコンドにいるような勢いだ。そこへ巡回中の畑山看護師が顔をみせた。

「あら、蔵録さん、ここにいたの、玉城先生が探しているわよ、早く、部屋に戻って」

「うるせぇな、オレの体はオレが一番知っている、もうボディブローがききすぎている、もうすぐ、ノックアウトだ」

「うるせぇな」という言葉におびえたのか、畑山看護師はすぐに廊下に出て、ほかの人たちに連絡したのだろう。医師や男性の看護師が駆けつけてきた。まだ、決着のつかないボクシング中継を見ることもなく、蔵録さんはとどめを刺されたように連れ去られた。東風山さんのいう強制送還だ。居残った畑山看護師が

「あなた達はおかしいのよ。蔵録さんをかくまったり、居もしない幽霊の話しを広めたり。患者さんの中では優等生の宗像さんまで、悪い仲間に染まらないでください」

「誤解ですよ。飛鳥さんは幽霊なんかじゃありません。私が待合室で話しているのですから、蔵録さんだって、誰もかくまってなんかいません」

私の反論には耳を傾けず、

「とにかく、蔵録さんとは距離をおいてください」

私にはその意味が全くわからなかった。蔵録さんを拒む理由もなければ、蔵録さんが私に遠慮するはずもない。今日に限って言えば点滴を拒否してきたふうでもなかった。何が問題なのだろう。

明日の日曜日は倫子がやってきて、いよいよ退院のための荷造りをすることになっている。

一日前の、凍雨の降る火曜日の、午前中ことである。

私は重粒子線治療まで二時間近く待たされて、最後のブラッグ・ピークに臨んでいた。

搬送台車、照射ポート上から最初に見た赤い光が最後の日も同じように見えた。ようやく一回りしたという体感と、あっという間に過ぎた一カ月だった。独り感慨に耽けながら、あれ以来、蔵録さんと会っていないのが気になっていた。東風山さんの話しでは、金曜日の昼までは、点滴をしながら部屋で食事をしていたのに、月曜日の午後に自宅から戻ったらベッドが空っぽだったという。どうやら、病室を強制的に替えさせられたらしいが、詳しいことは誰にもわからなかった。

昼食のとき、東風山さんは睡眠薬を処方したせいで、頭がボーッとしていて、血圧も普段二百近いのに、百を切って眠い眠いと言いながらやってきた。糖尿病などの持病もあり、毎日、六種類の薬を服用中だという。

「テレビで紹介されたらしいな、この病院。宗像さんみた？」

「いや、知りませんでした」

「がん治療現場の最前線ということで、院長先生やがん患者が出演していましたよ」

お風呂の番となり、遅れてやって来た安川さんはみたらしい。最近、肺がんで栃木県の大田原市からきたという鈴木さんもみたらしく

「ここのデイルームも映っていましたよ、熊本から来た前立腺がんの方がインタビュー受けていましたね」

いつも、蔵録さんが座っていた席で話題に加わる。食事を済ました東風山さんはいつのまにか眠っている。

「最初は十二回もペットで検査したのになかなかがんがあるとは判断されなかったのです」

「ペットでも見つからないことがあるのですか」

安川さんが訝しげに尋ねる。

「ここの病院じゃありませんよ。それでようやく発見されて手術を二回もやりましたが、再発したら三回目はできないと拒否されて、ここの病院にきました。今も四個のがんが見つかっています」

ここに来たことで安心したのか、明るい声で話す。いろんな人がいるがん病棟である。東風山さんが寝ぼけ眼で「あぁ、眠いな」と言って目を覚ましたので、

「治療は全部終わりました。明日、退院します」

「えっ」

東風山さんは目を見開いて、驚いたような顔をする。今日で終了することは以前から話しているのに全く耳に入っていなかったようだ。安川さんまで、

「そんなに、経ちましたか、寂しくなるな」

蔵録さんを除くと、私が一番古くからの入院患者かもしれなかった。

「私は一回だけの照射ですが、何回やられたのですか」

「十六回です」

「一回でも十六回でも、費用は同じらしいですね」

鈴木さんの言葉に東風山さんが反応した
「そうなの、知らなかったな、一回の照射で三百万以上じゃ大変だね」

「命にはかえられませんから」

鈴木さんの言葉に「そりゃ、そうだ」と言って東風山さんは席を立った。私も安川さんも鈴木さんもトレイを手に配膳棚に向かった。


退院の日は、時折微雨の降る水曜日である。

私は一階で会計を済ませた後、五階の回廊型の廊下を一回りした。

看護師長、畑山看護師ほか数名の看護師や患者さんに見送られてエレベーター前で別れた。一緒に乗り込んできた東風山さんと安川さんは玄関まで見送ってくれた。蔵録さんの姿は見えなかった。

二人に別れの挨拶をした後、針葉樹の幅広い並木道を歩いた。久しぶりに駅まで歩いてみようと思ったからである。守衛所のゲートの前で警備員二名が車の往来をチェックしていたところまで来たとき、胸ポケットに入れていたスマホが震えた。沙也加からのメールだった。

「お久しぶりです。お体のほうは大丈夫ですか。ワタシ、また、東京に戻ってきました。今度は野方でルームシェアすることにしました。また、コンビニでバイトしながら大学へも復帰します。そういえば、私の姉が千葉の病院で宗像さんという人に会ったと言っていましたが、まさか、利クンのことではないですよね。そんな偶然ありませんよね。利クン、また焼き肉ごちそうしてください、じゃまたメールします」

驚いた。自分の勘の鈍さ、迂闊さに愕然とする。あの研修生は間違いなく沙也加の双子の姉だったと確信しながら駅までの道を下っていった。

それから三カ月後の、梅雨の日の、火曜日のことである。

私は医学研究所病院の外来診察室前のソファーに座っていた。

今後、五年間に亘って行われる定期検診を受けるためである。重粒子線治療後の経過観察のため三年間は三カ月毎に一度、残り二年間は半年毎に一度来院する予定になっている。

六番診察室の間宮医師による呼び出しを待っていたとき、ふと、飛鳥は外来患者として訪れていたのではなかったかと閃いた。それなら、二、三日ホテルに滞在するだけで重粒子線治療は済んでしまう。肺がんなら照射は一回だけで終わる。あのとき、確か幽霊騒動も二、三日で収束してしまった。そんなことを考えているとき

「あら、やっぱり宗像さんね。お久しぶりです、定期検診ですか。その後いかがですか」

俯いていた私に、畑山看護師が声をかけて近寄ってきた。

「その節はお世話になりました。おかげさまで元気です」

「そう言えば、宗像さんは蔵録さんと親しかったですよね」

「もう、退院なさいましたか」

「それが、あれから大学病院に移送され、しばらくして亡くなられたそうです」

「えっ」

私は絶句した。

「生き急ぐように無茶をする人でしたから。宗像さんもお大事にしてくださいね」

と言って畑山看護師は診察室に消えていった。生き急ぐという言葉だけが脳裏に刻まれた。生き急いだよりも生きづらさを感じていただけではないのかと思いながら、淀んでいく気持ちを懸命に堪えた。

間宮医師はあらかじめ検査しておいた数値をパソコ

ン画面で確認し、「問題ありませんね」と言ったあと、尿の回数、便秘はしていないか、体の違和感はないかなどと問診を繰り返した。そして、退院時に念を押された「自転車には乗らないように」ということを繰り返しながら、次回の検診日をパソコンに入力して定期検診は終了した。

病院からの帰り道、バスの中、駅のホーム、帰りの電車の中、乗り換えの駅の階段、地下鉄の車内、駅からの帰り道、自宅近くの塔の山公園、蔵録さんの顔が脳裏の中を駆けめぐりながら付いてきた。というよりも憑いてきたのか。雨に濡れたエントランスの前を黒猫が急に横切っていった。蔵録さんの化身かと身震いがした。傘をさしているのに身体の芯まで雨に濡れたかような底冷えを感じたからである。私はシャワーだけではなく、ゆっくりと風呂へ浸かりたいと思った。

私が倫子から賃貸しているこのマンションは倫子の思惑とは裏腹に、なかなか買い手がつかなかった。老朽化が激しいのと管理が行き届いていないからである。

私は追い焚きのボタンを押しながら、倫子が契約した新築マンションに移るよりも、慣れ親しんだこの居心地を気に入っていた。隠れ家的な、隠遁的な匂いのするこの部屋は、今の自分に相応しい気がしていた。それでも買い手がつけばここを離れなければならない。

五月雨の雨粒が激しく浴室の窓を叩く。私は湯槽に浸かってその雨音に包まれている。雨音の隙間を縫うように子猫のようなか細い鳴き声が響いてきた。外廊下で雨宿りでもしているのか、親猫の元に帰れずに助けを求めているのか、それとも、捨てられたばかりの子猫なのか。私はそんなことを考えながら、湯槽のなかで猫のように脚を伸ばしてみる。両手を風呂の縁について身体を浮かして見る。両大腿部の皮膚に刻まれた褐色の丸い痕が、波打つ湯にじんわりと透けて見える。直径五センチほどの日焼けのようなそれは、ブラッグ・ピークの入り口となった愛しい被曝の痕跡だ。

浴室の天井から幻の声がおりてくる。嗄れ声を聴く。湯気の間を漂う蔵録さんのか細い声が揺れる。

「止まない雨はないが慈雨になるのは稀だ。そんな痕に見とれていないで早く子猫を助けなよ」

私はその痕のある脚で湯を蹴り上げ、思い切り立ち上がった。

どこかの鍵

松宮　彰子

少し歩いた先の駐車場で、車に乗り込みキーを回す。バッテリーが弱っているのか車がおかしいのか、エンジンのかかりが粘っこい。病院では誰とも会ったことがない。こんな田舎に心療内科なんてあまりないのだから、みんな病んでいそうなのに意外と病んでいないのかもしれない。ここは山が近い。前に住んでいたところは良かった。路線は二つ乗り入れていて、どこに出かけるにも楽だった。賑やかさと便利さと整頓された自然が丁度よく混ざり合っていて気に入っていたのに。ここに越したのは夫の職場が近いからで、私にとって良いことは一つもないのでは？　そういえば、あの時はすぐに流行りの服やバッグなどを買いに行けたはずなのに、あまりそういうことはしなかった。こちらに来てからのほうが物欲は逞しくなり、インターネットの通販サイトで買い物ばっかりしている。夫には内緒で。

そうだ、私は夫に扶養されているのだった。夫の会社の保険証を使ってカウンセリングも受けているのだった。何か大きく間違っている気もしてきて、それで私は思考を止めた。ストップ。窓を閉め切った車内は日差しで暑いくらいだ。コートを脱ぎ助手席に丸めて置くと、空腹を感じた。まだ冬休みが明けたばかりで下校が早い。麻理恵は給食が終わるとすぐに帰ってくる。「うちはつまらない」またそう言われると思うとうんざりする。信号が青に変わって、ブレーキを離しアクセルを踏む。

由紀子さんが紗英ちゃんを迎えに来たが、紗英ちゃんも麻理恵もなかなか二階から降りてこない。

「佐伯さんはいいですよね。悠々暮らしてる感じがして」

「そう？」

「いつもきれいな格好をしてるし、素敵なおうちに住んでるし。今日の服もあったかそう」

由紀子さんが私のセーターを見て、それから遠慮がちにぐるりと玄関を見回す。うちの玄関は吹き抜けになっていて、この家で唯一気に入っているところだ。紗英ちゃんは近所に住む一年生で由紀子さんはその母親。四年生であるうちの麻理恵とは歳こそ違うが、同性で両方一人っ子だということもありよく遊びに来る。由紀子さんはいつも申し訳なさそうに紗英ちゃんを預けていく。でも、紗英ちゃんは大人しいし散らかさないから、来てもらうのはこちら側としては都合がいいくらいである。

「由紀子さんもいいじゃない、若いし」私はそう言いつつ彼女の二の腕に目を向ける。由紀子さんは標準的な体型なのに比べて二の腕だけが太く、本人もコンプレックスに感じているのか夏もそこがきっちり隠れる服ばかり着る。

「紗英、ちゃんとご挨拶して」と由紀子さんが紗英ちゃんの背中をポンとすると、「お邪魔しました」と、玄関を出ようとした紗英ちゃんが身体をこちらにねじり、ぺこっと頭を下げる。ズックに踵を収めようとする小さな手の指先が、深爪になっている。爪を噛むくせがあるのだろう。親子が出て行き玄関ドアを施錠すると、私はエプロンを外し、また付け直した。

「二人で何して遊んだの?」

「メモ帳分けてあげたり、漫画読んだり」

麻理恵は面倒くさそうに答える。麻理恵は友達がいるんだろうか。私にはいない。知り合いにならなければならない人はたくさんいるが、それは友達とは違う気がする。

「紗英ちゃんってさ、深爪だよね」

「爪?」

「麻理恵は爪とか、絶対噛まないでよね」

すんなり終わるだろうと思っていたPTAの役員会が平井のせいで少し長引いた。子供一人につき必ず一回は役員をやらなければならない、という決まりがあるようで、今年私は役員になった。クラスのほとんどの親はもう経験済みであったことに驚いた。麻理恵は近所の家に預けている。各部長の報告、会長の話などが順調に終わり、最後に何かありますか、と進行役である副会長が言った時には、大半の人が荷物をまとめにかかっていた。視界の中に挙手が入り、そちらをみると平井だ。副会長が指すと平井はガタガタと大げさな音を立てて席を立った。

「旗振りの事なのですが、いつも決められた時間より遅れてくる方がいます。その方が着いたころには、もう子供達がほぼ通り過ぎてるんですよね。そこのところ、会報に一言のせるとか、または子供会のほうで理事さんに何か一斉メールでもしてもらうか、手をうっていただきたいです」

何を言うのかと思ったらそんなことか。他の役員達は平井の意見に対して、ごもっとも、というような顔をしている。この男が結構なクレーマーだということを知らない人は多い。

その案件で十五分ほど、会は延長した。結局子供会の理事が保護者にメールを送ることで片付いた。

「麻理恵さん、もう一人で学校に行けるようになったんですね」

PTAの会議室から出たところで、平井が後ろから追いかけてくる。「ああ、ええ」と答えると、「よかったですね。うちのはまだですよ」と、照れくさそうにする。

麻理恵は二年生にあがると、「学校まで付いて来てよ」と怒ったように言うようになり、ついて来てくれないのなら学校なんて行かない、という勢いだった。だから学校まで付いて行っていた。三年の終わりに、「もう付いてこないでいいから」とまた怒ったように告げられるまで、びっちり二年間続いた。そういう子どもは一定数いるらしく、私の他にも何人かの親が、付き添いを始めたり辞めたりするのを見た。恥ずかしい、面倒くさいとも思ったが、考え方を変えてしまえばどうということはない。恥ずかしいとか抵抗があるのは、難しい手のかかる子どもを育ててしまった親、になってしまうからで、優しい親とか真面目な親とか、何か丁寧なことをやりたい親、子どもをありのままに受容している親、そういう親を演じればいいのだ。今は由紀子さんが付いて行っている。平井は今でも、息子を送っているらしい。そうだ、由紀子さんのことを話そうか、と思ったがやめた。平井と接すると、何か生ぬるいものを塗り付けられたような気分になる。

麻理恵を学校に送った帰り、時々平井と歩かなければならないことがあった。後ろから、「おはようございます」と横に並んでくるのだ。息を切らす平井。この男が隣にいると、私は自分を一回りか二回り縮小させ、なお外壁を密にする。

保護者達は群れて、この前の話がどーのこーの、誰々がひどいんだよどーのこーの、あれはどうなったのどーのこーのと話をしている。私はその間を速足ですり抜ける。その場に居合わせてしまったら適当に会話をするが、自分から寄っていっては話さない。そうしていれば誰からも気分を害されずに済むからだ。済むはずだ。それなのに、私は気が付くといつも周囲に対して頭にきている。無性に腹が立っていて、片っ端から悪態をつきたくなることがある。

麻理恵を引き取って家に帰ると、きちんと玄関には鍵がかかっている。


「いろいろあって、離婚することになりました」

従妹の杏子からメールが来たのは去年の年末だった。結婚式はその二年前で、派手な、でもそれなりに温かみもある式だった。あの時はちょっと感動した。杏子がどれだけ周りの人達に慕われているのか、またその人達一人ひとりがいかに自分のことが大好きなのかがビシバシと伝わってきて……。

その一報は、まだ冬休み中の麻理恵と一緒にうどんを啜っている時だった。

「ちょっと食べてて。ママ杏子ちゃんに電話しないと」

麻理恵を残し、携帯片手に納戸に籠った。納戸には丸椅子があって、座ると目の前にはモップの柄がある。

「はい」

「あ、杏ちゃん?」

呼び出し音が鳴るか鳴らないかで、杏子は電話に出た。携帯で誰かへのメールでも作っていたのかもしれない。「メール見たよ、ほんとなの?」そう聞くと、「うん、ほんと。昨日二人で届けを出しに行った」と。

私には声色を聞き分ける能力がない。だから杏子が元気なのか、それとも気丈にしているのか、もっと何か違う気持ちなのかわからない。

「そうなんだ。でも、理由は何なの?」

「あっち、いろいろ忙しいじゃん」

「それだけ?」

「いや。だから寂しくて浮気しちゃったの。それで浮気したこと教えたんだ。なんだっけそういうの、時間のすれ違いだっけ?」

「え? なんでそんなこと言っちゃったの。それに、生活のすれ違いとかの問題じゃないと思うんだけど……」

この子は昔からおかしいところがある。私が「ねえ、ゆとりなの?」と聞くと、「ぎりぎりでゆとりじゃないでーす」と杏子が答える。よく、そういうおふざけのやり取りをしていた。

杏子は従妹以上の存在だ。杏子の母親は、彼女が生まれて八か月の時に病気で亡くなっている。その時、杏子は私の家に引き取られたのだ。引き取られたと言っても中学校に上がる時にはまた父親の元に戻ったのだから、しばらく預かった、ということになる。杏子が家に来た時のことを覚えている。父と祖母が急に出かけ、しばらく帰ってこない。二人とも戻りまたしばらくすると、叔父さんが赤ちゃんを抱いて家に来た。そして、叔父さんだけが帰って行った。私には兄と弟がいて遊ぶ相手には不自由しなかったが、急に女の子が現れたことは嬉しかった。髪の毛の多いふくふくした可愛い赤ちゃん。「この赤ちゃん、ずっと家にいるの?」と、何度も母親に聞いた。

「だって、言いたかったんだもん。言わずにはいられなかったから。もう一緒にいたくなかったの。それより、こういうのって〝時間のすれ違い〟でいいの?」

私は杏子が嫌いじゃない。

「うーん、待って。こっちからかけておいて何だけど、今は時間がないの。また電話していい?」

「うん、いつでも電話してよ」

杏子の結婚式に参列していた華やかな女子達を思い出す。杏子はたくさん友達がいる。叔父さんの家に戻る時には何通もお手紙を貰っていたし、戻った後もすぐに仲良しの子ができたようで、たまに会った時には一緒にピースサインをしている写真を見せてくれたりした。旦那さん、いや、元旦那さんの赴任についていくため結婚後すぐに地元を離れなくてはならない時も、友人達と遠くなるのがキツイと言っていたが、この前食事をした時には新しい友達の話をしてくれた。それだから、私からの電話でも欲しいというのは結構弱っているのかもしれない。それとも、私が親族だから?

「まどかちゃん、どうせ暇なんでしょ?」

そう杏子が聞くので、「まあね」と答えた。

「杏子ちゃんと何の話したの?」

話を終え台所に戻り麻理恵のうつわを覗き込むと二本ほど短い麺が残っている。「なんか、相談だった。悩みがあるんだってさ」と、私は杏子の離婚を隠す。

「へえ、わたしの悩みは、うちのうどんには具がないことだよ」

「どうせネギとか散らしても上手くよけるでしょ」

「天ぷらとか、他所の家ではのってると思うけどな」

嫌な言い方だなと思うが、私に似たのだ。憎たらしい。

「他所の家に行った時は、きれいに残さないで食べてよね」

「でもそうしたらさ、麻理恵ちゃんの家は貧乏なのかなって思われるかもよ」

そう麻理恵は言うと、ズズズーっと麺もろとも汁を飲み干す。

最初から子どもは一人と決めていたわけじゃない。麻理恵を産んでしばらくしたら、もう一人くらいいてもいいかなと思っていた。でもそこで、「一人で十分だよ」と言ったのは夫だ。経済的にも、と夫は言った。子育てが終わったら私も働くから、とは思わなかった。あくせく働くのは嫌だったから。

子どもがいらないならセックスなどなくてもいい、という信条でもあるのか、夫はあまり私に触れない。結婚する前も触れない男だった。もう、そういうことは十分にしたと思っていたから構わなかった。それに何よりも私は、夫の虫も殺さないような穏やかな性質に惹かれたのだ。果てしなく大きな安定した入れ物のようで、私の全てを受け止めてくれる、そういう度量に。

でも、誰にも触られていない女は外から見てわかるものだろうかと思ったりする。もっともそんなふうに思うのは、私が女を見る時にそういう目で見るからだろう。

三浦えり。近くに住む母親。彼女は子だくさんで、只今三人の子育て中。上の男の子は麻理恵と同級生だ。彼女は背が小さいけれど、その分、女の要素を凝縮させたような雰囲気がある。


冬に洗濯物を部屋干しした時の湿度が好きだ。肌も乾燥しないし、ザ・引き籠りって感じがする。先ほど杏子に電話をかけたが、留守電につながった。仕方なくインスタントコーヒーを淹れパソコンの電源を入れる。春にむけて、きれいな色のニットが欲しかった。

杏子からの着信で、携帯電話が震えている。私は、それを十秒ほど眺め、出る。

「まどかちゃん、さっき電話した?」

「うん、したよ。理由をきちんと聞きたくて、離婚の」

「ああ、本当に好きな人が出来たんだよね。今、その人と一緒に暮らしてるの」

この前よりも声が明るいのが私にもわかる。

「本当に好きな人と結婚したわけじゃなかったの?」

「したけど、違ったんだもん。まどかちゃんは旦那さんとまだラブラブ？」私が答えようとする前に、「ラブラブだよね、いい人そうだもんね。幸せそう、家も建てて」と被せてくる。

「幸せかな、確かにいい人だけど」

「ケイ君もいい人だったよ。でもそれだけじゃダメなのって、わかる？　なんていうか、こっちが苦労して愛したいの」

頭の中で、やっぱり馬鹿じゃないのか、と思いながら私の心臓はグラグラと動揺している。

「追われるより追いたい、みたいな？　杏ちゃんは、Mなの？」

揺れを隠すように聞く。

「そうなのかな……。でも、大事にされるのって暇すぎない？」

「でも、女は大事にされたいものでしょ。新しい人は杏ちゃんのこと大事にしてくれるの？」

「うーん、大事にしてくれるっていう点では、ケイ君のほうが良かったよ……」「たぶん、まどかちゃんにはわかんないのかもしれないな。でもさ、身体の相性はリョウちゃん、あ、今の人リョウタっていうの。その人のほうがいいのは確か」

身体の相性。

「ところでさ」

電話の嫌なところは、相手が思考中なのかそうでないのかわからないところだ。さすがの杏子も、面と向かって話をしている時は私の思案をほっておいてくれるのに。

「あの家ってちょっとおかしかったよね？」

「え、あの家って？　あ、斉藤の家のこと？」

私の旧姓は斉藤で、杏子の言うあの家とは実家の事だ。

「そう。だってさ、なんか大人はみんな、自分がないって感じじゃん。みんな揃いも揃って各自不幸そうにしてるし。そういえば、まどかちゃんもおかしかった時あったよね、高校生くらいの時かな。ダイエットにのめり込んでさ、いっぱい食べた後に全部吐いたりしてたでしょ？　あれ、家の人みんな知ってたんだよ。言わなかっただけで。まどかちゃんが籠った後、トイレが臭うんだよね。あれってもう治ったの？　旦那さんに治してもらった感じ？　この前ご飯した時は普通に食べてたよね」

「もう治ってる。今は普通に食べて、食べ過ぎたらちゃんと太るし、痩せたければちょっとご飯減らして運動する」

「ふーん」「あ、そういえば私、まどかちゃんに裸にされたのも覚えてるんだけど」と言いだす杏子に、私は頭の中が白くなる、が、杏子が笑いながら言っているのだから、笑い話として言っているだけかもしれない……。それから昔の話を少しして、また離婚の事に戻った。

「私、壊されてるほうが生きてるって感じがするんだよね」

杏子はそう言った。結局電話は、ちょっと険悪な感じで終わった。杏子と話すと、たまに喧嘩っぽくなって終わることがある。また会えば、仲良しなんだけれど。

確かに杏子を裸にしたことがある。高校で嫌なことがあった時だろうか。忘れた。小三くらいの杏子の服を全て脱がせて布団の上に突き倒した。でも、それだけで終わったのだ。

「卓也を保育園に入れて、仕事に復帰しようかなと思って」

えりちゃんが職場復帰のために勉強を始めたらしい。乾燥した茶色の髪を高く結いあげている。髪のパサパサにいってしまった意識をまたもどし、全体を見ればえりちゃんはまだ若々しい。「毎日すっごい忙しいです」と言うえりちゃんに、「へえ、そうなんだ。頑張ってね」と答える。

「壊されてるほうが生きている」という杏子の言葉をずっと考えていられるほど、私の生活は退屈で空っぽだ。空っぽでスカスカだ。スカスカで空虚だ。

高校三年生の時、このまま卒業して仕事をするのは嫌だった私は、どこでもいいから大学に行きたくて、そんな私を両親は手放しで応援した。結局私はひどく学費のかかる大学に進学した。その学校は実家から通うには少し遠いところにあって、私は一人暮らしを始めた。親から距離を置けば食べて吐くのもマシになるのではという算段もあった。でも蓋を開けてみればその生活にも過食嘔吐は必要だった。一人でいるということは途方もなく広いのだ。だだっ広い何もない草原に一人で置いておかれるようなものだった。私はそれが苦手なのだ。学校やそこで会った人達は私の二十四時間を拘束するほど近いものにならなかった。むしろ新しいストレスでもあった。あの子達は聞かされてもどうしようもないことをお友達に話す。自分をはいどうぞ、とグリンとめくって裏っかわのビラビラの奥まで見せたがる。それで、自分は見せたんだからお返しに見せてよ、と相手からも同じものを欲しがる。同じものじゃないかもしれないけれど、そこには確実に取り引きがある。それが無理だった。ただの勘違いかもしれないが、私にはそう思えた。私は何も損ないたくなかった。そんなんだから、人と食事をするのも嫌だった。そういう時は決まって吐きたくなった。私はガリガリになりたかった訳でもないから、自分で許せたものだけは食べていた。一人で。他に暇つぶしとして使えたことはテレビでも読書でもなく、もちろん神経を使わなくてはならないアルバイトでもなく、公園に寝転ぶでもなく、ぶらり一人旅でもなく、テレクラで遊ぶことだった。私はゲロを吐ききってシャワーを浴びた後、少しふらふらした身体で布団の上に座り携帯を耳にあてて過ごした。

「君のことガチガチに縛りたいな」

と電話の向こうで彼は言いました。それで私は猛烈に縛られてみたくなったのです。

「青のスカートを履いていくから」と待ち合わせの時の目印を教えました。彼は都心に住んでいる人で、私は遠くに住んでいるから特急に乗って行くと伝えると、ホームまで迎えにきてくれると言いました。

当日、時間になっても彼はなかなか現れませんでした。私はホームのベンチで青が基調のチェックのスカートを握りしめて待っていました。ホームにはいろんな人がいて、その人達と自分はまったく違う軸の周りをまわっている気がしました。そういうふうに考えることは、安らぎでもあり寂しさでもあり、諦めのような気持ちもありました。耳鳴りがしていたのを覚えています。

「ナナちゃん?」

そう聞かれて顔を上げると、スーツ姿の三十半ばの男の人が不安そうに立っていました。「はい、あ、たくちゃんですか?」と答えると、彼は、「そうだよ。青のスカートっていうから、もっと真っ青なやつかと思った」と笑い、遅れたことを詫びました。好みの顔ではありませんでしたが、細面のハンサム顔と言うのでしょうか。私は真っ青なスカートではないことを申し訳なく思いました。

それから彼はタクシーを拾うとファミリーレストランに連れて行ってくれました。誰かと一緒の食事に抵抗があり、困ったことになったなとも思いましたが、私は彼と同じ、ハンバーグセットを食べました。ランチのセットというものを、女子はどのぐらい食べるのが普通なのかわからなくなっていましたので、とりあえず全てを食べ切りました。そんな私に、「いいねぇ」と彼は言いました。

「運転手さんに見せてあげて」

そう耳元で囁かれて、ホテルまでのタクシーの後部座席でスカートをたくしあげられました。太もものもっと奥の部分に空気があたり、涼しいのに熱い感覚がありました。運転手さんは私に裸の女の人が描かれたライターをくれました。「この人、こういうの好きなんですよ」たくちゃんがそう運転手さんに言いながら、私のシャツの胸元を開けてブラジャーの中にそれをねじ込んできました。私はどういう顔をしたらいいかわからなくて窓の外を見ていました。周りはラブホテルばっかりで、こういうところを走るタクシーは、こういうことに“慣れて”いるのかもしれないと思いました。とたん、ものすごく怖い気持ちが襲ってきました。


たくちゃんが受付の女の人に料金を払っている時、私の両手は彼の片手でまとめられ、ギリギリと握られていました。部屋に引きずられて行くと、ドアが閉まるなり彼は私を平手で一発殴りました。感じたものは何もなくて、ただ、痛いのとびっくりしただけでした。靴を脱がせろと命じられ、急いで屈み込みました。紐靴の紐を結んだままにして脱がせようとしたら、「紐、解いてから脱がせてよ」と頭の上から声がしました。高価そうな靴で、スーツの生地も良質なものだとわかりました。蝶結びを解き、一番上の穴の紐を緩め、次の穴の紐も緩め、私は丁寧に靴を脱がせました。それから命じられるままにズボンのベルトを外し、服を下におろすと彼の性器が硬くなっているのがわかり、私はそれに動物的なものを感じました。でも顔には出さなかったです。それを口に突っ込まれ、むりやり出し入れをされました。何も感じることはなかったです。ただ嫌ではなかったのは確かで、陶酔ではありませんが、他のもの、達成感のようなものがありました。後頭部のちょっと下の部分に手を当てられ、私が上を見上げると、彼はにやにやと笑って私を見ていました。また達成感。それからお風呂場に連れていかれました。床に膝まづけと言われました。タイルは乾いていました。膝をつくと、彼は私の顔と胸にむかっておしっこをしました。温かい液体は、当たり前ですが人間の尿そのもので、それが唇や顎や乳首やその下の肌をつたうのを感じました。何か自分の中で安心な気持ちがうまれました。許されたような気持ちになり、これは感じるもの、と発見がありました。その後、私はウーロン茶をたくさん飲まされました。それから催してくる尿意をずっと我慢させられました。両手は縛られて、部屋の梁に括られました。今思えば、それ用のホテルだったのです。普通のところはあんな手の届くところに梁はありません。それで脚は片方だけ上げて、ベッドの柵に縛りつけられました。そんな恰好にして、彼は私の乳首を強く摘んでつぶしたり、私の中に指を挿し入れて中から膀胱を圧迫し、それから同時にクリトリスを擦りつけました。

どのくらい時間がたったかわかりません。たくちゃんは私をお風呂場につれて行き、今度は壁に手を付けろと言いました。まだ、おしっこをすることは許してもらえません。そしてそのままうしろからペニスを入れてきました。彼の動きに容赦はありませんでした。私は尿意を必死に耐えて、その間に一度達してしまいました。もう我慢できないと訴えると、そのましろと言われました。しろと言われるとできないものです。そんな私に、彼は私のおしっこの出るあたりをぐりぐりとしました。私は放尿しました。おしっこは盛大に出て止まりませんでした。私は解放感と恥ずかしいのと気持ちいいのと後ろめたい気持ちが混じって訳がわからなくなりました。そんな私を彼はずっと見ていました。

彼は電話の時から、終始自分のことをたくちゃんと呼ばせたが、その呼ばせ方ってどうなんだろうと、今になって思う。

彼とはそれっきりだった。教えられた電話番号に一度電話をしたことがあるのだが、「スケベなやつばっかり集まってるバーがあって、そこではめてやろうか」「ナナちゃんは目隠しされてるから、俺のちんぽが入ってるのか、どこかのおじさんのちんぽなのかわからないよ」と囁かれ、さすがにどこの誰だかわからない人とするのは怖いな、と怯み応じることは出来なかった。あちらから連絡がくることはなく、だからあれ以上のことはすることがなかったし、今のところいきなりナイフで刺されたりもしていない。ただこちらから電話すればいつでもスケベなことを言ってくれそうな、大らかな雰囲気があった。

中途半端。中途半端。中途半端。ふいにこんな言葉がいくつも宙に浮かんできた。そしてそれが自分にのしかかってくる。言葉は意外と重く、私を押しつぶしてきてとても辛い。

えりちゃんの三人目の子であるたくやは、「卓也」らしいが、たくちゃんはどういうたくやなんだろう。

「たくやって、私におしっこかけてくれた人と同じ名前だわ」

そう言ったらえりちゃんはどんな顔をするかなと思う。そしてすぐに、ただ軽蔑されるだけなのだとわかる。裸で布団に倒された時の杏子の目を思い出した。あの目はただの怯えの目だ。平らな身体に怯えた目で、私のことを見ていた。

登校班が集まる場所は、東西に走る道路の歩道で、その道路の向こう側は月極駐車場、その向こうは河川敷の遊歩道。だから北からの風がビュービューと吹き抜ける。

私とえりちゃんと由紀子さんは、子ども達を見送りに出てきている。麻理恵はもこもこしたピンクのネックウォーマーに顔をうずめている。まるでそうするのが可愛いと知っているように。いつもの通り、班長とその妹が遅く、私たちは待ちぼうけをくらっている。

「いつまで寒いんでしたっけ?」

えりちゃんの独り言のようなものに、

「冬は二月いっぱいでしょうか。その後、三寒四温的な時期があって、あとは春です」

そう由紀子さんが答えた。「風さえなければね」と私が言うと、うんうんと二人は頷く。

「あ、今週の木曜日、午後から佐伯さん家にいますか?」

由紀子さんがこちらに顔を向けて聞いてきた。

「木曜? うん、いると思うけど、どうしたの?」

「私、ちょっと用事があって、紗英が帰ってくる頃には帰ってこられると思っているんですが、もし間に合わないようなら紗英を預かってほしくて……」

「うん、いいわよ」と私が言うと、

「もしや、二人目?」

えりちゃんがにやにやと由紀子さんを下から覗きこむ

ようにする。

「いえ」

由紀子さんがそれだけ言ったきり、三人の沈黙ができた。

集団班が揃い、出発しそうだった。

「木曜日、大丈夫だから」

由紀子さんに向けて、承諾の念押しをした。その声に麻理恵は無反応だったが、紗英ちゃんだけが、ちらっとこちらを見た。人のセックスが羨ましいと思ったことはない。

「杏子が離婚したの、あなた知ってた?」

電話の向こうの母親の声が連れてくるのは実家の家そのもの。母親は杏子の離婚を最近になって聞いたらしい。父方の祖母(彼女にとっては義母になる)から。

「知ってたよ」、「でもさ、今の世の中、三組に一組は離婚するんだから、まあ、たまたまそれに当たったって感じじゃないのかな」

私は自分の声色がわかった。感情を抑えた平らなトーンだ。

「それはそうだけど。でも、親戚の中にそんな人が出るのは何だか残念よね」

母親は、やれやれというように、親族だが他人というように、あちらの親の落ち度よね、というように言った。血の煮えたぎるような感覚に襲われる。今すぐにこいつを打ちのめしたい。泣いて詫びるのを見たい。そのためには、どうしたらいいんだろう。

えりちゃんがバリバリ仕事をしだしたらそれが目障りで、由紀子さんが二人目を妊娠したら、日に日に大きくなるお腹を毎朝見なくてはならない。それなら「朝の集合」を辞めようかと思うし、そうすることは簡単なのに私はそれを辞めることが出来ない。負けたみたいだから。相手の悪気のない言動や生き方でこちらが勝手に嫌な気持ちになるのは、どちらに罪がつく? 相手の何気ない言動でこちらが勝手に良い気分になるのは、悪いことなのだろうか。人と一緒にいるだけで私の中にはヘドロのような暗いものがどんどん蓄積されていく。そのヘドロはもう一杯で一杯で制御不能で、私の知らない間に漏れ出してきている。

玄関の鍵がきちんとかけられているのかを、取っ手を引いて何度も確認するんです。こう、ガンッ、ガンッて。部屋の窓ガラスの施錠は何度も見たし、触って確かめたし大丈夫。火が出そうなプラグも抜いたから、火事にもならない。よしほら、玄関の鍵もかかっていると思い始めたころ、あの窓ガラスを閉めた私は今の私だったのかと不安になるんです。あれは昨日の自分かもしれないし、エアコンの電源が切れていることを見た私の目は、きちんと見えていたのか自信がなくなります。何も刺さっていないコンセントは幻だったのではないかと思うし。本気でそう思います。だからまた玄関の鍵をあけて、長い長い戸締りが始まるんです。

知らない間にクレジットカードや重要なものを落としているかもしれない、悪用されるかもしれない。車を運転している時も、あ、何か踏んだ、誰かを轢き殺したんじゃないか。そう思うとそちらの方が本当なのだと思います。私にとっては本当になるんです。だから、またその場所に戻って、死体も血痕もないのを確かめます。人も集まってないし、大丈夫、と。そういうふうにワタワタしてる私を違う私が見てて、その私をまた違う私が見てる。その私を違う私がまた見てる。それがずーっと宇宙の果てまで続いていて。でもその途中の、どこかの私は本物の私かもしれないから、その私と一緒に過去に戻らなくてはならない気がします。そこで受けるべきだった罰を受けてこなくちゃならないんです。そうしないと、私、いつまでたってもきちんと地面を歩けません。

「お薬を飲んで楽になる方法もありますよ」

カウンセリングを受ける前に、医者の診察も受ける。

「え、だって私、もう十分にラクしてますよ」

結婚して子どもを産んで家も建てたんですから。

「もっと、いろんな人と接する機会を作って、お話をするといいかもしれません」

私の一番したくないことを、カウンセラーは優しい笑顔で勧める。

「築六年で壊れるものかな」

夫がそういって、玄関ドアの壊れた鍵をいじっている。上下にあるロックの、下の鍵が壊れ樹脂でできたカバーがプラプラしている。屈み込む夫の頭のてっぺんが薄くなっている。夫が歳をとったということは、私も同じ分だけ歳をとったのだ。この人におしっこをかけてほしいと言ったら、かけてくれるだろうか。夫は私の全てを受け入れる大きな入れ物。「ママが何度もドアをがちゃがちゃやるからだよ」と、麻理恵は告げ口をしない。彼女は最近買い与えた携帯電話に夢中になっていた。冬なのにショートパンツをはいていて、その露出の帳尻合わせか膝の上まで伸びる靴下を履いている。ついこの間まで棒みたいだった腿には肉が付いてきた。またお金を送れと母親にメールしよう。お金が必要です、送ってください。あの人は馬鹿だから送ってくれる。トイレットペーパーや缶詰に混ぜて。それで新しい服を買えばいい。誰にも買えない服を着ればいい。

「おれが直せそうだな」と鍵から顔を上げた夫が言うので、私は笑ってしまった。夫はそれからポストの郵便物を取りに行った。

「ママに何か来てるよ」

夫がそう言って私に四つ折りの紙をよこす。外側に佐伯まどか様と書いてある。A4の紙にパソコンで打ったような赤い文字が並んでいる。

『平井さんと不倫してますよね。みんな知ってるんですよ。自分だけよければいいのですか？　どこの田舎者かわかりませんが、いい歳して恥ずかしいと思いませんか？これ以上続くようなら、学校に通報します』

私が言われて一番嫌なことは書いていない、と思った。平井とも何もないのだから、こんなの誰かのイタズラだ。でも、なにかとても怖くて堪らない。

朝、例のごとく集合している。春を知らせてくれるのは何だろう。梅？　草？　地面の湿り気？　木々の緑？

「佐伯さん、どうしたんですか？」

えりちゃんが私に聞いた。

「ん？　どうもしないよ？」

「佐伯さんがぼーっとするの、珍しいですね」

「そうかな？」

「私もよくぼーっとします。春なので」

そう由紀子さんが言ったので、みんないつものように、「はははは」と笑う。

愛の封印 2

村上 玄一

第二章　無念の極み（日記）

平成二十一年十月一日（木）

私は、どうして本多麻美との関係を書き始めたのだろう。自分でも、よく判らない。判らないといえば、麻美が何を考えているのか、私には何一つ理解できていない。麻美に対する私の思い、彼女の私への接し方を、私小説的に書くよりは日記形式で綴ったほうが、より判り易いのではないか、そう思ったので、そうすることにした。

それ以前に、私には本多麻美が信じられなくなったのだ。ショックである。彼女の正体が見えないのだ。彼女は何を考えているのだろう。親子以上に年齢が離れていると、理解できないのは当り前のことなのだろうか。

なぜ、今日から日記を付ける気になったのか。

本日は本多麻美の誕生日なのである。平成元年の十月一日に麻美は栃木県宇都宮市の近郊に生れた。十八歳で上京、ことし二十歳になった。私はその四十年前、昭和二十四年六月十九日に宮崎県の田園地帯に生まれた。十八歳で上京、ことし還暦を迎えた。

今日、私は日東企画には出社せず、麻美とは会っていない。誕生日おめでとうのメールも送っていない。六月の私の誕生日に彼女は心のこもったプレゼントを用意してくれた。桐箱に納められた金粉入りの高級日本酒で、しかも一升瓶、その瓶の側面にはクリーム色のラベルが張ってあり、デザイン化された太い文字で「祝　元村文一様　平成二十一年六月十九日」と記されていた。その日は、ちょうど金曜日で二人とも出社しており、麻美は誰にも気づかれないように、そっと私のデスクにやって来て「つまらないものですけど」と言った。こんなに重いものを、どのようにして会社まで持ってきたのだろう。麻美の愛を感じた。いや、これは嘘だ。麻美が私に呉れたのは洋酒グラスだ。夢だ、何回か、そんな夢を見たような気がする。現実よりも夢の記憶のほうが鮮明である。どうしたことか。私自身にも理解不能だ。家には彼女から貰った気品のある洋酒グラスが食器棚にあるはずだ。

八月の末、四十歳になる女性編集者が教えてくれた。

「本多さん、こないだ何人かで飲んだとき、小松くんと恋人宣言をしたわよ」

まさか、そんなことがあるわけがない。何かの間違いだろう。悪い冗談だ。私が麻美の教育係だから、親切に報告してくれたのだろうけれど、そんなこと信じるわけにはいかない。本当だとしたら、何か事情があるはずだ。「へえ、そうですか」と聞き流せる問題ではない。

麻美と特別な男女の仲になってから、わずか四か月、これから二人の関係は発展していくのだと考えていた。彼女の態度や口振りの何を思い返しても、心当たりは浮かんでこない。何故だ。どうして本多麻美は、そんな突拍子もない行動に出たのか。私は悩みに悩んで、麻美と私の四か月間を総括し、彼女も私に好意を抱いていたのだということを証明するために、自分自身で確認するために百枚に及ぶ小説らしきもの「有頂天の日々」を書き上げたのだ。嘘は書いていない。実際に起ったこと、考えたこと、証拠として出来るだけ周辺の大まかな様子も書いておいたのだった。

小松和昌は同じ編集プロダクション「日東企画」で働いている編集者だ。彼は都内の四年制私立大学の経済学部を今年の三月に卒業し、四月に入社したばかり。背は低く、太っている。ややイケメン風ではあるけれど、童顔で青白い病的な肌をしている。髪の毛は短く、黒縁のメガネをかけている。川崎市の外れで一人暮らしをしている。日東企画の給料は安いが、実家は金持ちのようだ。時どき会社に車で来ることもある。本多麻美は、一度その車に乗せてもらったことがあると言っていた。麻美より三歳年上であるが、彼女は短大一年の昨年からアルバイトで働いているので、小松は社員とはいっても、彼女からは「小松くん」と呼ばれている。

これまでに私は、小松と喫茶店で話したことが一回だけある。梅雨の時期だった。私は本多麻美の教育係だから、当然の如く彼女についての感想を求めた。その折に小松の言った言葉を私は忘れていない。

「本多ですか、あれはアホですよ。まだガキでしょう」

――うーん。まだ短大の二年生だからね。

「若いといっても、女としての魅力があるわけでもなし」

――えっ、可愛いし、美形でしょう。スタイルも、まずまずだし。

「どこにでもいる、たんなる女の子ですよ」

私は途端に不愉快となった。この男は麻美に恨みでもあるのか。そこまで人を悪く言えるだろうか。

仕事をしていても、よく小松の生意気な態度に接し、私にとっては苦手なタイプ、親しくしようとは思えない若者だった。その男が麻美のことをボロクソに評価した。この時、私はハッキリ小松を嫌いになった。いくら何でも、一緒に働いている仲間である、もっと別の言い方があるはず。何の配慮もなしに、本人が聞けば傷つくだろう言葉を平気で悪びれる様子もなく吐く無神経さに、私は驚きよりも恐さを感じた。こいつは異常なんだ、と思った。

本多麻美が、どのような心算だったのかは、さておいて、小松和昌が、彼女と恋人宣言をするのは、どうしても解せない。好みのタイプではない女性なら、冗談にでも、交際するなどと公言したりはしないはず。二人の間に何があったのだろう。

続きは、また明日、もっと頭を整理して書くことにする。

十月二日（金）

日東企画で、本多麻美に会った。ほとんど話はしなかった。仕事の打ち合わせは何もなかったし、本日は一日中、小松和昌がデスクに座っていた。麻美と小松が親しくしている感じはなかった。私は井野社長や他の編集者と外に出かけることが多く、注意深く二人を観察していたわけではないけれど。

私は昼前に出社したとき麻美と挨拶し、その後、二、三度、顔を合わせたが、いつもと全く変わらぬ表情でニコヤカだった。だが、最近は社内に小松の顔があると気分が重くなり、麻美に用事があっても躊躇してしまう。

六月のあの日、小松は「あいつは頭が悪いからなあ」とも呟いた。麻美の教育係である私に向って。これは悪意のある言葉だ。もしかすると自分は本多麻美より優秀であると主張したかったのか。あるいは小松と麻美の関係は、何でも好きなことが言い合える友達のようなもので、つい、そんな感覚で喋ってしまったのか。

それとも小松は、本当は麻美のことが好きで、それを隠すためにワザと反対のことを言ったのか。だが、そんなことを言う必要性が見当たらない。いや、二人の恋人宣言は、実際のところは、酒の席だけの悪ふざけといったところだったのかもしれない。麻美は飲みすぎると調子に乗って何をしでかすか判らない、そんな一面が確かにある。

ともかく、二人が交際しているのかどうか、私には判らない。麻美とは、この一か月、そのことについて一回も話題にしていない。本来なら、麻美から一言あっていい。しかし、何も語らないのだから、私から問題にするわけにもいかない。

実は、小松と麻美の恋人宣言の話を聞いたあと、九月十一日の金曜日、会社の帰り、麻美と一緒になり、というより、彼女が私を追いかけてきて、「週末だし、今夜は新宿ですか」と声をかけてきた。私は一人で「亜紀」に寄ろうと考えていたところだった。

「ああ、向こうに着いたら、マミちゃんに連絡してみようかと思ってたんだ」

「手間がはぶけて、よかったですね」

この夜、麻美から小松の話題が出るだろうと、私は覚悟していた。だが、一言も話はなく、あえて隠している風でもない。冗談にしろ酒の席でのオフザケにしろ、何人もの職場の仲間がいる所で交際宣言をしたのだから、こんなことがあったんだけど、と報告するのが自然ではある。その話しぶりを見て、私なりに二人の関係を判断できるかもしれないと思っていた。しかし、それも出来ない。

いったい麻美は何を考えているのか。小松のことを好ましく感じているのだろうか。そうだとしたら、麻美が可哀想だ。小松は麻美に少しの好意も抱いていないのだから。付き合うということを麻美が本気で考えていたのだとしたら、麻美は遊ばれて捨てられるだけの存在となるのは目に見えている。

いま恋人がいない小松は、手短な場所で、手っ取り早く、騙しやすそうな若い子を、本命が見つかるまでの繋ぎとして付き合うだけ、そうに決まっている。彼は恋愛をゲームみたいに考えているところがある。かなり、ふざけた野郎だ。小松から、直接きいた訳ではないが、噂では、これまでに何人の女性と性交したか、多くの人たちが知っている女性、つまり有名人を陥落させた、同時に幾人の女性と付き合っているか、そんなことを自慢にする男らしい。

私は麻美の父親のような心境になってしまう。自分の娘を生意気な若造に渡すわけにはいかない。女を遊び道具くらいにしか考えていない男と付き合わせてはいけない。麻美のことを好きでもないくせに交際するなんて絶対に許せない。あんな男に麻美を奪われるなんて、最悪のケースだ。殴るくらいでは気がすまない。私にとっては、人生最大のピンチだ。しかし、小松和昌を消すわけにもいかず、いまのところ無視する以外に対処の方法が見当たらない。

小松の本心は、手ごろな遊び相手として麻美を独占したいだけなのだ。だから、わざわざ皆の前で恋人宣言なんて非常識なことを演じて見せたのだ。やり方が卑劣である。

ところで、私の麻美との付き合い方も、小松と同じことではないのか、と言われるかもしれない。しかし、私は麻美のことを好きだから関係を結んだ。それに二人のことは誰も知らない。

だけど、小松は独身で若い、私は妻帯者で、すでに中年男、世間では一般的に不倫と言われている関係だ。客観的に判定されると、私のほうに分はない。一夫一婦制の壁。

麻美は小松に騙されている。どうして彼の企みを見抜けないのだろう。私は誠心誠意を込めて麻美と接しているつもりだ。独身なら、いい加減な付き合いが許され、既婚者は何もできず家庭に縛られているだけなのか。それは不平等ではないのか。

小松は麻美と遊ぶためだけの目的で、一時的に付き合っているのである。そのうちに言いがかりでもつけられて麻美は捨てられるのだろう。飽きっぽいタイプの男だから、充分に遊んだら別の若い女の子に手を出して、きっと、その繰り返し。それが小松の本性だ。結婚なんて考えているわけもなく、最初から騙すつもりなのである。

私は違う。もし麻美が一緒に暮らしたいと言ったら、そんなことは有り得ないけれども、私は真剣に考え、妻を説得し、彼女の希望を叶えようと努力するだろう。私と麻美には親子以上に年齢の差があるから、結婚するとなると障害は山ほどある。

なんだか頭が混乱してきた。冷静になって、また明日書く。

十月三日（土）
私は以前、本多麻美に言ったことがある。
素敵な彼氏ができたら、いつでも報告してくれ、その時は潔く身を引く。しっかり覚えている。だが、小松和昌は別だ。いちばん付き合って欲しくない男だ。私の知らない他の男だったら、無念ではあるけれどもても、麻美を諦めようと必死になっただろう。心残りはあっても、その苦しみを耐えて、忘れようと努めたはずである。

しかし、麻美には女としての魅力を感じないと、私に向って言った男と交際するなんて、それは認められない。

確かに麻美は仕事中、髪を短く束ね、ボーイッシュ、化粧をしないことが多い。特別な用がない限りジーパン姿。栃木県の田舎の出身、やや訛りも残っている。

魅力を感じないという男がいても不思議ではない。でも私には、そんな麻美の全てが可愛いのだ。好きなのだ。だから、麻美の幸せのためにも、小松との恋人宣言なんて許せない。信じられない。彼女の経歴に傷が付くだけの愚行としか思えない。


ある仮説を立ててみた。

麻美は、私との関係を日東企画の社員や関係者に発覚されないように、意識的に恋人宣言をしたのではないか。みんなの目を小松と麻美に集中させておけば、私との関係を隠すには有効である。だが、まだ子供っぽさの残る彼女が、そんなことを考えつくだろうか。

「お姉さんから、あんた彼氏ができたんじゃないのって言われちゃった。どうしよう」

七月頃のことだ。麻美が、そんなことを気にしていた。

週に一、二度は酒を呑んで帰りが遅くなり、月に一回か二回は外泊し、土、日も出かけることが多い。同居している姉さんが不審に思うのは当然だろう。「いったい誰と付き合ってるの。どんな人なの」と問い詰められたとき、まさか六十歳になる妻帯者とは答えられないだろう。それで適当な男をダミーとして利用した。それが小松和昌、そうだろうか。

小松はダシに使われているのだろうか。いや、客観的に考えてみると、やはり私に分がない。二十歳の女の子が、六十歳の男と、いつまでもコソコソと付き合っていられるだろうか。堂々と若い男を恋人に持ちたいだろう。私は捨てられたのだ。もう用済みの男になってしまったのだ。女の子の内面など私に判るわけもない。

九月十一日、金曜日、まさか、麻美とラブホテルに行くことになるとは思ってもいなかった。麻美と小松が恋人宣言をした後のことだ。

私には、この夜が最後になるような気がして、麻美が驚きの表情を示すほどに、強く激しく、乳房が潰れてしまうほどに、背骨が折れてしまいそうなほどに、このまま抱き締めていたかった。いつまでもいつまでも、次の夜がやって来ても、長時間だきしめた。いつまでもいつまでも、このまま抱き締めていたかった。朝が来ても、次の夜がやって来ても。

小松との関係には一切ふれなかった。聞きたくもなかった。二度も情事を交わした。しかし、これが最後だという予感があった。麻美は、その心算で私と寝ているのだなと思った。何も私に語らず、黙って別れの儀式をしようとしていたのか。

もう一つの仮説。

麻美は私と親しくしているくせに、日東企画の社員らの前で小松と恋人宣言をした。私と麻美の関係は進行中であったのに、そのことに関して私には何の相談もせず、事後報告もない。これは普通では考えられないことである。普通でないとは、どういうことか。

井野社長と本多麻美の関係である。麻美は私と付き合う以前に、社長と出来ていたのではないか。その関係を清算して私と付き合うために、小松和昌を利用して、彼と交際することを公言したのではないか。小松と本気で付き合う気持ちなど最初からないのではないか。

以前、麻美に、いままでどんな人と付き合ってたんだ、と聞いたとき、「わたしは、おじさんしか知らないから」と答えた。それは井野社長のことだったのでは。麻美は何も考えずに正直に、ありのままを言っただけなのかもしれない。

社長が必要以上に麻美を可愛がり、短大を卒業したら、すぐ社員として採用するというのも、出版不況の現状では甘すぎる気がしないでもない。だが、常識的に判断して、社長と麻美が特別な関係にあったとは考えにくい。しかし、実際に私と麻美は肉体的な関係にあるのだから、常識的という言葉は通用しない。

まさか、とは思うけれども、社長と麻美が不倫の関係だったとしたら、彼女は隠したいだろうし、いつまでも続けたいとは思っていないはず。井野社長も絶対に社員に気づかれたくないはず。時期を見て、別れる方法を考えたりしていたかもしれない。だから、私が麻美の教育係に指名されたのだろうか。辻褄は合う。

麻美は、私ではなく社長のほうを意識していた、そのための恋人宣言演出であったのなら、彼女が私に語らないのにも頷けなくもない。だけど、本多麻美は、そんな女だろうか。井野社長は、そんな男だろうか。

十月四日（日）

謎だ。本多麻美が何を考えているのか、さっぱり判らない。だが、日頃の麻美の様子を見て、私に悪意を抱いているとは思えない。私を避けている感じはないし、嫌だという態度を見せたこともない。むしろ好意的に接してくれている。

麻美に何が起ったのだろう。どうして小松と恋人宣言をしなくてはならなかったのだろう。平成生まれの女の子の心境など、六十歳の中年男に、いや初老のオジサンに判るわけもない

麻美と小松の恋人宣言なんて、そんなものは元々なかった。私にそのことを教えてくれた四十歳過ぎの女性編集者が私に嘘を報告した。私と麻美の関係に気づいて、私を困らせようとしたのではないか。

それならば、麻美に直接、問えばいい。どうして小

松なんかと交際することになったのかと。そんな噂を聞いたと。しかし、それは出来ない。意地でも聞きたくない。実際は聞くのが恐いのかもしれない。素直に肯定されたとき、私は、うろたえるだろう。絶望の谷のどん底に落下し、立ち直ることが出来ないだろう。

だから私は真相を訊ねない。だけど、その問題を放置したままで、これからの私は、どのように麻美と接すればよいのだろう。小松和昌は無視すれば、それでいい。しかし、麻美とは、どのように対処したらいいのか見当もつかない。

もしかして、私は井野社長の罠に嵌ったのだろうか。社長と小松はグルではないのか。二人は私と麻美の関係に気づいたのではないか。それとも、麻美も、その一派に属しているのかもしれない。しかし、何故。そんなことまで考えたら切りがない。

いちばん気になることは、麻美が私との関係を、どのように認識しているのか、その問題である。ちょっとした遊びのつもりなのか。意識しての社会勉強、人生体験の一つなのか。成り行き、流されるまま、自分の都合だけで動いているのか。私だけではなく、チャンスがあれば誰とでも親しく接するタイプなのか、貞操観念の緩い女なのか。そうは思えないから、謎なのである。

十月十一日（日）

信じられぬことが起った。

金曜日、午後九時過ぎ、仕事を終えて帰ろうとしていたら、本多麻美が「私も帰ります」と帰り支度を始めた。日東企画には井野社長も小松和昌も見当らず、男子社員二人が残っているだけだった。

一緒に会社を出て、「新宿にでも寄りますか」と誘ってみたら、麻美は「うん」と元気のいい返事をした。私には意外だった。金曜日の夜は小松と待ち合わせをして、川崎の彼の部屋に泊まるものだとばかり思っていた。たまたま彼の都合が悪かったとしても、私と酒を飲んだりはしないはず。とくに麻美と仕事の打ち合わせがあるわけでもなかった。

「きょうは金曜日の夜だよ。何も予定はないんだ」と聞くと、

「えっ、今までだって、よく元村さんと飲んでるじゃないですか」と、これまでの態度と変わりない反応。

私の考え過ぎだったのだろうか。

「小松とは何も約束していないんだ」と呟いてみたかったが、麻美から何も聞いていないのに、そんな話題になってしまっては、私には不愉快なだけだ。会社から、お茶の水駅まで歩き、中央線快速に乗り、その車内でも、小松のことは一言も喋らなかった。麻美も口にしなかった。

居酒屋「亜紀」では、編集の話をして、囲碁や連句や日本酒の話をした。麻美は終始、興味深げに聞いていた。終電の時間が近くなっても、麻美は気にせず、だから私も触れず、いつのまにか午前二時になろうとしていた。

「今夜は、きっと満杯ね」と麻美が囁いた。

そうか、初めからその心算だったのか。

「少し探せば見つかるだろう」と返すと、「うん」と明るい顔で頷いた。

結局、……

（今夜は、もう書く気力がない。しかし、こんなことを書いて何になるのだろう。自分を救いたいのか？　でも、嘘だけは書かないことにしよう）

追記。やはり書いておく、正直に。

ラブホテルには行った。だが、麻美は生理中だった。ホテルの浴衣に着替えることもせず、歯を磨いただけで化粧も落とさず、ベッドに潜りこんだ。彼女のスカートの内部に手を滑らせたら「今日は駄目だから」と言って私の手を強く払った。「いいじゃないか」と、麻美の胸元に手を移すと「もう寝よう」と背中を向けた。

十月二十五日（日）
昨日、私は朝帰り。午前十時、妻が仕事に出掛ける時刻、空には青空が見えていた。私は午後からパソコンに向って、日東企画の仕事に没頭していた。囲碁の入門書だが、盤面の石が一つズレただけで大変なことになるから、ラジオをつけ、その音が聴こえないように全神経を集中させていた。
午後四時頃、妻が戻って来て、縁側で大きな声を発した。

「ちょっと、何よ、これはっ。布団が濡れてるじゃないの。雨が降ったのもわからないの。とうぜん取り込んでくれたと思っていたのに、あんた、家で何やってたの。どうせ、ふつか酔いで寝ていたんでしょう。あの雨に気づかないわけないでしょ。まったく何もできないんだから。あんたの存在って何なの。どんなに頓馬でも阿呆でも、これくらいのことは出来るでしょう。どうして、わたしにメチャクチャなイヤガラセをするの。信じられない」

いつ雨が降ったのか、私には判らなかった。何を言われても仕方ないが、妻は、さらに続けた。

「まったく何の役にも立たないんだから。なんにもしないで、一日中、家の中でボーッとして、寝ているか、テレビを見るか、タバコを吸うか、酒を飲んでいるかでしょう。たまに仕事に出かけるふりはしてるけど、何をやってんのやら。偉そうに編集者を気取って、あんたにベストセラーなんて出せるわけないでしょう。いままでの仕事ぶりを見てたら、よーく判るよ。これまでに一冊だって売れる本、出したことないでしょ。何が出版文化よ。あんたみたいな能なしに、人に役立つ本なんて、作れるわけないじゃないの。すぐゴミになるような本ばかり作って、あんたみたいなのを害虫編集者って言うのよ。あんたは虫ケラよ。くだらないゴミ同然の本と何の利用価値もない紙クズを集めて、この家には、わたしの居る場所もなくなったじゃないの。どうしてくれるんだよ。みんな捨てちまいなよ」

「黙って聞いてりゃ、言いたい放題。だったら、こんな家にいる必要はないだろう。出て行けよ」

「ふん、一人では、なーんも出来ない大馬鹿者が、何を言い出すのやら、あんたが出て行けよ」

こんな時、本多麻美の存在が癒しとなって私を救ってくれていた。じつに有難かった。

実は小松と麻美に関しての噂は何度か耳にしたことがある。

「小松は本多と付き合っているみたいだな。あいつ、口は達者だからな。でも、入社して一、二か月で手を出すなんて、何を考えているんだろう」

「小松と本多、できてるみたいじゃん。土曜日にデートしているのを見ちゃったよ。渋谷で」

「あの二人、怪しいと思わないか。月曜日の朝、一緒に出社してたぞ」

そんな言葉を聞いた覚えはあるが、私は疑うこともせず、気にもしなかった。気にしないように努めてきた。私と麻美の関係は良好だと思い込んでいた。麻美が、よりによって小松と付き合うなんて。私に何の相談もなく、麻美がそんなことをするわけがない。私は心の片隅で麻美を信じていた。

しかし、事実はしっかり受け止めなくてはならない。彼女は二股をかけていた。妻帯者の私と同じではあるが。

私に対する復讐だろうか。

彼氏ができたら、私に報告し、相談してくれるものだとばかり思っていた。だが、裏切られた。

私が甘かった。

私は麻美の教育係なのに、そのもっとも可愛がっていた部下を、もっとも身近な部下の男に奪われた。これ以上の失態はない。

麻美は、私との関係を続けるのが不安だったに違いない。それは判るけれども、私に内緒で、こともあろうに社員の小松と付き合っていたとは許しがたい。汚い女だ。私に問い詰められたら、どのように弁解するのだろう。

「元村さんって、奥さんがいるじゃないの」

その一言で片付けられてしまうのか。私にも弱みがある。


今夜は、これ以上、書く気がしない。意識が朦朧としている。できるだけ詳しく経緯を書いておくつもりでいたが、そんな気力などあるわけもない。私の意識は崩壊しそうだ。

本多麻美とは何者なのか。私の存在をどのように捉えていたのか。

十一月十四日（土）
小松和昌と「付き合っている」と白状してからの麻美の私と接する態度は、これまでになかったほどの親しさ慣れなれしさをみせた。どうしてだろう。飼い犬

が尻尾を振りながらジャレてくるような甘えた仕草も度々だった。だから私は混乱する。私と会うと、嬉しそうに楽しそうにニコヤカに喜びを表現する。私の身体に触れようとするし、酔うと手を握る。暢気に鼻歌を口ずさむことさえある。私に気を許しているとしか思えない。

昨夜は、日東企画の帰り、新宿の「亜紀」で独りで飲んでいた。すると九時過ぎ、私の携帯電話に麻美から連絡が入った。

「いま、どちらにいらっしゃいますか」

新宿のいつもの店で寂しく飲んでいる、と伝えると、「行きます。教えてもらいたいこともありますので」と言う。こんなケースは今までに一度もなかった。しかし、この二週間ほど私は麻美と一緒に酒を飲む気分ではなかった。彼女を見ると小松の生意気な顔を思い浮かべ、彼が何を考えているのかを想像してしまうからである。私がいない場所で二人は何をしているのか。麻美は心の全てを小松のために開放し、身体の全部を許してしまっているのか。そんなことを想像してしまうと、小松の気持ちは男として理解はできても、麻美の精神の在りようが全く判らなくなってしまう。それは男の勝手な解釈であるだろうことは承知していても、彼女を排除したくなってしまうのだ。傍にいるのも辛い。実際には遠くから顔を見るのも不愉快なのだ。

男と女が「付き合う」とは、若い人たちのあいだでは、どのような意味なのだろう。どのような状態をいうのか。

十月末の或る日、日東企画に出社する曜日だった。昼前、会社の入っているビルに近づいた時、後ろから「元村さーん」と声をかけられた。麻美が駆けて来て私に追いついた。昼食用の弁当を買いに行った帰りのようだった。並んで歩き始めたが私は彼女に話しかけることを何も思いつかないでいた。麻美が話題を振ってくれるのを待ったが黙ったままだ。何も語らぬままに会社まで行くのは不自然だ。どんなことでもいいから言葉を発したい。

「小松と、付き合っているんだって?」

咄嗟に私の口から信じられない質問が飛んだ。失敗したと後悔した。しかし、何よりも一番に麻美に問いたいことであった。

柔らかな表情だった麻美は一瞬、真面目な顔つきになり、ほんの二、三秒の間を置いて「うん」とだけ答えた。あとは何ごともなかったかのような態度で、私よりも先にビルのエレベーターに乗り込んだ。機内には別の会社の女性が二人同乗していて、麻美は何も補足しなかったし、私もそれ以上のことを聞く余裕はなかった。

意外であった。特に躊躇することもなく堂々と肯定するとは思ってもみなかった。「それはね……」と言い訳ふうの言葉が発せられるだろうと考えていた。そうでなければ、四月末から夏にかけての二人の五か月間は何だったのか。麻美の心が読めない。

本多麻美と小松和昌が恋人宣言をしたとの情報を耳にしてから、約二か月半が経過している。その間、私は少なくとも四回、彼女とラブホテルに泊まっている。九月に一回、十月に二回、そして昨夜である。

昨日の場合は、麻美から連絡があり、私は終始、受け身であった。

「もう終電車の時間だよ」と二回も言った。

「土曜日は休み取れるし、とくに何もないから」と彼女は平然としている。とても彼氏のいる女の子の振る舞いではない。ラブホテルに「そろそろ行こうか」と言ったのも麻美である。手を繋いでホテルに入り、部屋に着いたら、いきなり抱き着いてきて唇までも求めた。酒に酔っていたのは確かだったが、これほど積極的な麻美を見たことがなかった。小松ともこんなことをしているのか。そう考えると私は複雑な気分に陥ってしまう。

バスルームでシャワーを浴びることもせず、麻美は全ての着衣を自ら取り去ってベッドに倒れ込んだ。私は上と下の下着は脱がないで彼女の身体に密着、乳房を揉み、背中、脇腹、太腿、臀部と愛撫、最後は彼女の下半身の繁みへと指を這わせる。私の右手は長時間、麻美のためのオナニーマシーンと化して作動する。もしかしたら、彼女と小松は、こんな行為に耽ったりすることはないのかもしれない。ドライブに行ったり、映画を見たり、食事をしたり、それだけの仲ではないのか。そんなことを思ってみたりもした。しかし、どうしても男と女の生殖行為をする気にはなれなかった。

「相談がある」と言って、麻美は私のいる「亜紀」にわざわざやって来た。だが、それらしき話題は特になかった。小松についても、お互いに何一つ喋っていない。麻美は何故、私に会いに来たのだろう。ただ、遊びに来ただけなのか。「教育係の元村さんだって不倫しているでしょう。わたしなんか何をやったって平気ですよ」。そんなことか。しかし、ホテル代は別にして、麻美は私にモノをねだったり、金銭を要求することはない。酒場での勘定は「わたしも……」と払うことさえある。

何を考えているのか判らない、正体不明の女だ。

十一月十八日（水）

私は混乱している。そもそも麻美との付き合いは、私にとっては非日常であった。現実味の薄いものだった。それが半年を過ぎたあたりから、もっと非現実的な関係となっていた。我ながら理由が掴めない。

私は事実だけを書いてきた。これまで嘘は全く記していない。正直に、もっと正確なことを言えば、場所、曜日、時間など、若干の事項については、意識的に脚色した箇所がないわけではない。何故そんな書き方をしたのか。私にも上手く説明できないが、きっと小説でも仕上げるつもりで書いた方が、様々な角度から実際の状況を報告できると考えたのだろう。だが、それは余り意味のないことであった。現実の私の行動と、文字の世界の私の動きに矛盾が生じるからである。

これからは何一つ脚色せず、事実のままに記すことにする。それが、いかに辻褄の合わないことになってしまったとしても。メモ風になったとしても。その方が書きやすいと判った。下手に場所や時間を演出すると、私の混乱は更に混迷を深める。

実際に起こったこと、話した内容、思ったこと、考えたこと、想像したこと、それらを率直に書いていくことにする。


昨夜、金曜日でもないのに、麻美と本郷の酒場で飲むこととなり、早めに切り上げて帰宅しようとしたのはいいのだが、中央線が高円寺で停車した途端、

「ちょっとだけ降りようよ」と彼女のほうから誘った。私は麻美の後を追いかけるように改札口を出た。午後十時、彼女の住まいとは逆の南口、やや薄暗い細い路地に入ると、麻美は私の手を取り、酒場ではなく、ラブホテルに向かって歩き始めた。高円寺では時たま二人で飲んだけれども、「姉さんに会うと面倒だから」と避ける場合が多かった。それなのに、どうして？

下車する必要があったのか。それに、この日は、単なる休憩だけで泊まりではなかった。「明日も仕事で早いから」と、零時を過ぎるとベッドを抜け出し慌てて服を身に着け帰り支度を急いだ。これも珍しいことだった。麻美は、私に付き合ってやらなくては悪いとでも思っているのか。

彼女に変化の兆しが見える。本多麻美に何が起こっているのだろう。

□月□日【辻褄合わせ】

土曜、日曜、本日と三連休であった。外へ出かけることもなく、薄暗い自室で日東企画の仕事をしていた。元村さんからは、二十一日も、二十二日も連絡はなかった。連休最後の勤労感謝の日、今日は夕方、渋谷で小松君と待ち合わせをしている。

（……こんな書き方をするのは止そう。私の想像の世界を綴るわけだから、麻美の日記スタイルにするのではなく、小説風に本多麻美と小松和昌の関係性について記すことにする）

日曜日の夜十時を回った頃、ぼんやりキッチンに立ったままの本多麻美は「一体、何の用事があるのかしら」と不意に呟いてしまった。すぐ傍にいた姉の亜衣が「え、何か言った？」と反射的に聞き返した。

「いや、何でもない。ただの独り言、気にしないで」と麻美は小声で応えてバスルームに向かおうとした。

「ちょっと待ってよ。気にしないでなんて言われたら気になるじゃまいの。何を悩んでんのよ。男ね。最近、なんか変よ。話してごらん」

「うん、変にみられても仕方ないかもね」

「彼がシツコイの？」

「そうじゃないけど、判らないことが色々あって……」

「まさか、その歳で不倫なんかしていないわよね」

一瞬、麻美の表情が引きつったが、すぐに笑顔を繕って「そんなこと、あるわけないじゃない。余計な心配しないでよ」と言い切った。

「判らないって、何が問題なのよ」

「恋もしていないのに恋人なの……」


翌日、昼前、小松から携帯電話にメールが届いていることに麻美は気づいた。

《おはようございます。きょうの渋谷での約束のことですが、車で高円寺まで行くことにしました。4時に駅の改札口にいます。よろしくお願いします》

文面を確かめて、麻美は嫌な予感がした。「部屋に行きたい」と言うのではないか。どうやって断ればいいのか、まずそのことが頭に浮かんだ。渋谷まで出かけるのも面倒だけど、高円寺に車で来るのなら、一緒に酒を飲まなくても済む。「ま、どうでもいいや」と麻美は投げやりな気持ちになって、《了解です》とだけメールを返した。

午後四時少し前、改札口に行くと、すでに小松は売店の横に立っていた。意外にも地味な服装で目立たなかった。

「待った？」と麻美が声を掛けると、「とくに……」と意味不明の返事をした。

麻美が案内して、南口を出て直ぐ右側にある洋菓子店を兼ねた喫茶店に入った。歩道沿いの明るい場所を小松が選んだ。席に座るなり小松が口を開いた。

「なんか変な感じだね」

「そうね、仕事の打ち合わせでもないし」

白い毛糸編みのセーターにジーンズ、麻美は化粧もせず普段着のまま来た。大きめのセーターの袖からは指先が少し見えるだけだった。小松にとっては予想外の拍子抜けする格好だったのかもしれない。

数分後、お互いに運ばれてきたコーヒーを啜って、やや落ち着いたところで、麻美が質問した。

「私たちって、どうして恋人同士なの」

「だって本多さんも同意したでしょう」

「その場の雰囲気でね」

「実際は？」

「恋人じゃないでしょう」

「すでに恋人がいるんですか？」

「いないわよ。ところで、きょうは何を話すために来たんですか。わざわざ川崎から、こんな遠くまで。会社では話せないことなんですか」

しばらくの沈黙があって、小松は麻美の顔を疑い深い目付きで見つめてから、意を決したように言った。

「社長のこと、何か変だと思いませんか」

「さあ、具体的に言ってもらわないと」

「もう半年以上も前のことだけど。本多さんの教育係をしている元村さんと話をしろって言われたんだけどね、なんか変なんだ。本多さんの悪口を言ってくれって頼まれたんだよ」

「どうしてそんなことを」

「判らないよ」

「それで、どうしたの」

「仕事はできないし、無教養で、女としての魅力もないって言ったんだ」

「ひどい、どうしてそこまで。そんなことよく言えたわね」

「社長命令だからね」

「まさか、社長の言うことなら、なんでもやるわけ？」

「だから、きょう謝まりに来たんだよ」

「ずいぶん遅いのね。長い間、何を考えていたの？」

「社長からは、いま彼女がいないのなら本多さんと付き合えって、……三か月ほど前に言われた」

「私も、小松くんと付き合ってみたらって、やはりその頃に言われたわ。どういうことかしら」

「なるほど、それで恋人だって認めたわけだ。ほんとは好きでもないのに。社長の命令に従ったわけか」

「社長は何を考えているのかしら」

「本多さんが社長に頼んだのでなければ、大きなお世話だよね。いつ、本多さんから本心が聞けるのかと、ずっと待ってたんだけど」

「どうしてかって、社長に聞いてみたら？」

「そんなこと聞けるわけないよ。本多さんから聞いて欲しいよ」

「私だって聞けないわよ」

こんな空想を長く書き続けても仕方ない。

本多麻美と小松和昌は付き合っているのかどうか。

麻美は否定しなかったけれど、その後、彼女が私を避ける感じでもない。

仮に社長が仕組んだカップルだとすれば、もう半年以上も前から、麻美と私の関係を見抜かれていることになる。井野社長が気付いていたとしたら、麻美と私を遠ざけるために（私のために）、小松和昌と本多麻美を仲よくさせようと一芝居ぐらい打つ可能性はある。

「会社の若い女の子に手を出すなんて」

社長も大人だから、そんなことを直接、私には言い辛いだろう。

しかし、麻美と私の関係は誰も知らないはず。一般常識でも、社会通念でも、それは信じ難いことだから。

十二月十四日（月）

何を書いても空しい、というより、私の一人相撲。私の思い過ごし。状況は大きく変化などしていない。麻美が私によそよそしく振る舞うわけでもなければ、誰かが私を変な目付きで見るわけでもない。

そもそも社長は、小松と麻美が恋人宣言をしたこと自体、知らないのではないか。そんな社長に、酒の席であったとしても「小松と本多、仲がいいこと判っています?」などと聞く勇気はない。

「何だって、会社内の恋愛は御法度だよ。元村文一は教育係じゃないか、そんなことが無いように、本多のこと、しっかり管理してくれないと困るよ。彼女は、まだ修行中の身だから」

そんな返事が飛んできたら、私の立場はどうなるのか。藪蛇だ。


十二日の土曜日、私は日東企画に午後二時に行った。私が進行を引き受けることになった旅行ガイドの大型企画、五冊のシリーズ本の打ち合わせを出版社の担当者とやることになっていた。このことは会社の全員が知っていた。企画会議の時に「元村さん、土曜日に出勤とは大変ですね」と庶務の女性に同情されもした。

私は二時から三時までデスクで下準備し、三時から五時まで、版元の担当責任者と打ち合わせをした。その間、会社には日東企画の社員も関係者も一人としておらず、私だけだったが、その後しばらく残務整理をしていると、六時前、麻美が突然やって来た。

「あれっ、元村さん、独りなんですか」と驚きの表情を見せた。

「どうしたんだよ、こんな時間に。会社の鍵、よく持っていたね、俺は社長から借りたんだけど」

「私は早番が多いから、いつも預かっているんです」

「そうか。で、何をしに来たんだ?」

「ちょっとね、忘れ物したんで取りに来たんです」

本当だろうか。偶然だろうか。私がいることを知っていて、わざわざ来てみたのではないか。そのように私が考えても不思議ではない。どうしても必要なものを忘れたのだろうか。だとしたら、何故この時間なのか。私の打ち合わせが五時に終わることまで麻美は知っていたはずだ。「何を取りに来たんだよ」と尋ねずに、いきなり「これから時間ある?」と聞いた。

「大丈夫ですけど」と麻美は意外な表情を見せることもなく、私に応じた。

新宿の「亜紀」に行った。いくら飲んでも小松のことは何一つ聞けなかった。麻美も語ることはなかった。担当することになった旅行ガイドの本について説明すると「私にも手伝わせて」と言った。あとは昨年秋に発生したリーマンショックについて、麻美が余りにも知らな過ぎていたから、その話題に集中して、金融危機、金融工学など、私自身、詳しくはないけれど、雑学程度の範囲で解説したら、頷きながら時どき質問を挟んで興味深げだった。

久しぶりに長時間、かなり酔っぱらうまで飲み続け、午前一時過ぎ、「亜紀」を出て、二人しっかり手を繋いで大久保周辺を彷徨い、やっとの思いで空室のラブホテルに辿り着いた。外は寒く、酔いは半分ほど醒めていた。

麻美は直ぐバスルームに向かい、私は服を着たままベッドの上で横になった。長い時間が経過した。麻美がキャミソール姿でベッドにやって来たので、いつもとは違って部屋を暗くした。私も下着だけになって一緒に布団に潜った。明るい場所で麻美の全裸を見るのが怖かった。身体のどこかに、普段と異なる変化を発見したくなかった。

それでも私は手を伸ばし、麻美の下半身からキャミソールの内側に忍ばせ、下腹部に密着している下穿きを脱がせようとした。唇を重ねることもせず、ブラジャーを外して乳房を揉むことも省略して。

大胆とも思える行為に、彼女は抵抗もせず、腰を浮かせ膝を曲げて、私に協力した。私の右手とその指先は、いつも通り麻美のためのオナニーマシーンへと変身、最初は微動に、次第に強く激しく動き回った。大声は以前ほど発しなくなったとはいっても、息遣いは荒くなるし、私の指に反応して腰を動かし、身体をくねらせたりする。徐々に泉は潤いを増す。

私は更に大胆になって、彼女を俯せにし、両手で尻を強引に開き、肛門から数センチの位置に唇を押し付けた。強く吸って、この場所に赤い痣ができるほどのキスマークを印してやろうと考えたのだ。

「ねえ、それだけは勘弁して」と麻美は甘ったれた声で恥ずかし気に言った。そうか、やはり、そうだったか。小松に見られてしまっては困るからだろう。それとも私の行為それ自体が、彼女にとって耐えられない屈辱だったのだろうか。「どうして?」と尋ねてみたところで、麻美が本意を吐くわけはない。「だって、恥ずかしいでしょう」と答えるに決まっている。恥ずかしければ恥ずかしいほど性の悦びは増大すると思うのだが、私は中断して、麻美と小松の間には、やはり性的な結び付きがあるのだなと感じた。

それならば何故、本多麻美は私と一緒に同じベッドの中にいるのだろう。二股をかける女、彼女には恋愛とは何かが、よく判っていないのだろうか。麻美は年配男でも満足できる女なのだ。たまたま彼女の近くに私がいた。それだけのことだろうか。そうであったとしても、このようなチャンスは珍しい、大切にしなくてはならない。人生、自分の思いのままに運べるわけなどあり得ない。そんなことは百も承知だ。

□月□日【二人の関係・ある日の午後】

土曜日の午後一時、本多麻美は高円寺から電車を乗り継いで川崎に来た。風の強い日で、スカートが何度も舞った。暖冬ということで、コートは用意しなかった。しっかり勝負パンツで決めてきたから、それに相応しい服装にしなければならなかった。小松和昌は何

を言いだすか判らない。パンツ一枚だけになって料理を作って欲しいと頼むかもしれない。寒い台所で……、いや、その方がスリルがあるだろう。「下着姿の写真、撮らせてくれよ」と甘えるかもしれない。だから、キャミソールも新調した。かなりエロチックなものだ。

川崎の彼の部屋に行くのは初めてである。駅の近くの駐車場で待ち合わせをし、車に乗せてもらって十数分の場所にあった。「最寄駅はもっと近いんだけどね。夕食の材料や酒など、買い込んでいたんだよ」

車の後部座席には確かに大型スーパーのビニール袋が整理されて並んでいた。「どんなものを作ればいいの?」「大丈夫だよ、僕が手伝うから」「よかった。私はお酒を飲みながら、見ていればいいのよね」「本多さん、僕は、あなたほど酒は強くないからね」「小松くん、私ね、酔っぱらったら何をするか判らないわよ」「それは楽しみだ。期待してもいいんだね」「小松くん、何を考えているの?」

これまでに小松と本多は数回、ラブホテルを利用したことはある。だがそこでは意外にも義務的な肉体関係に終始していた。小松は訳知り顔で性についての蘊蓄を傾けてみせるが、実行力には乏しかった。

小松の住まいは瀟洒なアパートの一階だった。広いダイニングキッチンの他に六畳の和室と四畳半の洋間があった。大学を出たばかりの若さで、車を乗りまわし、贅沢なアパートに住めるのも彼の父親が金持ちだからである。日東企画の給料だけでは、とてもこのような生活を望むことはできない。

車から台所へ荷物を運び終って、二人は居間の隅に据えられた応接セットのソファーに腰を下ろして喋り始めた。小松のアパートの費用、夕食の準備について、会社での共通の話題、今晩から明日にかけての予定など、一通り話してから、麻美が急に改まって質問した。

「ねえ、小松くん、聞きたいことがあるんだけど」

「僕たちの関係のこと?」

「そうじゃなくてね。元村さんのこと」

「ああ教育係のね」

「うん。どういう人だと思う」

「何か問題でも?」

「何もないけど、ただ聞いてみたいのよ。私の教育係だしね……」

「社長も変なことを考えだしたもんだよ。何か役に立っているの、元村さんは」

「いろんなこと教えてくれるよ」

「酒ばっかり飲んでいるって噂だよ」

「そうでもないけど……」

「あの人、もう古いよ。六十過ぎてんだろう?」

「井野社長だって、もっと歳とっているよ」

「だから、あの会社は駄目なんだよ」

「じゃあ、どうすればいいの」

「編集プロダクションなんて、昔のままのやり方では通用しないよ。経営者が若ければ違うかもしれないけど。出版の世界も変わったらしいからね。何年後かのことは、ちゃんと考えておいたほうがいいよ」

「元村さんって、可哀そうな人ね」

「何を考えているのか、さっぱり判らない人だよ」

「いろんなこと知っているし、優しい人だよ」

「ま、年の功ということもあるからね。でも、もう社会じゃ相手にされない存在だろうな。本多さんと一緒に酒を飲んでいても、あなたの裸の姿なんか想像していたりして」

「ふーん。男の人って、そんなものなの。それって小松くんのことじゃないの」

「では、そういうことで。でも僕たちは、これから実際に裸になるんだけどね」

「まだ早すぎるんじゃないの?」


いつまでも架空のことを綴っても無意味。

想像した全てのことを書く気にはなれない。私には何も見えない。何も聞こえない。何も言えない。

十二月二十三日(水)
天皇誕生日である。
思い返せば、今年四月、昭和の日に麻美と初めてラブホテルに入った。あれから八か月、有頂天だった私に、本多麻美から不意に突き付けられた刃。私に何の相談もせず、一方的に小松和昌と恋人宣言。こともあろうに同じ会社の若い男、私は裏切られた。麻美にとって私の存在とは如何なるものだったのか、何度も何度も自問自答してみたが、楽観的に考えても悲観的に考え直しても、その糸口さえ見出せない。

現代の二十歳女性の心理が判るわけもないのだが、麻美はその中でも特殊な性格なのかもしれぬ。年配の男とラブホテルに行くことと、若い男と恋愛するのは別の次元だと切り離して行動できるのか。不倫なんて、浮気なんて当然のこと、みんなやっていること、そんなふうに考えているのか。

それなら麻美の態度に納得できる部分が多々ある。しかし、父親以上に歳の離れた上司と付き合うとなると、自らの身体を捧げているわけで、もっと言えば「どうぞ、ご自由に」と肉体を晒しているのである。代償を求めるのが自然だろう。私の思想回路が古いのか、麻美の感覚が新し過ぎるのか。

前にも書いたことだけれども、麻美は一度も私に対して金銭を要求したことはない。物欲が希薄なのか衣服や日用品、書籍や音楽関係、ゲームなどの娯楽商品についても「おねだり」をされたことはない。私にはその力はないが、会社の人事に関しても、職場や仕事に係わる要望を聞かないし、「それとなく社長に伝えて欲しいんですけど」と頼まれた覚えもない。肉体関係について、つまり性的行為に及ぶとき、彼女から己の願望を私に強要したこともない。麻美は私に何も期待していないのか。何一つ期待されていない私の存在とは実に哀れである。しかし、それは私自身には余りにも都合よすぎることである。彼女から小松和昌を消してしまえば。

私はこの歳になるまで失恋した経験がなかったように思う。ただ、中学時代に好きだった女の子が、私の友人に好意を抱いていると知って、愕然とした覚えがある。しかし、それからの私は女は自分の思うようには動かせない、好きな女に的を絞っても、親しく話ができる訳でもなく、ましてや一緒に楽しく過ごせる可能性は全く保証されない、という現実を悟ってしまった。

以後、高校、大学と私は女子に興味を示さず、だから失恋の記憶はない。女性が嫌いになったわけではない。自ら近づくのを避けていただけで、単に臆病なだけであった。社会に出て、女性と接する機会は増えて、途端に女性に関心を持ち始めたが、自分の好みが判らず、あらゆる女性を好きになってしまった。

江戸時代まで、いや、明治、大正、日本の敗戦までは、女は子供を作る機械であった、とまでは言わないけれど、何人もの先輩、友人たちが結婚について真面目に悩んでいるのを見ると滑稽に映った。本気で恋愛ができると思っているのか。不思議に感じた。私は女性を選ぶという行為を放棄して結婚した。後悔はしていない。夫婦に諍いは当然のこと。そして、私の本心は、女性を機械だと思いたくなかったから子供は作らなかった。嘘です。四回も人工中絶を強行しているのです。

それはさておき、結婚しても恋愛の自由はある、と歳を重ねていくにつれて思うようになったのは、どうしてだろう。若い独身の男女が、これみよがしに付き合ったり別れたり。無節操に恋愛を謳歌している様を既婚者に見せつけるからだろうか。だけれども、私は妻帯者ではあっても、気の合った女性と不誠実に交際したりはしない。いつも真剣だ。不真面目に接したりはしない。

とくに今回の本多麻美については慎重だった。彼女の立場を充分に配慮しているつもりでいた。好きな男が現れたら知らせて欲しい、その時は潔く身を引くと伝えている。だが、彼女はその約束を破った。一方的な約束だったかもしれない。いい加減な大人だと思われたかもしれない。しかし、麻美との年齢差を考慮すると当然の判断だろう。だけれども、あと数年は麻美との関係を持続していたかった。自分本位の都合だけを優先しているとは思っていなかった。恋愛は、どのような人たちにとっても自由だと考えていたから。

だが、それは麻美に通用しなかった。彼女が何を考えているのか私には判らない。彼女との関係は誰にも内緒、秘密だった。誰にも言えない苦しさが麻美にはあったかもしれない。若者は結果を気にせず堂々とオープンに恋愛を楽しみたいのだろう。羨ましい。麻美も小松と付き合っていることを友人に喋っているようだ。悔しい。

強く、何度も、唇を求めてきたことがあった。あの麻美の行動は、心情は何だったのか。私のオナニーマシーンの指に、積極的に反応し腰を動かしたのは、二回、三回だけのことではなかった。いや、つい最近もそうだった。小松とも同じようなことをしているのか。愛しい娘を、どこの馬の骨とも判らぬ男に奪われてもいいのか。父親の心境。

とは言ってみても、私も同罪ではある。ラブホテル、明るいベッドの上で麻美の細く薄い下着を脱がせたり穿かせたり匂いを嗅いだりして弄んだ。ソファーにビールを運び、お互い全裸になって何度も口移しで飲み合った。浴室で、ベッドで、ソファーで、麻美の胸を尻を脚をマッサージした。雲の上で暮らしている雰囲気。部屋の中を一糸まとわぬ姿で歩く麻美の後ろ姿を見ているのが心地よかった。小松は麻美と二人だけのとき、どのような楽しみ方をしているのだろう。どんなプレイをして戯れているのか。

そんなことよりも、私には麻美に教えなくてはならないことが山ほどある。体験して欲しいことも沢山ある。それは性的な意味ではない。

一週間ほど前、金曜日でも土曜日でもなかったが、会社の帰りに麻美と高円寺で飲んだ。ことし彼女の教育係になってからは、出版や編集のことだけではなく、社会の動きについても喋った。四十四代のアメリカ大統領になったオバマ、自民党から民主党へ政権交代しての鳩山首相、弾道ミサイルを発射した北朝鮮、ウイグル自治区で大暴動が発生した中国、裁判員制度、円高・ドル安など、麻美は興味深げに聞いてくれた。だから私も勉強した。しかし、外に出かける教養実習は難しい。映画、演劇、音楽会、スポーツ観戦、美術展や展覧会に行くのも憚られる。誰が見ているか判らない。発見されても誤魔化し様は考えつく。ラブホテルの現場を目撃されるより安全ではある。だったら来年、誘ってみるか……、麻美の反応も確かめたい。

今年も、あと一週間となってしまった。相変わらず妻は週に五、六回、働きに出ている。私が電車に乗って外出するのは週に二、三回。年内に、あと一回、麻美と酒でも飲む機会はあるだろうか。麻美は暮れと正月を、どのように過ごすのだろう。宇都宮に帰省するのか、小松とドライブか、温泉旅行か。私は何もない侘しい新年を迎えるだけ。

第三章　嫉妬に耐えて

短い小説を三本書いた。年が明けてから私は暇ではなかった。日東企画で引き受けた旅行ガイドのシリーズに着手しなければならなかった。五冊の本の編集実務と進行を担当しながら、その中の三冊を執筆することになった。かなり大変な仕事で一日に数時間の余裕を持つこともできないほど忙殺された。

しかし、その最も忙しかった一月から九月にかけて、私は、この小説を書いてしまった。本多麻美が書かせたのである。

第一話　バージンストリップ

高校を目立たない成績で卒業した本多麻美は都心の女子短期大学に入学することになった。三月の末、上京する日の朝早く、彼女の予期した通り、叔父さんは麻美の部屋にやって来た。

「麻美ちゃんが東京へ行ってしまうと寂しくなるね」

と叔父さんは本当に悲し気な表情で言った。

「でも、いつでも帰って来られるから」

明るい調子で応じると、叔父さんは真剣な顔になって喋りだした。

「東京では楽しいことも沢山あるだろうけど、気をつけなよ。とくに男にはね。男は狡いし、汚いし、都合のいいことしか考えていないからね。誰とでも親しくしちゃ駄目だよ。隙を見せたら男は必ずモノにしようと動きだすんだから。騙されないように注意しないと。麻美ちゃんは人がいいから心配だよ」

「大丈夫、お姉さんと一緒だから」

「そうか、お姉さんと共同生活か。だったら少しは安心だね。でも、いろんなタイプの男がいるからね。叔父さんは若い男のことは、よく判らないけどね、遊び感覚で女の子と付き合うらしいからね、最後に泣くのは女だからね」

どうして叔父さんが、こんなことを執拗に言うのか麻美には納得できることもあった。

高校一年の夏休み、家族と親戚の人たち十二人で茅ケ崎の「海の家」に行った。父の弟で四十五歳を過ぎて未だに独身の叔父さんや離婚して高円寺で自活している麻美の姉も、父の妹と母の姉の家族も集まった。

二泊三日の短い期間ではあったが、その初日、昼過ぎのことであった。叔母の子供二人を海岸に連れて行く役目を与えられて、麻美は宿の風呂場の脱衣場で水着に着替えようとしていた。子供たちは和室の八畳間で水着姿になって、庭で麻美を待っていた。

麻美がすべての下着を脱ぎ取って、水着に手を掛けようとしたとき、脱衣場のドアがガラガラと音を立てて開いた。入って来たのは叔父さんだった。

一瞬、困ったことになった、とは思ったが、叔父さんは黙ったまま動かないでいるから、「叔父さんも海に行くの」と麻美のほうから声をかけた。叔父さんは返事をしないので、麻美は取りあえず手にしたビキニの下半身用水着を後ろ向きになり慌てて身に着けた。

胸を両手で覆って、そのまま立ち尽くしていると叔父さんが、ようやく口を開いた。

「綺麗な尻をしている、もう立派な大人だね。背中も美しい、健康的だし」

「早く外に行かなくちゃ、ふたりが待っているんだから」

「そうか。じゃあ、こっちを向いて」

向き直って叔父さんの顔を見た。その眼が何を言いたいのか麻美は理解して、両手を下ろして水着の上の脇腹に置いた。

「うん、よく成長したものだよ。一人前の女になったね」

叔父さんは満足げな表情で「俺も追いかけて海岸に行くよ」と機嫌よく大声を出した。

小学校五年生の二学期が始まった頃のこと。何の用事もないのに叔父さんが家に来た。日曜日で、たまたま家族は両親も姉も用事で出かけており、麻美が独り留守番をしていた。叔父さんは当然のごとく家に上がり込んで我が家のように振る舞って、「麻美ちゃん、話があるんだ」と彼女を納戸に呼んだ。

何もすることがなく退屈していた麻美は叔父さんの傍に行き「なあに」と興味深げな顔つきで正座した。

叔父さんは麻美の両手を掴んで優しく語り始めた。

「麻美ちゃんは女の子でしょう。大きくなったら赤ちゃんを産まなきゃならないでしょう。元気な赤ちゃんを産むために、お医者さんに身体を診てもらわなくてはいけないんだよ。でも、麻美ちゃん、お医者さんに行くのイヤでしょう、だから叔父さんが代わりに見てあげる。ちゃんと赤ちゃんを産むことができるかどうか、知っておきたいでしょう。お父さんやお母さんにも言ってあるから、お姉さんにもね。お姉さんの身体も叔父さんが調べてあげたんだよ。ぜんぜん痛くもないし、怖くもないし、注射もしないし、お薬を飲むこともないからね」

そう言って麻美の両頬に掌を当てた。「さあ、口を大きく、あーんと開けてごらん」。彼女は指示どおりに、叔父さんの言葉に従った。鼻を抓《つま》んだり、耳の穴に指を差し込んだり、背中や腹の周辺を何度も揉んだりした。「よし、いいよ。悪いところは何処もない。健康だね。それでは、おっぱいを見せてくれるかな。服は脱がなくてもいいから」言いつつ叔父さんは、麻美の上着をくるくると巻き上げて、彼女の胸は丸出しとなった。両手でその弾力を確かめて「うん、若々しくて元気だ。これなら大丈夫。もっともっと大きくなるよ」。呟くように言って、麻美を見て微笑んだ。

「じゃあ、いよいよ最後だよ。もう少しだからね。お腹《なか》も検査しなくてはね。大切なところだからね。スカートはそのままで、でもパンツは脱いだほうが調べやすいからね」。言い終わらぬうちに両手がスカートの内側に入ってきて、麻美の小さなパンツは数秒で剥ぎ取られた。

叔父さんは左手でスカートの端を臍《へそ》よりも高く持ち上げ、右手で腰の周りや下腹部を撫で、指先で突ついたり押してみたりした。後ろ向きにされて尻も揉まれた。鼻を近づけて臭いも確かめていた。

こんなことを両親や姉に報告したら大変なことになると麻美は思った。だから誰にも話さないことにした。

中学二年生の六月、少し雨が落ちていた。日曜日、午後一時頃、本多麻美は駅の近くの舗道を傘を差さずに歩いていた。郵便局からの帰途だった。何種類もの応募ハガキを投函した。家の直ぐ横にあるポストに投げ込んでもよかったのだが、わざわざ郵便局まで行った方が「当たる」確率が高いのではないかと、何故かそう考えたのだ。いくらか気分は高揚していた。

「麻美ちゃーん」と呼ぶ太い声が背後から聞こえた。振り向くと誰もいなかった。「あっ、やっぱり麻美ちゃんだ」と直ぐ側に止まっていた車の中から身を乗り出して叔父さんが手を振った。

「傘も差さないで、どうしたの。早く乗りなよ」と叔父さんは急いで助手席のドアを開けた。「うん」と返事して、麻美は素直に従った。

「駄目だよ、傘を差さないと。家まで送ってあげるよ。ん、それとも麻美ちゃん、時間あるかな。叔父さんの家に寄っていくかい。うん、そうしよう、それがいい」勝手に決めて、彼女を無視して、その気になっている。麻美は応答せぬまま十五分ほど同乗した。

駐車場に車を停めると、道路を挟んだ向かい側に二階建てのアパートがあって、その一階が叔父さんの住まいだった。十世帯ほどが入居できる小さな建物。台所の他に部屋は二つあって、ベッドの置かれている和室に通された。

「ソファーがないから、ベッドがその代わりだよ」と言って麻美を座らせた。

冷蔵庫から取り出した缶ジュースを渡された。叔父さんは台所の椅子に腰かけてビールを飲み始め、麻美はベッドの端に座って、数分間、たわいもない雑談をした。

昼間だというのに和室には蛍光灯が点《とも》され、部屋の隅々まで明るかった。表では雨の音が激しくなり、窓の外は薄暗かった。何を思ったか、叔父さんは立ち上がって、「もう中学生ねえ、大きくなったもんだ。成長した姿を叔父さんに見せてくれなきゃね」と言いつつ彼女の横に腰を下ろした。小学五年の時のことが麻美の頭を過《よぎ》った。

こんなことって、誰にでもあるのかもしれない、みんな黙っているだけなんだ。そのように麻美は思い込もうとした。以前のことだって誰にも喋らなかった。叔父さんと自分だけの秘密だった。叔父さんのことは、とくに好きでも嫌いでもないけれど、喜んでもらえるのなら、そんなにイヤなことでもないかもしれない。そのことを叔父さんは見抜いている。麻美は「どうすればいいんですか」と先生に質問する口調で彼の眼を見つめた。

「じゃあ、上着を取って、そのショートパンツも脱いで、ベッドに横になって上を向いて寝てくれないかな」

下着の上から体中のあちらこちらを、ゆっくり、あるときは強く揉まれた。そのうちに叔父さんの指は下着の中に這ってきて、乳房や乳首を触った。パンツの中にも滑り込んできた掌は局部の周辺を包むようにして何度も抑えた。

「麻美ちゃんは、どこもここも健康そのものだよ。それじゃ、このパンティーも取って、俯せになってみてよ」

両手でパンツを脱がされようとしたとき、麻美は微かに腰を浮かせた。身体にピッタリと吸い付いた細く薄い布は叔父さんだけの力では、なかなか取り除くのは難しいだろうと感じたからだ。

背中と尻を見せる体勢になると、「うん、綺麗だよ麻美ちゃん」と言って、両手で尻の山を力強く掴み、激しく揉み始めた。男の人の力って凄いと麻美は意外なことに感心してしまった。

「こんどは四つん這いになってみてよ。ついでに肛門も調べておいたほうがいいからね」

その姿勢を取ると、「両腕は肘をついて、もっと膝の間隔を開けて、前身の力を抜いて」とテレビ体操のお兄さんのように声を掛ける。麻美は従順に対応はするが、胸の鼓動は高鳴る。いきなり尻が大胆に割《さ》かれ、「指を少しだけ入れてみようか」と叔父さんが訊いた。何を勘違いしたのか、麻美は「うん」と返事してしまった。「いいのかい」と聞き返されて、麻美は返答に困っていた。

肛門に指が挿入された。麻美は思わず「うっ」と発した。全身に鳥肌が立った。しかし、不快だとも感じなかった。叔父さんは「ごめん、ごめん」と繰り返したが、「もう一度やってみようか」とも言った。麻美は首を横に振った。

茅ケ崎の民宿から宇都宮に戻って、本多麻美は叔父さんと会う機会が、それまでよりも多くなった。高校生になってからの裸姿も見せてしまったし、親切だし、優しいし、相談相手にもなってくれるし、どちらかと言えば有難い部類に入る人だと考えていた。月に一度か二度、日曜日、誘いがあって、駅前商店街の食堂でハンバーグやロースかつ、海老フライ、刺身、煮魚などの定食を御馳走してくれるし、ドライブで日光や軽井沢、高崎、水戸、所沢方面まで連れて行って、麻美を楽しませてくれた。

ドライブの帰りに、「ちょっと休憩していこうか」と、モーテルに寄ることもあった。麻美はシャワーを浴び、裸のままでベッドに横になる。叔父さんは、浴室を使用することもなく、服も脱がずに、ベッドに腰かけて彼女の身体を眺めているだけで満足な様子だった。たまには胸や臀部、下腹部を触ったりはした。だが、麻美は目をとじたまま無抵抗だった。そうされると気持ちよくなるからだった。

麻美が上京した日の夕方、叔父さんは自殺した。母からの連絡は姉に入り、麻美は姉から知らされた。夜、宇都宮の実家に電話すると母が出て、「どうしてなの」と尋ねると、「借金が沢山あったみたいね」と返ってきた。「戻らなくてもいいからね」とも付け加えた。

叔父さんと私の変な関係については誰も知らない。これからも私は誰にも語らない。私には今日から新しい世界が与えられたのだ。麻美は瞼を閉じて、叔父さんに「ありがとう」と囁いた。頬には何滴もの涙が零《こぼ》れ落ちた。

第二話　獣人

何の目的もなく中央線の大月行に乗った。高尾を過ぎて幾つめかの鄙《ひな》びた駅で途中下車してみたくなった。元村は麻美と一緒だった。二人だけのハイキングは初めてだった。土、日の連休を使って「どこでもいいから、秋の新鮮な空気を吸って歩いてみよう」という話になった。

改札口を出て、目前の山に向かって歩き始めたが、三十分たっても変哲もない景色ばかりで、駅に引き返すことにした。駅前に喫茶店があって、客は一人もなく、看板には「あんみつ、おでん」とある。風変わりな店だった。ともかく中に入って珈琲を注文した。店主らしき初老の女は、元村と麻美の顔を交互に何度も見比べて「娘さんですか、お孫さんですか」と余計なことを聞いた。二人の年齢差は四十歳ほども離れていた。麻美は元村の部下で、お互いに信頼し合い敬意を抱いている仲だった。元村は麻美のために役立ちたい、何か手を差し伸べて、喜んで貰いたい、いつもそんなことを考えている中年紳士であった。

　十分ほど喋ったとき、麻美が突然「ちょっと外に出ていいですか」と元村に言った。写真でも撮りに行くのだろうと思っていたが、二十分が過ぎても三十分が経過しても麻美は戻って来なかった。午前十一時になろうとしていた。店主に「ちょっと探してきます」と断って、元村は歩いた道を戻ってみたが、どこにも人影さえ見当たらなかった。

　七、八分歩くと、小川があり、それに沿って畦道を十数メートルほど先の畑に蔵なのか、納屋なのか、得体の知れない廃屋風の建物があって、麻美が「あれ、何かしら」と、しばらく見つめていたのを思い出した。あの中に入ったに違いない。元村は駆け足で納屋を目指した。

　納屋の引き戸は、音を立てることもなく、スーッと手前に開いた。外から中を覗くと、大きな窓もなかったはずなのに明るかった。六畳間ほどの空間がある。ひんやりした空気が支配し湿った感じのする部屋。声をかけないで二、三歩ほど中に入った。元村の足は立ち竦《すく》んだ。もう、一歩も前に進めない。身体が動かない。音をたてることも声を発することもできない。逃げ出すこともできない。三和土《たたき》の柱に凭《もた》れ掛かったまま、元村は異様な光景を見るしかなかった。

　そこには全裸にされた本多麻美がいた。板床に敷かれた真っ黒の絨毯の上に物として転がっている状態。さらに恐怖を感じたのは、納屋の何処かに人の気配がしたことだ。

　天井から長いコードで吊るされた裸電球が麻美の全身を煌々と照らしている。元村の位置からは見えないが、部屋の隅で物音がしている。麻美の首が僅かに動いて、そちらの方角に向いた。その動作に合わせるように絨毯の上に、とんでもなく大きな男が現れた。元村は動けないが、見ただけで逃げ出したくなるような化け物。全裸になっている。

全身を黒い毛が覆っている。手も足も、背中も胸も、腹や尻までも。相当に毛深い。髪の毛は乱れて肩まで垂れている。身長は一九〇センチ以上は確実、プロレスラーのごとく体格もいい。

男は横たわっている麻美の首を片手で持ち上げて、彼女の頬に一発、ピシッと音のする強い平手打ちを食らわせた。麻美の眼が開いた。今度は半起こしにして、脇腹に激しいパンチが飛んだ。麻美の口から言葉にならない苦痛の声が漏れた。男は麻美を床に叩きつけると、立ち上がった。完全に打ちのめされてリング上に沈んで気を失ったボクサーのように、麻美はピクリともせず、放心状態で全身を裸電球に晒されている。元村の眼には無防備に開脚したままの下腹部が哀れだった。男は麻美を見下ろしていた。この若い女を如何に料理したらいいものか、そんなことを考えつつ麻美の肉体を眺めているようであった。

男は動いた。麻美の身体を跨いで膝をついた。彼女の乳房に男の胸が押し付けられた。髭面の男の顔が目を閉じたままの麻美の顔に擦り寄せられた。男は涎《よだれ》を垂らしているのか、口を半開きにし、伸びた髭だらけの唇で麻美の顔を舐め始めた。額や頬だけではない、目や耳や鼻までも器用に舌を這わせている。鼻や耳は噛んで味を確かめているようにも思える。元村は動顛していたが、次第に妙な気分になってきつつある自分に気づいた。興奮している。男の巨大な一物は勃起していたが、元村のそれも疼《うず》いてきた。

行為続行を中断し一度、顔を上げて首を大げさに振り、髪を揺らしてから、男は麻美の唇に手をやった。指の爪は異常に長く、垢が溜まっているように思えた。麻美の口にその指が差し入れられた。上下の歯茎も離されて、指は更に奥へと侵入した。麻美の首が左右に動いた。彼女はグッと込み上げてくるものを吐くような音を出した。それは抵抗なのか拒否のサインなのか、自然に身体が反応したのか、元村には判らなかったが、それに気づいた男は膝で麻美の脇腹を蹴り、もう一度、グッと喘《あえ》がせた。

「舐めろ、ちゃんとしゃぶれ」

男の声を初めて聞いた。ドスの利いた怖気づくような音質だった。失神状態から醒めたのか、また目を開いて頷く仕草をした。すっかり男に屈服してしまった

かにも見えた。指を抜いた男は麻美の唇を顎髭《あごひげ》で撫で回し、不意に舌を出して彼女の口の中を弄《もてあそ》んだ。

やがて男の頭部は麻美の首筋から腋の下へと移動して、その唇は乳首に達した。両手で乳房を揉みながら、舐めたり噛んだり、顎鬚で擦《こす》ったりしている。麻美は男の動きに応じるかのごとく「ああっ」「うっ」と声を漏らすようになった。発せられている声色は間違いなく麻美のものだった。そのセクシーな喘ぎ声に刺激されて我慢がならなくなったのか、男は突如、膝立ちし、麻美の両脚を掴んで高く持ち上げ、大きく開脚させ、彼女の下腹部を見つめた。右手を繁み下方に当て、しばらく指で弄《まさぐ》って、張り裂けんばかりに強くそそり立った一物を握りしめ、一気に彼女の体内に挿入した。

「うあぁぁー」。麻美の叫ぶような大声が納屋全体に響いた。これは酷い、酷すぎる、元村は仰天した。しかし、男は心得たものだった。麻美の気持ちが収まるまで、腰の動きを静止し、両手で彼女の頬を包み、厚い胸を乳房に被《かぶ》せて静かに揺すった。

しばらくして、男の腰が少しずつ動き始めた。五分も経過すると、男の尻が微かな速度で上下に振幅し始めたのが判った。そして、その動きは次第に顕著になってきた。ついに来る時が来た、元村が一番、見たくなかった情景が開始されそうだった。

麻美は必死に我慢していたのかもしれない。だが、男の動きは巧みで、麻美は遂に「ああっ」「あうっ」と、男のテンポに反応していった。徐々に腰の動きは左右上下に大きくなり、彼女の脚は更に高く持ち上げられ、麻美の発する声も甲高《かん》くなった。

「どうだ、いいか、気持ちいいか、いいんだろう」男が麻美に問いかけた。そして、尻の動きを大きく激しく早くした。「返事をしろよ、どうなんだ」と男は迫った。すると麻美は、いきなり予想外の返答をした。「すごく気持ちいいです。とっても、とっても気持ちいいです」。はっきり元村にも聞こえる言葉で返した。

麻美の何処に、そんな声を出せる気力があったのかも腑に落ちなかったが、彼女の飛び出した言葉の内容には驚かされた。本当だろうか。麻美の本心だろうか。男が怖いから、そう答えなくてはならなかったのか、「俺がここで見ている」ことを麻美が知っていたら、何と応じたのだろう。やはり「とっても気持ちいいです」と言っただろうか。元村は不安になってきた。

男は容赦なく攻め続けた。あの太くて長く硬そうな一物が麻美の体内を圧迫し、激しく突く、それが彼女にとっては苦痛ではなく快楽なのか。そのうち絶えず発せられていた嬌声にも変化が生じてきた。合い間、合い間に「いい」「いい、いい」としか聞こえない言葉が混じった。「気持ちがいい」ということだろう。元村には、その言葉が信じられない。そんな言葉で麻美が快感状態を表現するなんて。

「何だよ、この蓮っ葉おんな、この尻軽おんな、この助兵衛おんな」

急に態度を豹変させた男は、そう呟きながら麻美の鼻の孔《あな》に二本の指を突っ込んで引き上げ、唇を開いて涎を垂らし込んだりした。そして目に唾を吐きかけた。それでも麻美は、「もう、止めて」と意思表示することもなく。嫌な表情もせず、肉体の全てを男に委《ゆだ》ねて満足している感じだった。

元村は麻美の姿を直視できなくなった。部屋の隅に目を移したら、板床の上に、引き千切られた麻美の衣服や下着が無造作に放置されていた。

もう、これで終了か、と元村は思った。だが違った。「こんどは後ろだな」と男は言った。乱暴に麻美を裏返しにするのかと見ていると、男は何もしない。ただ麻美の顔を見詰めている。数秒が経って、「さあ、後ろ」と繰り返した。男は指示だけを送って、麻美を動かそうとしている。「さあ、まだ欲しいんだろう」と男は促した。麻美は上体を少しだけ起こし、男の顔を覗き込むようにして「はい」と答えた。背中を見せて、足を動かして、俯せの姿勢になった。元村は差し出されたかのような色っぽい尻が眼に入ったとき、愛おしいさと切なさで胸が詰まった。それは、まだ一度も麻美と経験していない体位だった。

「よし」と大声を出して、男は麻美の腰を勢いよく引き上げて尻を突き出させた。男の一物は直ぐに挿入された。その途端、肘で前身を支えていた彼女の姿勢が崩れ、顔面が絨毯に押し付けられた。かまわず男は動物的行為を続行した。熊というより闘牛との交尾だ、元村は麻美の心境を推し測りかねた。どうしてだろう。見知らぬ赤の他人から痴漢行為を受けると大多数の女性は嫌悪を抱く。しかし、好きな男が相手なら、どのような痴漢的行為でも許容される。麻美は好きな人に犯されているのだと心を切り替えたのだろうか。

男のピストン運動が開始された。それは次第に激しさを増殖していく。それに合わせた麻美の音色も昂じていく。男は必死で持続する。床板がギイギイと音を立てる。腰を持ち上げて引き寄せるたびに、右手を振り上げて尻に強い平手打ち。パシッと高音が響くと、麻美の瞬間的な「ひいーっ」と呻《うめ》く乾いた声が飛ぶ。

もはや麻美は見境なく喜悦の声を張り上げる。絶叫である。その叫びは激痛の訴えではないのか、やはり快感なのか。元村には判断できない。突かれるたびに、顔面と乳房が絨毯に押し付けられる。両手は万歳の状態。その指先は時どき曲がって絨毯を引っ掻く。

いつ男は果てるのか、ピストンマシーンは狂ったごとく作動し続ける。男の息も荒くなってきた。だが、それよりも、麻美の身体が心配だ。このままだと下半身不随にされてしまう。しかし、男の勢いは増すばかりだ。これ以上、攻められたら麻美は殺される。元村は蒼ざめた。だけれども何もできない。見ることと考えることはできても、身体が動かない。足を一歩だけ前後に移動させることも不可能だ。元村は麻美を救う手立てを思いつくことができない。

突然、男の動作が停止した。天井を見上げると、麻美から身を引いた。立ち上がって、何を思ったか、麻美の脇腹を蹴るようにして仰向けにした。それは彼女を最初に見たときと同様に、叩きのめされ完璧にノックアウトされたボクサーがリング上に放置されている格好。両脚は大胆に拡がったままの状態。目を閉じた顔は天井を向いている。男の姿が消えた、と元村が思った瞬間、上方から黒光りしたゴムホースのようなものが麻美の腹部に落下した。ドサッと重たげな音がして、麻美が「うっ」と反応した。ぶら下がっている裸電球が大きく揺れて部屋全体に何度も陰影が走った。

天井から降って来たのは二メートル近くもある青大将だった。元村は蛇が苦手である。大男も不気味だったが、蛇はそれに輪をかけて気持ち悪い。麻美の意識は正常なのか、まだ放心状態なのか、どこまで状況を把握できているのか。青大将が動き始めた。麻美は気づいていない。ゆっくりと彼女の胸に向かって胴体をくねらせて進んでいく。男は何処にいるのか。部屋の隅で眺めているだけなのか。青大将は乳房の周辺を這い巡ると、首元に向かい、鎌首は上がって、長い舌を出して、麻美の唇を舐めだした。

元村は失禁しそうになった。何もできないままに、もう、これより先は見続けることはできなかった。目を瞑った。男は何をしているのだろう。この納屋を出るには元村の立っている場所を通る以外にない。男に発見された元村は、どんな仕打ちを受けるのだろう。麻美を助けたい。しかし、元村の両足は棒になっている。落ち着け、落ち着け、なんとか頑張れば納屋を抜け出せるかもしれない。だが、麻美を置いたまま逃げ出すわけにもいかない。たとえ助けを求めて人を連れて来たとしても、いや、こんな光景は誰にも見せたくない。結局、元村には何もできないのだ。

舞台は、どのような場面に変化しているのか、確かめるのは怖かったが、勇気を振り絞り目を開いてみると、青大将は麻美の腋の下を潜《くぐ》り抜け、彼女の脇腹に添って這い、脚を伝い、開かれた両太腿の空間に位置を定め蜷局《とぐろ》を巻いた。そして、その鎌首は、麻美の下腹部の繁みに当てられた。全裸男の姿はない。

第三話　公開処刑

裏切られた。騙された。妙な仕打ちを受けた。私にとっては屈辱以外の何ものでもない。約束は簡単に一方的に破棄された。それなのに彼女は反省の色を見せるどころか、平然と素知らぬ顔をして私に普段通りの挨拶をする。何もなかったかのように。

私は本多麻美を許さない。

これまでの麻美と私の関係は何であったのか。私の彼女に対する思いは何ひとつ通じていなかった。麻美は何を考えて私と付き合っていたのだろう。ともに酒を飲みながら語り合った時間は意味を持たないものだった。

そんなことではない。麻美と私は肉体関係にあった。何度も性行為を繰り返した仲だ。忘れたのだろうか、それは単なるサービス、ゲームの一種に過ぎなかったのか。私は少しだけ遊んでもらえただけなのか。

　では、裸になって全てを私に託した幾夜もの態度は演技だったというのか。私は麻美の身体の一部始終を知り尽くしている。乳房や尻の形、乳首や臍の色も形状も、肛門の匂い、下腹部の繁みの具合や局部の内側の構造まで。性交時に発する声も。麻美は何の代価も求めず惜しみなく晒して見せた。それは愛情表現ではなかったのか、私を信じていたからではないのか。

　それなのに麻美は、報告することもなく、相談もせずに、選りによって私の知っている男と突然、婚約発表をしてしまった。冗談だと思った。余りにも意外で、麻美に問い質すこともできなかった。結婚するのは私だと信じて疑わなかった。

　あいつとだけは結婚させない、日々、その思いが募った。そのために私は何をすればいいのか考え始めた。あいつのことは問題外、絶対に許せないのは麻美である。責任をとって貰いたい。麻美を改心させることは無理だろう。私に打ち明けることもせず、勝手に決めてしまった女だ。話に乗ってくるはずもない。私の存在を無視しているとしか受け取れない麻美に、あいつとの関係を聞いてみようという気にはなれない。

　消えてもらうだけだ。あいつと一緒にしないためには麻美を消せばいい。その方法は幾らでもある。しかし、ねちねちと二人の間を裂くような、耐えかねて麻美が身を引くような、あいつのことを嫌いになって逃げだしてしまうような汚い手は使いたくない。潔く麻美の存在そのものを消すしかない。

　殺人、つまり殺すということ。重い犯罪である。だから、事故に見せかけたり、自殺を装わせたり、殺人委託をしたり、そんな卑劣な手段は用いない。薬を飲ませたり、首を絞めたり、胸を刺したり、ビルの屋上や崖っぷちから突き落としたり、縛って海に沈めたり、そんな陳腐な方法も採用しかねる。私にしか出来ない殺し方、麻美に最も相応しい殺され方を演出したい。法律を度外視した「反犯罪」的なことを考えたい。

　麻美の罪を裁くのは私だ。彼女を極刑の死刑と断定したのも私である。死刑というより処刑にする。私が直接、手を下す。誰にも麻美は殺させない。では、いつ、何処で、どのような方法で実行するのか。私が犯人として直ぐ捕えられてしまったのでは意味がない。

完全犯罪でなくてはならない。

　麻美は私と交際していたことを誰かに喋っているだろうか。当分の間は絶対に内緒にしておこうと、堅い密約を結んでいた。私も麻美とのことは誰にも話したことはない。麻美の日記や手帳、携帯電話のメモ帳、パソコンのブログやメール、そんなところに私の実名を記していないだろうか。それは先ず有り得ない。イニシャルくらいは使ったかもしれない。だが、私だと確定できる証拠とはならないはず。携帯メールでの私との遣り取りは事務的だったし、彼女の死に私を関連づける人は誰一人いるわけもない。

　処刑を挙行する日は、まだ未定だが、大方の青写真は描けている。スケッチブックに「麻美処刑の図」を何回も描いた。その通りに強行する。そのための準備が二週間は必要だ。用具を揃えなくてはならぬ。一か所で購入しては疑われる。新宿で渋谷で新橋で上野で池袋で、賑やかな場所を選んで、一つずつ買い求める。

本多麻美　処刑の再現　一

　出社時の途中、本郷三丁目の交差点で偶然、麻美と一緒になった。

「婚約おめでとう」と、声をかけた。

「ありがとう」麻美は臆面もなく平然と応じて、「忙しいんですか」と話を別の方向へ逸らした。久しぶりに麻美の顔を間近に見た気がした。化粧の仕方が以前とは少し違うなと思ったけれど、やはり麻美は私のものだ、誰にも渡すことはできないと再確認した。愛おしさが更に増してきた。

「本多さんと、ちょっと話したいことがあるんだけど、こんどの土曜日あたり」

　会社に向かって歩きながら、私は語りかけた。

「時間、つくれないかなあ。昼間は用事があるから、夕方のほうが有難いけど」

「そうね、あなたからの頼み事を断るわけにもいかないし。なんとかするわ」

「うん。何か美味しいものでも御馳走するよ。そうだ、小金井公園の近くに、いい店があるんだ。ちょっと遠いけど、もう、これから、こんな機会もないかもしれないし、最後の晩餐だな」

「わかった。じゃあ、連絡、待ってます」

まず麻美を誘い出すことに成功した。二人きりになれることにも。

土曜日、午後六時、武蔵小金井駅北口、待ち合わせ場所も、後日、口頭で詳しく伝えた。電話やメールで知らせることは避けた。足が付くといけないから。麻美だって他人に漏らせることではない。自分だけの秘密にしているだろう。私の準備は整っている。処刑に用いる諸道具は揃えた。

当日、六時少し前に、麻美は待ち合わせ場所に立っていた。スカートを穿いていた。麻美も協力的だなと感じ、私の心臓は疼いた。私が持参した大きな黒いバッグを見て、「それ、どうしたのですか」と訊いた。「十月の連休に友達と山に登ることになってね。ちょっと預かって来たんだ。重くないよ、大丈夫」と誤魔化した。麻美の顔を直視できなかった。「タクシー、この時間、なかなか来ないんだよ。もうすぐ市内循環バスが出るところなんだ、それで公園まで行こう。便利なんだよ、そのほうが」いい加減なことを言って、満員のバスに無理やり乗り込んだ。麻美は意外な表情をしていたが、私の後に従った。

タクシーだけには乗りたくなかった。運転手に顔を覚えられる可能性がある。駅から歩いて行くと時間がかかる。まだ明るいし、私は大きなカバンを携えていて目立ちすぎる。バスなら多くの様ざまな人たちが入れ替わるから、他人の記憶に残ることは少ないはず。混雑していたバスは空《す》いてきて、公園前で降りたのは私たちの他には三人だけだった。その人たちとは別の方角に歩き出す、「ごめん、予約は七時だった。早すぎた。ちょっと公園の中を歩いて遠回りしてから行こうか」

空は未だ明るさを保っていたが、公園内は茂った樹木に覆われていて、暗くひんやりしている。日が落ちるのは早い。人影は見当たらない。所どころに外灯は点《とも》っているが、光は弱く寂しげである。もっと暗くなるまで時間を稼がなくてはならない。「そうだ、本多さんにプレゼントを用意してきたんだ」そう言いつつ私は目についたベンチに黒いカバンを置いた。その横に座って中を開けようとすると、麻美は直ぐ隣に身を寄せるように腰を下ろした。徹頭徹尾、私に協力してくれるんだと感謝の気持ちさえ抱いた。

「何かしら」麻美は少し食み出した膝の上に両手を重ね、動かずに待っている。カバンの中で私の指は二十秒ほど器用に作動した。「あ、あった、あった」と私は呟き、布に浸した麻酔薬を取り出し、こちらを向いた麻美の鼻と口を素早く、そして勢いよく塞いだ。

二

周囲に人の気配はない。目の前には公園内の芝生の広場が拡がっている。その隅に公衆便所がある。全身を私に預けて凭《もた》れ掛かっている麻美を背中に負ぶって、建物の更に奥の他所《よそ》より暗い場所を選んで彼女を地面に横たわらせた。元のベンチに置いたままだったカバンを取りに行き、辺《あた》りの様子を確かめてから、麻美のいる暗がりに戻った。

用意していた二畳用の青いビニールシートをカバンから取り出し、木々の間に丁寧に凸凹《でこぼこ》にならないように敷いた。その中央に麻美の身体を運んで仰向けに置いた。想像していたより、かなり重く、硬く感じた。麻酔の効き具合を確かめるため、胸や脇腹を触ってみた。頬に両掌を当て、そっと唇に鼻を近づけてみた。効き過ぎたのか反応は全くなく、それでもまた用心深く、私は麻酔の布を麻美の鼻に吸わせた。目覚めて逃げ出すこともないだろうが、念のため彼女の足首を一本にまとめて鉢巻で縛った。

三

少し気を落ち着かせるために辺りを観察した。虫の声がする。微かな風が樹木の葉を揺らす。静かではある。人工的な物音は一切、聞こえない。麻美の顔に目を移した。目を閉じて眠っている。長い間、眺めていた。二人の関係は、短い一年足らずの期間ではあったが、私たちはお互い合意の上で結合し、合体し、性の交感を何度も確かめ合い、味わい合えていたのだ。私の一物は麻美の体内深くに潜り込み生き生きとしていた。麻美は私の全てを受け入れて、全身を委ねていた。

急に暗くなってきた。カバンから卓上用の電池式小型電灯を二つ取り出し、麻美の頭上と足元に置いた。もう午後七時を回った。私はカバンの中の用具を引き出してシートの端に一つ一つ並べていった。それから麻美の着衣を剥ぐ作業に取り掛かった。一枚脱がせては小さく丸めて畳み、カバンに詰め込んだ。それを何度も繰り返し、下着を残すことなく、すべてが完了した。ハンドバッグと靴もカバンに仕舞った。

麻美の肉体を点検した。口から喉、胸、背中、腹部、脇腹、そして臀部、最後に小さく窄《すぼ》んだ菊門。ずいぶん時間を要した。ほんの少しでも処刑の手順を誤ったら、私の目的は完遂されない。慎重を期さなくてはならぬ。何度もスケッチブックに描いた通りの形で、裏切り者の麻美を殺害しなければならない。

長さ五〇センチ、直径二〇ミリから二五ミリほどの鉄パイプ状の棒を手に取り、その筒の中に収められていたパイプを引き出した。棒の長さは二メートルほどにも伸びた。折り畳み式の三脚を引っ張って長くする要領だ。その先端は細く鋭く尖っている。その鋭利な部分は三センチ、その下方は一〇センチほどが薄いゴムで包まれている。この折れたり曲がったりすることのない細長いパイプを、私は麻美の体内に突き刺す。それが麻美の受ける処刑である。

今度は瓶を握った。中にはゼリー状の潤滑剤が入っている。これを麻美の肛門の入り口や内部の深い箇所まで塗って、パイプが通過しやすい状態にしなければならない。そのためには内部の通路を柔らかく解《ほぐ》し、大きく広げる必要がある。パイプのゴムの周りも滑りやすいほうがよい。縛っていた両足の鉢巻を解《ほど》き、別の紐で上半身を何重にも、ぐるぐる巻きにした。もし麻美が薬から醒めて大暴れされたら私の計画が狂うからだ。

何度も何度も尻の穴に何本もの指を差し込み、特に入口周辺を開きやすくした。麻美は時どき「ううっ」と喘いだが言葉を発することはなかった。首を絞めて息の根を止めてから、この作業に入ろうと最初は考えていた。しかし、それでは処刑にならない。私は処刑に拘った。

シートに座り込んだ私は、俯せにした麻美の脚を太腿の上に抱え込むようにして、右手で槍《やり》と化した棒を掴み、手が震えぬよう左手で彼女の尻を大胆に開かせ、槍の先端部分を穴に差し入れた。麻美は気絶して、そのうちに絶命するだろう。槍は直腸、大腸、小腸と徐々に突き破り、まだ麻美の意識はあるのだろうけれども、そのあと槍が胃や心臓、肺などを突破すると、もう彼女の意識は「無」となるはず。私は麻美の身体の至る所を強く抱きしめるようにして支えながら、槍を前進させた。少しでも角度が違えば槍は体外に突き抜ける。

処刑は時間をかけて、細心の注意を払って、麻美と一心同体になり、私は麻美の上になり下になり、背中や胸を抑えたり撫でたり、ある時は両手で、ある時は片手だけで、身体中を触って槍を進行させた。喉の近くまで伸びて来たのが判った。あとは口を大きく開かせて槍を覗かせ、突き出す。肛門に入れたときは、ほんの少し血が滲んだだけだったが、口から出す時は相当の血量を覚悟しなくてはならない。更に時間をかけて緊張して当たらねばならぬ。麻美の顔が歪もうと、顎が外れようと、何本かの歯が折れてしまおうと、そんな犠牲はどうでもよかった。

時刻は十一時になろうとしていた。やっと口の中から槍の顔が現れた。達成感と充足感。最後の仕上げに、私は麻美の口の中に指を忍ばせ、槍のゴム部分を掴み数センチ引っ張り出した。それに合わせて尻の先から突き出ている槍が激しく振動した。口からは当然のごとく血が溢れ、臓器の片割れが異様な臭気とともに吐き出された。私はペットボトルの水をタオルに含ませて、麻美の顔を拭った。やっと一段落。

広場の隅に場所を移すことにした。シートを綺麗にして敷き直す。口と尻から槍の突き出した麻美の全裸死体を運んだ。ぐるぐる巻きにしていた上半身の紐を取って麻美の身体も丁寧に清めた。急がなくてはならない。まだ、やることがある。麻美を四つん這いの格好にして、心持ち膝を開かせ、短い木製の棒の端に両足首を縛って固定した。両手には、それぞれ突っかい棒を当て、それに腕と手首を括り、肘が折れないようにして立たせた。首が垂れないように、顎当ての支えも用意した。胸と腹部も下がらないよう工夫して支柱を添えた。遠くから見ると大型犬がしっかり四本の足で立っているように見えるかもしれない。

次は、麻美の唇と突き出た槍の隙間を透明な接着剤

で塞いだ。口から何か漏れては汚くなる。だから耳と鼻の穴にも、接着剤を沁み込ませた脱脂綿を詰めた。尻も口と同じように肛門と槍の接点が密着して何も漏れないように処置した。穴は全部、閉じておかなくてはならない。

月の光と遠くに点った外灯も役だったが、卓上電球の明かりを頼りに局部にも接着剤を重ねて塗った。ここで私はこの場を去る。私は軽くなった黒い大きなカバンを持ち上げた。明朝まで、麻美はこのままの体勢を維持できるかどうか。早朝の散歩者、第一発見者は麻美を見て何を考えるだろう。

四

一睡もせず、午前六時、私は広場の麻美を見に行った。現場には既に十数人の人だかりができていた。青いシートの上に置かれ展示されている麻美の像を囲むように男たちだけがいた。七、八メートルの距離にまで近づいた。私が設置したままの状態、形は崩れていない。中年の男たちが話をしている。

「これは本物の人間ですよね。若い女ですよ」

「そうとしか思えませんね。蝋人形でしょうか」

「芸術作品ですかね。うまく出来ている」

「それにしても凄い。どうして、こんなものが、ここに。現実のこととは思えません。こんなことって許されるんでしょうか」

「もう警察には連絡されましたか」

「いいえ、できませんよ。こんなことに巻き込まれたら大変なことになりますよ。それにしても、これはこのままテレビでは流せませんな。どうなるんでしょうか」

携帯で写真を撮っている者が何人もいる。あらゆる角度から動画を撮影している若い男もいた。それは直ぐに友人たちに送られ、ネット上に公開されるであろう。消されても消されても、それらは増殖していく。瞬く間に日本全土に情報は溢れる。誰もが、麻美の顔を、尻を、胸や下腹部も、画像、映像で見ることが可能となった。

本日、午前中のうちに本多麻美は世界で最も注目されている女性へと変身しているだろう。世界中の誰もが記憶に留める伝説の女。私の報復、復讐は成功したのだ。

　昭和四十五年十一月、自衛隊駐屯地へ行き、その総監室で腹を切り裂き、首を刎《は》ねられて死んだ作家がいた。究極の男の美学だったのか。単なる趣味の問題でしかなかったのか。だが、眼前にある光景は、女性の至上の美学である。かつて、これ以上に美しく死んだ、あるいは殺された女性が歴史上に存在しただろうか。平凡な裸体像ではない。掌は開かれて、しっかり大地を支えている。膝を折った脚は地上に、どっしりと根を下ろしている。何よりも素晴らしいのは一本の槍が勢いよく体内を貫いていることだ。それでも女体は顎を上げ、前に進もうとしている。

付記

「バージンストリップ」は二〇一〇年三月、一週間ほどかけて書いた。十年ほど前、女子の服飾ブランドにピンクストリッパーという、奇妙な名称があった。若い女性が立ち上げた会社で、その社長に本を出してもらおうと動いたことがあった。実現はしなかったが、まだブランド名だけが記憶に残っていて、それを捩《もじ》ってタイトルにした。

「獣人」は同年六月の中旬、五日間で書き上げた。一九世紀後半のフランスの自然主義作家、エミール・ゾラに長編『獣人』がある。本棚の下段に隠れるようにしてあった。昭和四十九年刊行の「近代世界文学」の一巻である。当然のことながら私は読んでいない。どのような内容なのか知らないし、調べてみることもしなかった。しかし、そのタイトルは怪しげで気になってはいた。よって、そのままタイトルに使った。

「公開処刑」は同年九月十日、十一日の両日で仕上げた。三島由紀夫『金閣寺』創作ノートの冒頭から数行目に「スポーツが公開されているのに　どうして死刑は公開されぬか？」とある。それにヒントを得てタイトルを決めた。

　三作とも、私が勝手に想像したもので、たとえば見た夢をなぞって脚色したりしたわけでもない。本多麻美に対する嫌がらせ、当てつけみたいな産物である。

しかし、誰に読んでもらうわけでもなく、単なる自己満足でしかない。

　私は何処にでもいる平凡な常識人である。多くの人たちが、そう思って私と接している。私も、そのように振る舞う。私は間違っても強姦したり人を殺《あや》めたりはしないタイプの男だ。だから、人知れず小説を書いて自分を誤魔化したのだろう。実際には、この社会のなかでは優しい中年男なのだから。


　一月から十一月の初めまで、私は旅行ガイド本の編集と執筆で忙殺された。

　四月から九月にかけてシリーズ本の三冊を書いた。麻美が手伝ってくれるものだと思い込んでいたのだが、どのような事情があったのか、井野社長は麻美を旅行シリーズから外して、五十歳を越えた女性ベテラン編集者を進行担当に据えた。それで仕事は順調に運んで助かりはしたけれども、麻美と会ったり話をしたりする機会は極端に減少した。

　それでも月に一度か二度は新宿や高円寺の酒場に行き、この期間、三回も高円寺のラブホテルに行った。小松和昌に見つからないように、本郷、お茶の水あたりでは飲まなかったし、新宿のホテルも避けた。麻美が微妙に配慮している気がした。しかし、誘ってもホテルまで付き合わないこともあった。「元村さんは、イヤらしいことをするから」と言われたこともあった。本気なのか冗談なのか判らなかったが、それまで麻美はそんな言葉を吐いたりはしなかった。「きょうは生理だから」と悲し気な顔をつくって見せて断ることも二度あった。そのうちの一度は嘘だと見抜いた。

　小松との関係は進展しているのか、停滞気味なのか、私は何も訊かないし、麻美も喋らなかった。日東企画からシリーズ本の報酬として二百万円の金が入るけれど、麻美のために使いたいと頑張ったのに、どうしたものか、上手く事は運ばない。十一月の半ばあたりから私には余裕ができる。だが、麻美は小松との付き合いを優先している。そう感じられる。短大卒業に向けて色々とやらなくてはならないことが多くなった、と私には説明したが、疑わしくもある。それにしても麻美が私との関係を断ち切ろうとしないのは何故か、未だに謎のままである。

編集後記ではなく

知っている言葉を使って、その文字で文章を綴ることができれば、小説を書くことは誰にだって可能である。小説には特にルールもないし、思いのままに何をどのように書こうと自由である。

認知症の老人が画用紙に絵の具やクレパスやマジックインクで無作為に落書きをしたら、芸術性に富んだ作品になることもある。生後まもない赤ん坊が偶然カメラのシャッターを押したら、信じられぬほど美しい芸術写真が撮られていた。たとえば保育園の児童が意味もなくパソコンのキーボードを叩き続け、それを元にして先生が文字を組み替えたら、かつて見たことのない新しい文体が編み出せた。そんなことよりも既にＡＩ（人工知能）は、どんな人気作家よりも興味深い小説が書けるのかもしれない。

私は長い間、若い人たちに「小説はテーマと描写である」と言ってきた。そんな当たり前のことを語っていること自体が文学の行き詰まりの根源になっているのかもしれない。面白くなければ、話題性がなければ、誰も小説など見向きもしない。

時代は急激に変質している。私たちの想像力はそれに追いつけない。小説だけの話ではない。社会の変化は至るところに発生し、混乱するばかりである。出版業界も同様で、老舗の出版経営者も、十年後、出版社は大きく様変わりしていることだけは確実だが、どのように変容するのか、その実態は読めないと公言している。

本、特に小説なんて、金を払って読むものなのかと思っている人は多いようだ。つまり退屈なだけなのだ。スマホがあれば、もっと楽しいことが幾らでもできる。それが現状だ。でも、指をくわえて状況を見つめているだけでいいのか。

小説は、言葉の力で勝負する。しかし、いまや言葉にどれほどの価値があるのだろうか。言葉よりも行為。動いて見せなければ人は信用してくれない。政治の世界も綺麗ごとを並べていただけでは通用しない。実行しなければ物事は前に進まない。宝くじなんて当たらないと言うことは簡単だが、買ってもいないで「当たらない」と呟き続けても仕方ない。

小説は衰退している、そのうち誰も相手にしなくなるだろう。小説を読みもしないで、書くこともせず、そんな言葉を吐く人が増えてきた。この状況下で、私たちは「ＭＡＧＭＡ」を復刊した。逆説的というより、かなり矛盾しているかもしれない。しかし、事を起こすことが先決である。

本号でも座談会を企画した。ジェットコースターにでも乗って、瞬時に「なぜ書くのか」「何を書きたいのか」と問えば、突飛な発想も聞けるかもしれない。だが、今回の座談会は若い四人の書き手たちに「何を表現したいのか」について語ってもらった。「旧態依然」と言う外野の声が聞こえる。「こけ脅し」的なテーマを設定し話し合えば、面白くなるかもしれない。しかし、その場だけの座興に過ぎない気もする。

基本に戻り、一つ一つ表層から洗っていく作業は大切である。そこから見えてくるものが本物だと信じたい。ここで若い出席者四名を簡単に紹介しておこう。

須藤舞（すとう・まい）は現在、社会人一年生。大学四年時に第十五回江古田文学賞を受賞した。座談会で、小説は自分のために書いている、と言い切っている。出来上がった作品は結局、読者がどのように読むのかが問題、「なぜ書くのか」は読み手にとって重要なことではなさそうである。書き手の内面を覗いてみたいか、そんなことはどうでもいいのか。文学の源泉に潜む事柄ではありそうだ。

石井瑠衣（いしい・るい）の場合は、須藤とは正反対に「読者のために書く」と鮮明に表明している。それも書くことによって「人を幸せにしたい」と言う。これは珍しいことかもしれない。彼女は二十歳になったばかりの大学二年生。若者に人気のライトノベルやファンタジー、ボーイズ・ラブなどの小説は「人に楽しんでもらうため」に書かれているはずである。それは理解できる。しかし、石井の作風はそんな種類のジャンルには属さない。だが「人のために書く」ことでは一致している。これは若い書き手の特徴だろうか。

御手洗紀穂（みたらい・のりほ）は、あと二、三年で三十歳に近づく年齢。言葉や文章、描写に拘って悩んでいる様子だ。今回は、本誌に小説を発表していない。コラムを書いてその心境を打ち明けている。彼女の場合、考え過ぎであろう。文学を崇高なものだと思い込んでいるのか。「小説を書くことは最も難しいことである」（佐多稲子）という作家がいる。一方では「小説を書くことは簡単なことである。書くことがあればいい」（小島信夫）という作家もいる。書くことに行き詰るのも勉強、修行のうちだろうが、読み手には無関係のこと。

平野遼（ひらの・りょう）は、どちらかと言えば「テーマ」を優先するタイプである。彼は既に三十歳を幾つか過ぎている。ドストエフスキーやトルストイといった世界の文豪を自分の親しい友人のように思っている男である。どこまで冗談か判らないが「夏目君や、谷崎君の作品は」と平気な顔で話し出す。こんな人物が描く小説を読んでみたいと思うのは私だけではないはず。

この四人の若い書き手が座談会で何を語り、そのうちの三人が、どのような小説を書いたのか。どのように受け止められてもいい。それは読者の自由である。だけれども、読者がいなければ小説は成り立たないのである。私たちは挑戦し続ける。（む）

MAGMA ―烈の巻―

平成三十年四月七日　発行

編集人　村上玄一
発行人　佐藤光直
発行所　ソフト商品開発研究所
〒一一二-〇〇〇四　東京都文京区後楽二-三-二十六
TEL　〇三-三八一八-九一一七
FAX　〇三-三八一八-一九九〇
発売　幻戯書房
〒一〇一-〇〇五二　東京都千代田区神田小川町三-十二
岩崎ビル二階
TEL　〇三-五二八三-三九三四
FAX　〇三-五二八三-三九三五
印刷・製本　平河工業社

ISBN978-4-86488-145-6　C0393